다산의 배반

다산의 배반

초판 1쇄 인쇄 2023년 8월 1일
초판 1쇄 발행 2023년 8월 2일

저 자 몽운
발행인 박지연
발행처 도서출판 도화
등 록 2013년 11월 19일 제2013-000124호
주 소 서울시 송파구 중대로34길 9-3
전 화 02) 3012-1030
팩 스 02) 3012-1031
전자우편 dohwa1030@daum.net
인 쇄 유진보라

ISBN 979-11-92828-20-6 *03810
정가 15,000원

도화道化, fool는
고정적인 질서에 대한 익살맞은 비판자,
고정화된 사고의 틀을 해체한다는 뜻입니다.

다산의 배반

몽운 장편소설

도화

결혼하면 아이를 낳아 키우는 걸 당연시하는 시절이 아니다. 초고속 경제 성장이 저출산 열풍을 가져왔다. 정치, 경제, 사회, 교육, 문화 그 어느 한 가지도 출산을 떠나서 생각할 수 없는데. 출산율이 낮아지면서 모든 분야에 심각한 역기능 현상을 초래한다.

출산 절벽이 사회 이슈로 굳어진 데에는 인구정책 입안자들의 미래에 대비한 안일한 대처가 원인일 수 있다. 원래 우리 조상들은 '누구나 저 먹을 것은 타고 난다'라는 믿음으로 억지로 산아제한을 하려고 애쓰지 않았다.

베이비 붐 시대를 거치면서 인력人力이 사회 발전의 원동력임을 간과했다. 한 국가의 인구가 1억 명은 되어야 산업발전이 국내외적으로 원활하다고 주장하는 선진 지식인들이 더러 있었다. 그런데 좁은 땅덩어리라는 틀에 갇혀 인구정책人口政策은 저출산으로 방향을 바꾸었다. 당시의 풍조를 나타내는 가족계획 협회 표어는 날개를 달았다. 둘만 낳아 잘 기르자. 하나면 충분하다. 잘 키운 딸 하나, 열 아들 안 부럽다. 한 집 건너 하나만 낳자…

60년대, 70년대까지도 인력이 곧 국력이라는 개념은 약했다. 폭발적인 교육열에 힘입어 생활 수준이 높아지면서 여가생활을 중요시하게 되었다. 정보화 사회, 4차산업 시대로 진입하여 우리나라의 비약적인 성장이 세계를 놀라게 하면서도 인구가 저력底力이라는 인식은 약했다. 젊은이들의 사고가 첨단시대에 걸맞게 전통의 가족관계를 해체할 정도로 바뀌리라 누가 예견할 수 있었겠는가? 욜로족yolo이니 딩크족dink이니 유행어가 떠돌아다니더니 개인 취향을 우선시하는 신조어 전성시대에 접어들었다. 무한경쟁에서 밀려난 젊은이들은 공공연하게 결혼 포기, 출산 포기를 선언하는 포기 문화가 만연한다.

　인생에 연습은 없다. 목숨도 한 번만 주어진다. 놀라울 정도로 변화가 심한 시대에 미혼모에게 과거의 봉건적인 잣대를 들먹이며 손가락질하는 시대는 벗어나야 한다. 『해리 포터』 작가는 양육비를 국가에서 지원받으면서 미혼모로 살았다. 덕분에 딸을 키워가며 글을 쓸 수 있었다, 최소한의 배려가 꼭 필요한 사람들에게 국가정책으로 스며들어야 하는 이유다.

　움츠러드는 젊은이들에게 환한 등불을 켜 줄 수는 없을까? 꿋꿋하게 살아 나가게 사회가 따뜻하게 포옹하면 안 될까? 그래야 출산 절벽 현상은 나아질 수 있으리라 본다. 구호로만 맴돌지 말고 직접 당사자들의 피부에 와닿았으면 한다.

　부모라는 이름도 무색하게 가치관이 무너져 비인간적으로 벌어지는 참혹한 사건들을 보면서 출산 문제는 겉으로 내세우는 획일적인 장려만으로 해결할 수 없음을 느낀다. 생명 존중 의식이 저변에 깊이 뿌리를 내려야 한다. 여자와 남자가 협력하지 않고 서로 비난으로 날을 곤두선다면 간극間隙은 더 벌어질 것이다.

출산 자체를 아름다운 권리와 의무로 받아들일 수는 없을까? 결혼이라는 사회적 관습에 얽매이지 말고 피치 못할 사정으로 생긴 태아일지라도 먼저 보호받기를 소망한다. 임산부에게 면죄부를 주고 싶다. 질시의 눈으로 흘겨보는 문화는 사라지기를 염원한다.

『다산의 배반』 소설은 '출산 문제'를 화두로 떠올린다. 현재와 과거, 시간과 공간을 이동한다. 정연이의 임신 중절 체험이 모티브로 작용한다. 인과응보는 톡톡한 대가를 치른다. 그 이후에 박다현의 시점, 정일섭의 시점을 통해 핵가족화로 인해 유린 되어가는 황금만능 풍조가 가족 간의 불신과 해체로 확대 재생산되는 현실을 고발한다. 이수일 천용삼의 시점은 사랑에 대한 인식을 새롭게 바꾸고 있다.

개인주의는 공동체를 파괴한다. 현대인이 맞닥뜨린 불행의 표상이다. 출산이 무너지면서 가족의 인정人情도 사라진다. 수습할 수 없다. 이제 우리는 화려한 겉치레 욕심 돈벌이에만 귀와 눈이 쏠려 있다. 그러다 보니 물질의 노예로 전락한다. 로봇의 도움에 의지하며 살아가야 하나?

'전체 9장이다.'

1장 「그림자」 정연이의 시점이다. 외동딸 박다현이 한밤중에 음주운전 교통사고를 내고 자살소동을 벌인다. 교통사고 뒤처리를 조용히 마친다. 공원에 같이 앉아 '섬집 아기'를 단소로 연주한다. 대학생 시절 여러 번 임신 중절 수술받은 상처를 회상한다. 그 이후 인연이 된 박종춘과의 기묘한 만남과 특별한 유산 세 가지를 떠올린다.

2장 「빛 더듬이」 정연이의 20대 고뇌가 주를 이룬다. '의대 페스티벌' 파트너로 만난 이수일과의 사이에 벌어지는 밀고 당기는 수년간의 연애담이다. 약시로 인한 불편에서 벗어나려는 몸부림은 각막이식수술에 대한 맹랑한 꿈으로 왜곡된다. 여러 번의 임신 중절 수술로 인해 서로의 신뢰가 점점 무너져간다. 뜬구름을 잡고 싶은 소망과 무절제한 호기심은 파경으로 끝난다.

3장 「떠돌이」 서유럽 탐방을 시작으로 여행을 탈출구로 받아들인 정연이의 방랑이다. 박다현과 함께 해외여행을 떠난다. 박다현이 대학생이 되자 모녀의 친밀감이 위기를 맞는다. 여행하면서 겪는 이야기들이다. 스토커에게 원인 모를 시달림도 받는다. 그 체험은 정연이의 의식을 지배한다. 우리나라를 떠나려는 절실한 바람은 원점회귀로 마무리된다.

4장 「강 건너」 뇌막염으로 갑자기 사망하는 박다현의 시점이다. 유아기부터 청소년기를 거쳐 죽음에 이르기까지의 과정이 서

술된다. 죽음 저편에서 정연이의 태아들이 오빠 언니들로 나타난다. 인간으로 태어날 생명을 쓰레기로 처리해 버렸다고 원망한다. 정연이의 인생이 꼬이도록 훼방했다고 성토한다. 박종춘의 영혼과 스치듯 조우遭遇한다.

5장 「덧칠」 정연이는 직장을 떠난다. 박다현의 죽음을 받아들이기 어렵다. 재롱부리던 모습을 떠올리면서 유품을 정리한다. 외면하고 지냈던 낙태아에게 각각의 이름을 지어준다. 바닥으로 가라앉는 기력을 붙든다. 자연과 말을 주고받는다. 종교 시설을 찾아 마음을 부린다. 슬픔으로 몸부림치는 오혜영을 만나 서로 속마음을 털어놓고 격려하면서 평상심을 회복한다.

6장 「회억 부스러기」 이수일의 시점이다. 본과 1학년 때 '의대 페스티벌'에서 정연이와의 만남과 사랑과 말다툼 끝에 결별로 얼룩지는 애증 관계를 회상한다. 외적으로 성공했다. 낙태아가 훼방을 놓았는지 암암리에 스트레스에 시달린다.

7장 「소용돌이」 정연이는 서울로 거처를 옮긴다. 강의를 찾아다니며 활력을 찾는다. 태아들을 그림으로 그려 본다. 가족 간 소송이 표면에 드러난다. 여동생 정순이도 이혼한 뒤 보육교사로 다닌다.

8장 「잿더미」 90대 정일섭의 시점이다. 고학으로 공고 다니고, 6·25에 참전했고, 약종상을 운영했다. 종가, 제사, 족보를 중히 여기다가 균열이 생긴다. 종중 땅문서를 조작한 음모가 밝혀진다.

장남의 배반을 바로잡으려고 민사재판을 청구한 후 생명이 위협에 처한다. 부자 관계는 금전 앞에 무너진다. 치매 환자라고 몰아붙여 정일섭은 법정에서 신문을 받는다.

9장 「바람의 노래」 천용삼의 시점이다. 우여곡절 끝에 탑차 운전을 한다. 일을 마치고 서둘다가 사거리에서 신호를 무시하고 달려 승용차를 덮친다. 병실에서 정연이와 해후한다. 초등학교 시절을 회상하며 긍정적인 삶을 모색한다.

차례

첫머리에

한때 그리도 찬란한 광채가
이제 속절없이 사라진다 해도

초원의 빛이여!
꽃의 영광이여!

우리 서러워하기보다, 차라리
뒤에 남아 굳센 힘을 찾으리.

-'초원의 빛' W. 워즈워드의 시 중에서

1장 그림자

보드랍던 손길마저 삐죽삐죽 변해버린
생명의 모진 몸살 의연하게 살려내는
한 자락 회억에 잠겨 물가를 서성이네. (몽운 시 「물억새」 2연)

빗속 / 빈센트 반 고흐 / 몽운 모작

부전자전父傳子傳, 모전여전母傳女傳. 유전자DNA는 한 인간을 따라다니며 요술을 부린다. 더불어 한번 맺어진 관계는 질기기가 쇠심줄이다. 굴레를 벗어나려 몸부림친들 헛수고다. 누가 그 자리에서 한 발 앞으로 나설 수 있으랴! 제풀에 주저앉을 거면서.

인간은 자신의 숨 쉬던 방죽에서 허우적거리다가 삶을 마감한다. 나무뿌리를 흙 속에 심어야 생명을 포실하게 유지하듯이, 나무와 사람의 차이가 다를 리 없다. 누가 건들면 그제야 뽑힌다. 목숨을 거두어야 그곳을 떠나 딴 세상으로 향한다.

정연이丁硯伊는 공원 입구에 들어섰다. 삼십이 다가오는 딸 박다현朴茶賢과 함께 걸어간다. 가방 안에는 이제 20대에 멋모르고 휴대하고 다녔던 농약병 대신 단소가 들어 있다.

제 시절을 만난 연꽃이 둥그스름한 이파리 속에서 꽃봉오리를 여기저기 터트리고 있다. 딸의 생일이 코앞에 다가오는데 묵묵히 걷기만 한다. 할 말을 잃었다. 할 말이 너무 많아 꾹 눌러 참는다.

*

―박다현 보호자 되시나요?

오후 한 시, 눈을 쉬려고 컴퓨터 모니터를 끄고 얼굴을 책상에 묻고 있을 때였다. 행정실에서 인터폰으로 연결한 전화기가 파르르 떨리고 있었다. 거의 모든 업무를 교내에서 통용되는 메신저로 연락하는 게 습관이 되어 있다. 인터폰이 웬일이지(?) 무심코 손을 뻗어 받았을 때 이상한 예감에 가슴이 철렁 내려앉았다.

―네.

정연이의 대답은 풀기가 하나도 없다. 자신의 신분은 밝히지도 않으면서 엄마라는 호칭이 보호자로 바뀌다니? 뻘쭘해서 수긍도 부정도 못 한다.

―전 행정실장이에요. 박 선생님과 계모 사이신가요?

저쪽 여자는 추궁하는 말투다. 차분하지만 날카롭다. 만난 적 없는 사람의 어조치곤 건방져 보여 언짢다. 좀전의 이상한 예감이 들어맞았다. 당황이 어설픈 감정의 한쪽 면이라면 짙은 분노가 정수리 위에서 발끝까지 휘돈다. 목소리가 일그러진다.

―아닌데요.

무슨 큰일이 터졌나? 변죽만 울리는 저의가 수상하다. 그녀를 혼란에 빠트리려는 모양새다. 불안하고 불쾌하다.

─박 선생님이 이유 없이 오늘 결근했어요. 보건교사와 친하게 지내왔는데. 결근 사유에 대한 부탁도 아닌데. 이상한 말로 메시지를 보내와서 바로 전화했더니 연결할 수 없다는 메시지만 뜬대요. 아무래도 직접 찾아가 확인해야겠다고 서두르길래 같이 따라나섰는데요. 현관문 앞에서 두드렸는데, 인기척이 없어요. 출입문 자물쇠door lock 업체 담당자 호출해서 들어갔어요. 전화로 말씀드리기 좀 그렇네요. …우물쭈물… 우리가 부축해서 바로 병원에 입원시켰어요. 곁에서 지켜보다가 보기 안타까워… 우물쭈물… 전화하게 됐어요. 엄마 이야길 한 적 없다길래… 제가 경황 중이라 말실수했네요. 미안해요.

정연이는 말을 더듬으면서도 똑 부러지게 비난하는 듯한 그녀의 어이없는 공격에 가슴이 쿵쾅 내려앉는 것도 내버려 두었다.

─어느 병원인가요?

─어젯밤 자정쯤 음주운전으로 교통사고가 났대요. 혼자 감당하기 힘들었겠지요. 사람은 거의 안 다쳤는데 박 선생님 차가 상대방 차보다 심하게 부서졌대요.

그녀는 묻는 말에 즉답을 피하고 옆길로 말꼬리를 돌린다.

날벼락이다. 뱃속에서 몇 달을 입덧으로 고생시키더니 체중 미달로 태어난 외동딸. 다현이는 비단길을 외면하여 번번이 정연이를 불안에 떨게 했다. 태어날 때부터 몸이 약했던 아기였다. 열과 설사를 달고 살았다. 예방접종만으로 어림없었다. 밤중에 병원 드나들기를 이웃집 다니듯 했던 때가 엊그제 같다.

이젠 야간 음주운전에 교통사고?

지난날 자살 충동이 연상되었다. 내림인가 싶어 앙가슴이 답답하다. 그녀는 20대에 농약병을 손가방에 넣고 다녔다. 대학 노트를 손에 들고 다니면서도, 가방 한구석에 농약병을 상비하고 다녔다.

죽으면 만사가 해결된다는 막다른 심사에 사로잡혀 지냈다. 내리막길로 치닫고 있는 절망이 자기 파멸로 옮겨붙은 집착이었다. 젊음이 거추장스러웠다. 몹쓸 청춘아, 산산조각으로 망하고 부서지라고 고사 지내는 심정이었다. 애꿎은 원망으로 날을 새면서 써도 써도 줄지 않는 시간을 마구잡이로 쏟아버렸다.

아무리 꾀를 써 봐도 암흑을 벗어나긴 글렀다. 연탄불 피우기보다 농약 마시기보다 쉬운 방법이 있다. 밀봉한 비닐에 코를 처박은 채 본드 냄새를 들이마신다. 그 기사를 우연히 읽고 옳거니 무릎을 쳤다. 따라 하기만 되는 멋진 세상 버리기였다.

그러나 실행은 까다롭다. 우선 길을 가다가 공사장 주변에 넘실거리는 우연히 맡게 된 본드 냄새에 구역질이 났다. 그래서는 잠들 듯이 떠나기가 쉽지 않다. 별난 미지의 세계로 들어서려면 완벽해야 한다. 죽음을 그리워하면서 나날을 되새김질한 그녀다.

다현이는 음주운전에 따라붙은 엄청난 비난과 교통사고를 해결할 길이 막막했을 게다. 그 일로 무한대의 수모를 당하자니 끔찍했을 것이다. 차라리 깨끗이 다 포기하자고 선택한 자살이 마지막으로 자기를 배려하는 면죄부라 생각했겠다. 자살소동은 그녀나 다현이나 막다른 골목에서의 최상의 궁리다. 실천하고 안하고의 차이뿐.

한 발만 떼면 저승 입구이다. 불만투성이 현실에서 벗어나는 도피처다. 신호등 앞에 서 있다가 차도 안으로 뛰어들면 끝이다. '이때다.'라고 부르짖으면서. 그러나 씽씽 달리는 차들을 바라보고만 있다. 이승과 저승이 종이 한 장 차이니 무슨 얼어 죽을 미련이 있을 리 없는데도.

레일을 훑고 지나가는 기차의 찍찍 긁어대는 쇳소리에 가슴 저민 날들이 떠오른다. 그 소리는 손바닥으로 해를 가리려는 우매함을 질책하는지 사나운 채찍이 되어 후려친다. 평생 그녀의 의식 한 자락을 점령한다. 뻔뻔한 행실을 저지른 뒷맛이 깨소금 맛이냐 비웃고 있다.

정연이는 암흑에서 빠져나올 수 없다. 저시력이라는 말은 차라리 사치처럼 느껴진다. 시각 장애인 수준이라 고달프다. 캄캄한 시력은 그녀를 괴롭힌다. 칭칭 동여맨 올가미다. 날카로운 바늘 끝이다.

기다리지 않는 손님은 염치도 모르고 쑥 들어와 자리 잡았다.

처음엔 입덧인지도 몰랐다. 음식 냄새만 맡아도 비위가 돌았다. 그게 출발이었다. 몇 번이나 인공유산으로 불편한 진실을 외면했던가? 세다가 무슨 소용이냐 싶어 중단했다. 무책임하고 무절제한 부끄러운 청춘이었다.

그러더니 정작 엄마가 되려고 결심하니까 약 올리듯 멀어졌다. 흥부 마누라처럼 자식을 줄줄이 달고 살 줄 알았다. 축구 선수팀을 꾸릴 만큼의 출산은 아무 때나 가능하다. 임신 능력이야 드러눕기만 하면 성공률이 확실하니까 하면서 자만심에 빠졌다. 기하급수적으로 자녀가 늘어나면 그 입을 어떻게 감당하나 생떼 같은 걱정이 꼬리를 물고 달려들기도 했다.

20대에 모질게 겪은 특이체질이니 왕성한 번식력은 기네스북에 올릴 자랑거리가 될 수 있다. 프랑스 루이 16세의 왕비 마리 앙투와네트의 어머니 마리아 테레지아처럼 12명(출산은 16명)이 넘는 자녀를 대가족으로 거느린 가족사진 앞에서 생긴 대로 모두 아기가 태어났다면 환하게 웃었을까? 몸 하나 주체하지 못하면서 줄줄이 다산多産 대열에 군불을 지폈노라 흐뭇하게 아래를 내려다보았을까?

웬걸 문득 정신을 차렸을 땐 씨가 말라버렸다. 낙태아의 저주인가? 인공유산은 뜻밖에 자연유산을 불러왔다. 더욱이 온몸은 만신창이로 허물어졌다. 눈에서 시작한 증상은 업보처럼 피부의 악화로 이어졌다.

어김없이 찾아든 울컥울컥 치밀어오르는 탄식은 얼마나 나날을 힘들게 다림질했던가? 견디기 힘들다. 기분 전환을 해야 나아진다고 자기암시로 버티었다. 산책하려고 몸을 일으키려 해도 천근이다. 정신과 육체가 피폐한 상태로 내던져졌다. 그 암울한 순간들을 어떻게 뒤로 돌리고 빠져나왔을까.

산후 우울증을 극복하느라고 안간힘을 쏟았다. 품에 안은 다현이는 남편을 닮아 시력 걱정은 없다. 어릴 때부터 병치레로 애간장을 녹이긴 했지만, 체조선수 못지않게 유연성이 뛰어나다. 키 크고 날씬해서 비너스Venus 몸매라 완전무결하다. 그 천부적인 매력은 무산霧散되어야 했나? 철딱서니 없이 물길을 반대편으로 돌리게.

공원 호수에 실바람이 넘실거리고 있다. 여섯 살 단옷날 공원에 놀러 갔던 시절이 겹쳐 떠오른다. 노란 오리배 타며 병아리처럼 깔깔거리던 천진난만한 모습이다. 세상을 떠난 남편 물그림자가 어른어른 호수를 멀거니 바라본다. 물살이 잔잔하나 마음은 폭풍처럼 출렁인다.

박종춘朴孫椿이 남긴 유산 세 가지는 다 특별하다.

첫째는 자동차 운전과 관련된다. 저시력자는 면허증 얻기가 하늘의 별 따기다. 필기시험 합격 후 T자와 S자를 돌파하지 못해 번번이 실기시험에 낙방했다. 이번에 떨어지면 필기시험을 다시 봐야 한다. 겨우 자투리 시간을 내어 여기까지 왔는데 처음으로 돌아가면 언제 면허증을 받아보나?

그가 어떻게 구워삶았는지 검사관이 그녀와 같이 탔다. 말귀를 못 알아들으면 직접 핸들을 돌리기도 하면서 무사히 코스를 통과하고, 장거리도 기준 점수 이상을 얻어 운전면허증을 받았다. 호랑이 담배 먹던 시절의 이야기다.

그 운전면허증의 허점을 잘 알고 있기에 그린카드로 바뀐 후에도 운전을 손도 못 대고 지냈다. 멀리 통근해야 할 처지가 되니 더듬더듬 시작한 게 오늘에 이르렀다.

둘째는 평생소원이 단숨에 이루어진 것이다. 20대에 약시를 극복하려면 생체 각막이식만이 최선임을 알았다. 다른 장기에 비해 거부반응이 없어 수술만 하면 정상 시력을 되찾으리란 희망 사항에 기대가 부풀었다. 머릿속이 온통 그 열망 하나로 꽉 찬 채 살아갔다. 불행히도 실현 가능성은 희박하다. 희망은 낙심이 되었다.

어느 죽음의 현장에 찾아가 각막을 구걸하나? 온전히 신체를 흙에 매장하는 게 기본이었다. 신체 기증이니 장기 기증이라니? 죽은 자에 대한 모욕이었다. 신체발부수지부모身體髮膚受支父母라는 전통 윤리와 맞서다니 절대로 넘을 수 없는 벽이다. 사회 풍조를 거역하고 사체를 훼손하다니 어림없다. 그녀는 절망하였다. 자신에게 옭아 매어진 질병이 유전인지 환경인지 모르지만, 철들자마자 자신에게 찰싹 달라붙더니 떨어질 줄 모르고 따라다니는 악업이 우울증을 부채질했다.

선진국에 가서 수술받으면 광명을 되찾는데? 뜬구름 잡으려는 허망한 야심이 아닌가? 나비라면 훨훨 날아가련만 능력은 안 된다. 턱없는 욕심의 그늘이 부글부글 끓었을 뿐이다. 그 낙심은 제 몸뚱이를 기꺼이 실험용으로 제공하는 악순환으로 대체되었다. 아쉽게 남의 손을 빌릴 필요도 없이 아주 손쉬운 일이었다.

젊은 남녀가 같이 즐겨놓고 감히 토를 단다고? 몸 망가진 것만 놓고 봐도 원가 밑으로 빠진 마이너스 손실이다. 장사를 접어야 할 정도의 경매가로 낙찰되었다. 변명이라도 부칠 요량이면 제 몸 하나 감장 못한 칠푼이 취급이다. 입 다물라고 호령이다. 순결 운운으로 은장도를 피해자인 여성에게 건네며 죽어 명예를 지켜야 하거늘 감히 누구에게 삿대질이냐? 철딱서니가 없다. 낙인만을 대단한 훈장처럼 흠뻑 찍었다.

1950년대의 소설 『주홍글씨』에서 헤스터 프린은 단죄받으러 대중 앞에 섰으나 상대방 딤즈데일 목사는 방관자로 외면한 채 앉아있는 똑같은 상황이 연출되었다. 지금이야 전 세계가 한풀이라도 하는지. 지나칠 정도로 성性 개방을 구가하는 바람에 혼돈의 시대에 젖어 살아가지만. 여자에게 씌우는 억압의 고리는 70년대, 80년대의 가치관과 별로 달라지지 않았다. 질겨서 끊어지지 않았다. 참담했다. 흉흉한 꼬리표는 여자가 짊어질 몫이다.

그런데 꿈은 실현될 참인가. 성모병원 안과에 가서 의사와 담판하고 왔다고 했다. 본인은 건강한 두 눈 중 하나로 충분하다. 직장

다니는 시력 안 좋은 안사람에게 한쪽 눈을 기증하겠다. 떼쓰듯이 애걸했으나 거절당했다고 영웅담처럼 말했다.

이수일李秀壹이 버릇처럼 되풀이한 맹세가 있다. 그녀에게 시각장애가 와도 버리지 않겠다고 선심 쓰듯 언약을 주절거린 남자다. 만날 때마다 임신에 걸려 병원 신세 지는 게 짜증스럽고 고달팠다. 제발 그만두자고 두 손 비비면서 사정하는 그녀에게 사별은 있어도 생이별 못 한다고 울며불며 물고 늘어진 남자였다.

같은 병원에서 근무하는 여자와 눈이 맞더니 그녀를 팽개치고 결혼한 그다. 임금님도 황태자도 아닌 은하수 다방에서 그 통보를 당당하게 내뱉고 도망치듯 떠났다. 배반背反을 대통령 훈장처럼 휘두르며 돌아서는 이수일의 등에 비수를 꽂지 못한 것은 눈 나쁜 덕이었다.

'로미오와 줄리엣'처럼 악조건 밑에서 강해지고, 목숨보다 풋풋한 불멸의 사랑을 다져왔는가? 이제 그녀는 주인공도 조연도 아니다. 심지어 단역에서도 제외되었다. 욕망의 참혹한 희생양일 뿐이다. 애증이든 집착이든 흐물거릴 뿐이다. 생명의 존귀함을 떠올릴 겨를이 없지 않은가? 너도 죽고 나도 죽자? 황당한 결말도 아니다. 즉석에서 이루어지는 뒤처리가 깔끔할 수도 있으니까.

그 이전 해 벚꽃이 흐드러질 때 동료들과 교외 금천사로 봄놀이 갔다. 식당에 둘러앉아 매운탕을 시켜 먹었다. 안주 삼아 건네는 소주를 사양도 안 하고 마신 덕택에 정신을 놓아버렸다. 대학교 다닐 때도 주변에 술주정 심한 사람들에 대한 천한 인상이 싫어 술을 입에 대지 않던 그녀가 될 대로 되라 식이었다. 일찌감치 거덜이 난 인생, 물결치는 대로 숨만 헉헉거리는 그녀에게 술이 새로운 친구로 쏜살같이 다가오던 날들이었다.

천장이 빙빙 돌아 회전목마를 탄 기분이었다. 그 알싸한 천상의 기분에서 절대로 내려오고 싶지 않았다. 미래가 암울하든 밝은 전망silver lining이든 중요하지 않았다. 그날그날 들숨 날숨 쉬며 살아가기도 버거운 마당이었다. 그날 노래방까지 따라갔고 준비해온 양주까지 맹물처럼 마셨다니 그녀는 정신이 나가 있었다. 동료는 확실하게 짚어주지 않으면서도 그날 분위기가 운전에 대한 부담감만 아니라면 자신도 취하고 싶었노라고 시샘인지 촌평이다.

박다현을 낳은 지 1년도 안 지난 여자가 퇴근해서 집에 안 가고 어울려 노느라 몸을 축구공처럼 굴려도 된단 말인가? 아까울 게 없는 시래기 청춘이었다. 그녀가 무슨 헛소리를 했는지는 끝내 비밀로 묻혔다. 여자 셋 남자 셋이 두 차에 나눠 타고 간 돌발적인 봄 소풍은 다음 해 봄 1주년 기념하러 금천사 가자는 제안이 나올 정도로 은근히 무리 입소문에 떠돌아다녔다.

평소 대화에 안 끼어들고 멀찍이 바라만 보는 여자가 외딴 공간에서 혀 꼬부라진 말로 비틀거리는 행동을 주름잡았다면 놀라웠을 것이다. 흐느적흐느적 흐트러진 그녀는 술을 입에 대지 않은 여자 동료의 운전 덕분에 집에 무사히 도착했다. 한밤중에 방바닥인지 모르고 오줌을 흘리더라고 남편이 혀를 찬 사건happening도 이어졌다. 필름이 완전히 끊긴 몇 시간이었다.

그녀는 아침에 머리가 깨지게 아파 병가를 냈다. 마지막 남은 콘택트렌즈마저 어딘가에서 잃어버린 것이다. 5쌍을 가지고 다니다가 하나씩 사라졌는데 끝물이었다. 그녀가 가진 렌즈는 각막 전체를 덮는 하드렌즈다. 크기가 크다 보니 민감한 눈 안에 낄 때마다 눈에 티가 들어간 것보다, 모래 먼지가 들어간 것보다 자극이 심해 충혈과 이물감이 장난이 아니었다.

차 안에서 통증을 못 견뎌 빼다가 놓치면 더듬어도 찾지 못한다. 렌즈 낀 눈은 소슬바람에도 견디기 힘들다. 잠깐 끼고 빼기를 솜씨 있게 가늠해야 하는데. 방안에서야 심봉사 문고리 잡듯 방바닥을 손바닥으로 조심조심 더듬으면서 찾는데.

마지막 렌즈마저 없어졌으니 그녀는 특수 렌즈를 처음 맞춘 종로로 가야 할 판이다. 맨눈으로야 학급 팻말도 못 찾고 더듬거리면서 계획성 없이 즉흥적으로 사니 두손 두발이 고생하는 건 기본이다. 하나만 남은 오른쪽 렌즈만을 끼고 살면서 대비를 하지 않다니.

시각 장애인이 의지하는 맹도견이나 하얀 지팡이보다 마지막 렌즈를 잃어버린 그녀는 상심이 컸다. 시내 안과 전화를 돌려 렌즈를 잃어버려서 맞춰야 한다고 했더니 여기서도 가능하단다. 그때 안과에 가서 알게 된 사실에 입을 다물지 못했다. 비참한 현실에 굴복하여 담쌓고 사니 모를 수밖에. 대학병원이 성모병원 못지 않게 각막이식수술을 성공적으로 시술하고 있다는 것이다. 아, 그렇게 목말랐던 각막이식수술을 여러 병원에서 일반 수술하듯 하고 있다고?

대학병원 안 은행에 등록한 후 얼마 지나지 않아 남편이 위암 말기라 수술도 불가능한 상황이라는 사실이 드러났다. 생전에 각막을 주려고 했는데 죽음에 임해 뭐가 아까웠으랴. 대학병원에서 안과 검진하고 기증 서약에 사인했다.

정연이는 팔월에 먼저 오른쪽 각막이식수술을 받았다. 다른 사람의 눈을 기증받아 수술받은 것이다. 전신마취였다. 시력은 0.4로 높아졌다. 성공이라고 야단이 났다. 한 뼘쯤 나아진 시력을 얻기 위해 온갖 고통을 견딘 것이다. 그녀는 왜 1.2가 되지 않는지 기대치에 닿지 못해 어안이 벙벙했다. 안과의사 설명이다. 원추각막이 진행될 당시 바로 수술을 했으면 시신경도 그대로 살아 있어 시력을 온전히 회복할 수 있다. 몇십 년을 원추각막 시력으로 살다 보니 시신경도 그에 익숙해져 새로운 각막에 적응하지 못하는 것이란다.

남편이 그해 시월 말 세상 떠난 후 그녀에게 주기로 서약한 건강한 두 눈은 원추각막으로 시력이 곤두박질치는 이십 대 청년 대학생 둘에게 기증했다. 그녀는 사십 코앞에서 수술받았다. 이십 대 초반에 수술받은 그들의 행운에 기분이 아릿아릿했다. 뿌듯했다.

셋째는 어이가 없어 말문이 막힌다. 평생 연금이든 월급이든 갚아 나갈 채무자가 된 것이다. 남편이 빈둥빈둥 놀기도 지쳤는지 그녀의 연금을 담보로 사업자금을 빌리면 수십 배로 늘릴 수 있다고 허풍을 쳤다. 성모병원 이야기로 신뢰감을 얻은 직후였다. 아무도 신경 써주지 않는 명암 구별이나 하는 정도의 그 눈의 절박한 상태를 해결하려는 직접적인 노력을 한 데 대해 따뜻한 감동이 물결치던 참이었다.

꼼꼼히 이익과 손해를 챙기는 의식이 없었던 그녀는 거침없이 인감도장을 빌려주었다. 그 도장을 요술 방망이 삼아 엄청난 채무를 저질러 놓았다. 해결할 새도 없이 급성 위암으로 세상을 떠나버린 것이다.

남은 건 그녀 월급 50%를 평생 은행에 선지급해야 하는 불명예다. 퇴직한 후 연금까지 철저하게 빈틈없이 갚아야 할 채무, 월급이 볼모로 잡힌 신용 담보. 꼼짝없이 떠안은 그가 남겨놓은 찬란한 불꽃이 일렁이는 영광, 거창한 유산이다. 이 상황은 벗어나기 힘들다. 로또 복권에 당첨된다면 몰라도. 아이러니하게도 그 일에 휘말리면서 그녀는 체념을 뛰어넘고 단단해졌다. 그녀는 선명하게 그 단옷날을 기억한다.

빛깔 고운 치장으로 한껏 멋을 내고 공원으로 몰려든 사람들이 잔디밭에 삼삼오오 모여 트로트 음악에 맞춰 몸을 흔들고 있었다. 그 틈에 끼어 박다현은 팔과 다리를 즉흥적으로 흔들었다. 음률에 맞추어 움직이고 있었다. 천성에 따라가는 자연 율동이었다. 그녀는 넋 놓고 바라보고만 있었다. 그때 곁에서 구경하는 아줌마가 감탄하며 그녀에게 말을 걸었다.

　―딸인가요? 춤솜씨가 신명 났네요. 무용가 최승희를 보는 것 같아요. 재능은 타고 난대요. 절대 남이 흉내 못 내요. 놀라워라, 앙증맞은 저 몸짓, 표정…

　그 길을 걷노라니 그 아줌마의 목소리가 되돌아온 듯하다.

　―무용가로 키워요. 후회 안 할 거예요. 엄마가 바뀌어야 해요. 남이 안 간 길 가려면 힘들지만. 아이의 장래를 생각하면 답 나오지 않나요?

　그녀처럼 다현이도 평탄한 꽃길을 놓치고 가시밭길을 선택한다. 1점이 부족해 고교 선발고사에 낙방하더니 6개월 만에 고교 검정고시 합격으로 고등학교 졸업장을 따냈다. 무용학원 다니면서 다음 해 대학 신입생이 된 것까지는 좋은 징조였다.

　무용을 전공하도록 부추기다니 그녀의 잘못된 판단이다. 모녀의 거리가 점점 멀어진 건 이 시점에서부터였다. 박다현은 동년배들보다 3년을 빨리 예술대학에 진학했다. 덕분에 생활이 넉넉하고 나이 많은 언니들과 부딪쳐야 했다.

　언니들의 참견은 도를 넘으니 선배의 간섭을 버티기 힘들겠다.

엄마의 설 자리가 좁아졌다. 툴툴거리며 엄마의 간섭을 맹렬하게 거부한 것이다.

대학교 때 토익 점수를 높이라고 영어학원에 등록시켰다. 열심히 다니기에 장하다 싶었다. 웬걸 직장이 쉬는 날 따라갔더니 강사 코앞에 앉아 꾸벅꾸벅 졸고 있었다. 졸업 후 원하는 회사에 들어가기 위해 시험을 보려면 기본 점수는 올려야 하는데 그게 안 되는 이유를 알 거 같았다.

방학 때면 떠난 세계여행! 박다현은 눈을 반짝 빛내며 제복을 입고 비행기 안을 돌아다니는 승무원을 부러워했다. 키도 크고 건강하고 생활 영어 회화가 가능해야 가능한 직업이다. 필수인 영어가 걸렸다. 공부를 싫어하니 영어 성적 올리기가 쉽지 않다. 그녀는 승무원 화제를 대화에서 거두어버렸다.

온순하고 엄마 말 잘 따르던 박다현은 무용과를 다니면서 성격이 변해버렸다. 용돈이 적다고 투덜거리더니 자유선언을 했다. 대학가 식당 근처에서 아르바이트를 시작하더니 귀가가 들쑥날쑥했다. 확인하고 참견하면 버럭 화를 냈다. 어린이가 아니니 제동을 걸지 말라고 으름장이었다. 무슨 모임이 그리 많은지 귀가 시간이 늦었다. 옷차림이 화려해졌고 대학생이라지만 메이크업까지 해가며 다녔다. 식당 일 그만두라고 하면 대꾸를 안 했다. 무용과를 보낸 게 그녀의 불찰이었다.

더 큰 문제는 졸업 후에 벌어졌다, 첩첩산중이었다. 대학을 졸업했으나 결정된 게 없다. 미래 설계를 하라고 3월 초에 이탈리아 여행을 혼자 보냈다.

그때 봉천동에서 동생댁은 약국을 운영했다. 전문의 과정을 밟고 있는 정승규丁承圭가 제안했다. 다현이가 아직 직장을 정하지 않았으면 약국 사무원으로 와서 도와주면 좋겠다고 끌어당겼다. 남동생은 몇 년 걸려 돈 모아 시집보내면 누나 짐이 가벼워지지 않겠느냐고 했다. 동의했다. 철없을 때 시집가면 낫겠다 싶었다.

비록 배다른 동생이나 어우렁더우렁 같은 울 안에서 자랐다. 어릴 때부터 정연이를 따랐고 그녀도 끔찍이 챙겨주었다. 돈독한 가족애가 고마웠다. 어릴 때의 고충을 이겨내고 자립한 대견한 동생이다. 동생댁이 다현이에게 함부로 할까 안심을 했다.

그 기대는 6개월을 조금 넘긴 시점에서 허물어졌다. 사소한 일에서 어긋나더니 극과 극으로 치달았다. 박다현은 쫓겨나듯 내팽개쳐 집으로 돌아왔다.

부모는 며느리 잘못을 바로잡아 혼낼 마음이 애초에 없었다. 아들이 소중하니 그 며느리도 덤으로 윗자리에 걸터앉았다. 심지어 승규도 상전 대접이었다. 승규 엄마 귀신이 자신의 두 아들에게 복을 주니 고마워해야 집안에 복이 굴러온다는 이상한 믿음에 사로잡혀 있었다.

어머니는 원적사 스님과는 막내 문규 때문에 가까워졌다. 답답할 때 이거저거 물어보니 그 스님이 못이 박히게 일러두었을 것이다. 밖에서 낳아 온 아들을 차별하면 그 해害가 곧바로 친자식들을 거꾸러뜨린다고 말이다. 안 그러고야 철이 들면서 승규에게 오히려 쩔쩔매다니 과도한 친절이었다.

귀신이 해코지하리라는 언질을 강하게 받았다고 해도 지나쳤다. 아들과 며느리는 딸보다 상전이었다. 이 사건으로 소문이 나빠질까 이혼할까 전전긍긍이었다.

비빌 언덕이 없다는 걸 깨달았던 어린 시절이었다. 기대 안 하고 살아왔다. 그 일은 두고두고 정연이와 박다현의 말싸움의 도화선導火線이 되었다. 왜 외삼촌 댁에 보냈느냐고 번번이 핀잔이었다.

그 후 벌어진 불협화음으로 시집도 안 간 박다현은 독립선언을 했다. 사사건건 간섭하는 엄마와 생활 습관이 달라 숨 막혀 살 수 없다고 고함을 질렀다. 같은 도시에 살면서도 혼자 원룸으로 이사 갔다.

그녀도 인내에 한계를 느꼈다. 고개를 돌려버렸다. 그녀가 만나는 사람들과 대화에서도 다현이 이야기는 끼워 넣지 않았다. 타인보다 못한 모녀간이 되어 소원하게 지낸 건 사실이다. 꼬치꼬치 발설하고 싶지 않아 묻어 둔 상태였다.

만일 다현이에게 야릇한 음주운전 사고가 생기지 않았더라면 같은 도시에 살면서도 남과 북처럼 얼굴 볼 일은 영영 없었을 것이다. 불편한 것쯤 이골이 나 있는 정연이이니 남남으로 사는 게 뭐 대수랴 싶었다.

박다현은 초등학교 방과 후 강사로 특별활동을 담당하면서 퇴근 후 오후 늦게는 수영장에서 수영강사로 일했다. 인명 구조사 Life Guard 자격증을 따기 위해 임사체험 훈련을 톡톡히 치러냈다. 수상 인명 구조사 자격증은 수영강사에게 필수다. 무소식이 희소식이거니 안심한 척 지내느라 정연이는 새까맣게 몰랐다.

수영장에서 생활 스포츠 지도사로 일하나 박봉이다. 박다현 입장에서는 즐겁게 일할 수 있는 분야였다. 타고난 유연성이 큰 도움이 되었다. 문제는 저체온증에 빠져 생사를 헤맨 일이다. 워낙 저혈압에 몸무게에 대한 부담으로 먹는 것이 부실하니 과도한 체력소모가 수영강사에게 무리일 건 뻔하다.

무용 학사 자격증만으로 자립해서 혼자 먹고살 수가 없다. 무용학원을 차릴 자본이 없다. 엄마에게 도움을 요청하지 않아서 모르고 지나간 일이다. 설사 사업자금을 요구한들 특별히 해줄 수 있는 게 없다. 이미 엄청난 채무자인 처지에 또다른 빚을 떠안아야 할 뿐이었으니까.

*

이번 일은 행정실에서 전화로 소식을 알려 준 것이다. 상황을 파악하고 나니 행정실의 발 빠른 대처가 고마웠다. 감당할 수 없는 현실 앞에서 가장 손쉬운 방법, 목숨을 초개처럼 버리려는 젊은 심장 다현이의 생명줄을 그들의 현명한 판단과 행동이 이어준 셈이다.

유월 하순이라 연꽃은 꽃망울을 맺고 있었다. 연꽃의 자태를 바라볼 수 있는 긴 나무 의자에 앉았다. 하늘도 높으니 주변이 고즈넉하고 널찍하다. 연잎을 바라본다. 그동안 숨 가쁘게 마무리한 일들을 정리해 본다. 놓친 것이 있을 리 없다.

바로 조퇴하고 입원한 병원으로 달려갔다. 다행히 다현이는 몸 상태가 양호했다. 퇴원 수속하고 원룸으로 돌아왔다. 사고에 받친 택시 기사가 입원해 있는 병원으로 찾아가 합의서를 작성했다. 그 자리에서 합의금을 바로 송금했다.

다현이의 차는 공업사에 가 있었다. 찻값보다 수리비가 더 나왔다. 차를 헐값에 넘겼다. 음주운전 벌금도 내고 검찰청에 가서 약식 재판 서류도 제출했다. 매니저가 되어 따라다니면서 혼자 해결하기 힘든 일들을 잠자코 처리해주었다.

차를 처분해버렸으니 당장 다현이는 발이 묶여버렸다. 음주운전으로 걸린 게 처음이 아니었다. 이번엔 수개월 면허정지까지 당했다. 음주운전이 교통사고로 이어진 게 처음이라 그나마 다행이었다.

'다시 음주운전으로 걸리면 돈으로도 못 막아. 교도소 가야 해. 기록이 남아서 가중처벌 받게 돼.'

이 말을 해야 할지 말아야 할지 한참을 망설였다. 정신 차리라고 귀띔할 필요는 있었다. 다현이에게 상처가 될지언정 이런 일을 두 번 겪게 하고 싶지 않았으니까.

'…'

무응답이다. 택시 기사 병실로 검찰청으로 찾아다니며 고생을 같이 해왔으니 깨달았을 터였다. 며칠을 숨 가쁘게 보내고 지금 법원과 가까운 공원에 들른 것이다.

다현이가 다소곳이 곁에서 숨 쉬고 있으니 고맙다. 칙칙했던 심정이 가라앉았다.

'연꽃을 보렴. 진흙 속에서도 아름답게 자신을 드러내지 않니?'

그녀는 하늘의 그물은 엉성해 보이지만 촘촘해서 틈이 없다는 말을 떠올린다. 가방을 열어 단소를 꺼내 든다. 공원 안은 행인들의 발길이 뜸하다. 연꽃 축제가 시작되지 않아서일 것이다. 다현이는 연못 반대편 건물 쪽만 멍하니 바라보고 있다. 하늘은 놀랍도록 파랗다. 구름 한 점 떠 있지 않다.

> 엄마가 섬 그늘에 굴 따러가면
> 아기가 혼자 남아, 집을 보다가
> 바다가 들려주는 자장노래에
> 팔 베고 스르르 잠이 듭니다
>
> 아기는 잠을 곤히 자고 있지만

갈매기 울음소리 맘이 설레어

다 못 찬 굴 바구니 머리에 이고

엄마는 모랫길을 달려옵니다

—「섬집 아기」 전문

단소를 되풀이 연주한다. 처량하다. 콧날이 시큰하다. 가사를 머릿속으로 읊으니 망정이지 노래로 부른다면 자제심을 잃고 통곡할 것이다. 의지하고 친구처럼 지냈는데. 다현이와의 승부가 나지 않는 기 싸움을 떠올리면서 속으로 울부짖는다.

─사소한 데 목숨 걸지 마. 못난 딸 아니잖아. 잘 났으니 얼굴 당당하게 쳐들고 살아. 제발 툭툭 털고 일어나.

입속으로 중얼거리듯 웅얼거렸지만, 간절하다. 박종춘을 만난 돌이킬 수 없는 우연 속으로 헤엄쳐간다.

맞선을 보고 돌아오는 길이었다. 서울 사는 고모할머니의 소개로 만난 남자였다. 고향이 금산이라고 했다. 한양공대를 졸업하고 두산그룹에 다닌다고 했다. 누나가 셋, 막내아들이라고 했다. 그녀의 편의를 위해 고속버스 터미널 근처에서 만났다.

같이 차를 마셨고 그녀는 주식에 관심 있다고 말했다. 시시각각 지표가 들락거리는 거 볼 줄 몰라 헤매면서도 편승 어쩌고 토를 달았다. 눈이 무식하게 나빠도 말로는 절대로 남자에게 지고 싶지 않았다. 주식 투자 운운하면서도 한편 공허했다.

그녀에게 남자는 흥미가 없었다. 한번 질리니 줍기가 싫었다.

그때 옆 의자에 앉은 오동통한 남자가 성가시게 말을 걸었다. 왜 뿌리치지 못했는지 알 수 없는 일이다. 그의 이름은 '정의', 정의가 말라비틀어진 혼탁한 세상에서 그 이름을 걸었다. 망연자실 앉아있는 그녀에게 남자는 끈질기게 다음날 호수다방에서 만나자고 보챘다. 가 본 적 없는 곳이었다. 안과 골목으로 들어오라고 했다. 그녀보다 더 잘 안다는 듯 뜨내기가 아닌 체했다.

다음 날은 일요일이었다. 내키지 않았는데 호기심도 없었는데 나가마고 언질을 주었다. 그리고 이튿날 정의라는 만화를 즐겨본다는 남자를 만나러 갔다. 거기에 허락도 받지 않고 나와 있는 바람잡이 남자. 잇속이 고르지 않아 앞니의 뻐드렁니 사이로 자꾸 말이 새는데도 본인이 말솜씨가 좋다고 착각하는 남자가 거만하게 두 팔을 깍지 끼고 앉아있었다. 그가 바로 그녀의 일생을 돌려놓은 박다현의 아버지, 박종춘이었다. 그는 눈빛을 번득이며 대화를 주도해나갔다.

생소한 단어들이 술술 새어 나왔다. 누에고치에서 줄줄이 뽑아내는 실처럼 거침이 없었다. 인월면引月面의 유래가 된 이성계 장군과 아지발도 이야기. 황산대첩, 여원치, 피바위, 팔랑재… 그믐날인데 보름달이 환하게 떠서 이가 기어가는 모습이 보일 정도로 밝았다는 것, 그의 말주변은 다방 안의 음악을 앞질렀다.

그의 과시는 정도를 넘었다. 중고등학교 때 태권도 도장 다니면서 꾸준히 운동했다. 대련할 때마다 또래들이 재빠른 발차기에 벌벌 떨었다는 이야기. 깡패가 주름잡는 소문난 시장에서 주먹들과 패싸움이 벌어져도 그의 발아래 무릎 꿇었다. 그 저력은 군대 생활에 딱 맞아 깃발 날렸다. K대 경영대학원으로 옮겨갔다. 얼렁뚱땅 대학교는 얼버무려 눈치챌 겨를도 주지 않았다.

형과 열네 살 차이다. 가운데 형과 누나가 어린 나이에 죽었기 때문이다. 형은 놀부 심보를 그대로 닮았다. 동네 뒷산이 제비가 날아다니는 연비산燕飛山 딱 맞아떨어진다. 흥부마을로 알고 있다. 아버지가 돌아가시면서 이 논 저 논 막내아들 주라고 유언했는데 논은 형님 차지. 용돈도 안 주었다. 흥부전은 바로 자기 집 사정을 속속들이 알고 엮은 판소리라고. 이리저리 갖다 붙이기는 변호사 저리가라였다.

그의 말은 도중에 끊어지지 않았다. 으스대는 선수였다. 기름을 부은 말주변은 군대 생활에서 아롱다롱 찬란한 구슬을 엮었다. 군대 요직을 거쳤고 초고속 승진이었다. 보안사에서 근무하면서 상관의 부관으로 신망이 두터웠다. 그때 혁명이 일어났으면 절대로 실패하지 않았을 거다. 그는 위험한 상황도 판단하면 즉각 행동으로 옮기는 인지 능력이 탁월하니까.

왜 그 좋은 직장인 군대를 그만두었느냐고 잠자코 듣고만 있다가 물을 수밖에 없었다.

미리 준비한 연설문을 암송하듯 거침이 없는 답변이 이어졌다. 대위로 복무할 때 직속상관 편의 봐주다가 연루되어 업무상 배임

죄에 걸렸다. 그가 전부 책임지고 군대의 허물을 덮었다. 옷을 벗을 수밖에 없었다. 아쉽다는 듯 입맛을 다시면서.

1980년대 가을이었다. 무정한 세월에도 광주 이야기는 흉흉했다. 폭도 운운에 은닉된 사건들이 떠올랐다. 부관 어쩌고 진짜 같았다. 세상 물정 어두우니 공략하기 안성맞춤인 셈이다. 1970년도 막바지에 유행했던 말들이 귀에 쟁쟁 상기되었다.

'버러지 같은 인간과 정치하니 되겠습니까?'

'오늘 저녁 해치우겠습니다.'

'데모하는 자식들은 세게 밟아야 합니다. 탱크로 깔아뭉개버리겠습니다.'

그때의 유행어들이 뇌리를 훑고 지나갔다. 가장 황당한 주장은 자기가 직접 그 현장을 본 듯 장담으로 한 다음 말이었다.

'경호실장이 영애 사생활을 사사건건 챙기고 간섭했어요.'

엉뚱한 상상력은 대박이었다. 온통 감춰져 있어 아무도 모르는데. 경호실장과 최 아무개는 차원이 다르다. 아는 척 눈방울 굴리며 정치 비화를 씨부렁대는데 그녀는 무협지를 넘기듯 흥미로웠다. 허무맹랑한 엉터리 이야기를 비단실로 엮어대는 말솜씨에 지루한 줄 몰랐다. 그날 박종춘의 서 푼짜리 헛바닥에 놀아났다. 정의라는 사람도 충실한 시청자였다. 혼자 신이 나서 떠벌이고 둘은 열심히 들어주고.

길가에서 지나가다가 소매 끝이라도 스치면 피해야 할 악연을 그녀는 뜬금없는 경로를 통해 만났다. 그녀는 싫다고 좋다고도 않았다. 그는 악착같이 물밑작업을 해왔다. 비어있는 공간이 제법 널찍하여 그가 머물 장소로는 안성맞춤이었으리라. 새해에도 박종춘은 주위를 맴돌고 있었다. 내버려 두었다. 그냥 무급 경호원 하나 둔 셈 친 것이다.

뒷감당 없이 결혼했을 때도, 말과 행동이 따로 놀아도, 자연 유산할 때까지 박종춘에 대해 알아보지 않았다. 과거가 진짜로 화려했는지 허풍이었는지 몰라도 현재는 빈둥거리는 게 취미라는 사실이 야릇했다.

겨우 건진 딸이 박다현이다. 늦바람처럼 박종춘은 사업을 한답시고 떠들썩 휘파람을 날려가며 실속 없이 쏘다녔다. 그녀의 월급을 압류하게 만들더니 암으로 버티다가 세상을 떠났다. 직장은 팍팍하다. 퇴직해도 그녀는 만져보지도 않은 박종춘이 은행에서 빌린 돈을 죽을 때까지 갚아야 한다. 그녀의 얄궂은 운명이다.

－집으로 돌아올래?

이 말을 정연이는 같이 공원 안을 한 바퀴 돌며 걸으면서도 소리 내어 말하지 못한다. 헤어지면서도 꺼림칙했다. 대학 들어간 지 얼마 안 되어 곧바로 성인이라고 큰소리쳐온 다현이는 그녀의 외길을 단념할 생각이 없어 보인다. 정연이의 고집을 그대로 이어받은 다현이는 음주운전 교통사고 사건을 그림자처럼 조용히 해결해 줘서 고맙다는 말도 아낀다.

　　　　　　　　　　　*

　그 뒤로 시간은 속절없이 흘러갔다. 차를 처분해버린 다현이는
자전거로 일하러 다닌다. 면허증을 회복하고 차를 다시 살 때까지
고생이 말이 아니겠다. 술을 끊지는 않았으나 음주운전은 안 하기
로 다짐을 했겠다.

2장 빛 더듬이

미리내 먼 별에서 견우·직녀 손 내밀고
허리를 구부려 문안 인사 나누다가
오묘한 사다리 타고 내려오는 무지개. (몽운 시 「무지개」 일부)

요람 앞에 무릎을 꿇고 있는 소녀 / 빈센트 반 고흐 / 몽운 모작

싸움은 항상 사소한 데서 움튼다. 정연이 평생을 얼룩지게 만든 고뇌도 사정을 모르면 하찮게 보였을지 모른다. 당사자에겐 목숨 걸 만큼의 중요사안이었음에도 호강에 겨워 내지르는 어리광으로 보였을 것이다.

얼굴 중심을 지배하는 코, 절대적인 첫인상을 좌우한다. 콧대가 적당히 섰다. 콧구멍도 크지도 작지도 않고 인중도 거침없이 뻗어 있는 모양새다.

약간 톡 튀어나온 이마는 넓지도 좁지도 않다. 머리 부분을 관리하면서 아래를 내려다보고 있다. 찰랑찰랑 흘러내린 검은 머리카락이 좋은 인상을 뒷받침한다. 짱구 이마도 아니다. 주걱턱도 세모턱도 아니다. 다부진 얼굴을 잘 받쳐주고 있다.

입술도 얇삽하지 않다. 아랫입술이 윗입술보다 조금 도톰해서 묘한 매력을 풍긴다. 입술의 분위기를 주름잡는 치열이 고른 잇속은 제 자리에 적확히 들어앉아 가지런하다. 옆모습을 보면 미술 시간 석고상 줄리앙 같다. 목은 적당히 길다. 종일 떠들어도 목소리가 쉬지 않는 풍부한 성량과 목청을 가졌다.

키가 작다고? 기본 체중, 여성 평균 신장이다. 개미허리가 아니라고? 의상 모델 하겠다고 설치지 않는 바에야 무슨 상관인가? 건강미가 넘치니 흐뭇하지 아니한가?

여드름 때문에 성가셔 죽을 지경이라면 남의 일이다. 주근깨 하나 잡티 하나 돋지 않은 해맑고 하얀 피부다. 세수를 건성으로 해도 얼굴에 묻은 물만 털어내면 그만이다. 뾰루지가 뭔지 모른다. 자연 그대로 유지만 하면 된다.

윤기가 흐르는 살결과 코와 이마와 턱과 광대뼈가 튀어나오지 않고 살짝 그어진 쌍꺼풀까지도 완벽한 조화다. 그런데 웃음기가 없다. 개똥만 굴러가도 까르르 웃어대는 나이이건만 그녀는 꿍꿍 앓는다. 심각함을 달고 산다.

조물주는 질투의 화신이다. 인간을 불완전하게 창조하여 복종하게 만든다. 거역하면 큰코다친다고 암암리에 위협을 준다. 곳곳에 복병을 깔아놓는다.

근시는 안경 쓰면 시력이 교정된다. 그녀는 고도 근시를 넘어 약시다. 난시가 심해 직선조차 휘어져 곡선으로 보인다. 매번 직선 긋기에 실패하는 이유다. 곧 점자로 살아야 할 처지가 될지 모르는 어둠을 향해 줄달음치는 진행형 시력이다.

물체를 가슴 안으로 당겨도 구별하기 힘들다. 담배인지 흰 분필인지 만져보고 질감을 느껴야 분별이 된다. 그래서 그녀는 촉각으로 더듬어 확인하는 버릇이 생겼다.

어둠에 익숙해야 했다. 초등학교 5학년 이후로 학교생활이 힘들어졌다. 교탁 맨 앞에 앉아도 칠판 글씨가 잘 보이지 않았다. 선생님들이 글씨를 가늘게 쓰면 읽을 수가 없다. 강의 목소리에 집중하여 수업 내용을 암기하는 게 버릇이 되었다.

6학년 4반 반장은 천용삼千龍三이다. 5학년 때 개구쟁이들이 툭툭 건드리던 몹쓸 버르장머리에 비하면 천용삼은 점잖은 동기다. 채진우는 방앗간 집 아들이다. 가정교사를 집에 들여 가르친다는 소문이 자자했다. 채진우와 낄낄거리며 운동장을 휘젓고 다닌 꼬맹이 녀석 둘이 김영수, 마승범이다. 삼총사는 장난삼아 주먹질로 체력을 뽐내는 못된 버릇이 있었다. 놀라운 사실은 삼총사들이 6학년 4반 반장 천용삼과 어울리면서 얌전해졌다. 여학생에게 심심풀이 장난을 그만두었다.

여학생들은 순해서 담임 선생님에게 고자질하지 않는다. 삼총사는 재미 나서 씩 웃는다. 팔을 휘두르며 어깨를 툭 치고 지나간다. 간단한 신체접촉이지만 체급이 헤비급인 자와 라이트급인 자의 무술 시합 같은 타격이다. 여학생에게는 쓰나미 같은 충격이 느껴지는 시달림이다. 관심의 치졸한 표현? 방법이 어리숙했다.

비슷한 시달림을 당한 여학생이 전공주다. 전공주는 6학년 때 같은 반이다. 중고등학교까지 같은 여학교를 다닌 옆 동네 친구다. 김숙영도 있다. 잘난 체하고 남의 대화에 끼어들기 좋아하는 성격이라 정연이와는 서먹서먹했다. 트고 지내지 않은 친구다. 같은 동네 같은 반인 마영희와도 죽이 잘 맞았다. 그러나 6학년 말에 서울로 이사를 가버려 우정도 거기서 끝나버렸다.

이금안은 딸부잣집이라 '그만'을 한자어로 금안으로 지었다. 성격이 무던하여 정연이와도 어깨동무하며 지냈다. 중학교에 입학하지 못해 학업이 중단된 안타까운 동창이다. 그쪽에서 소식을 끊어버렸다. 입 하나 줄이려고 일찍 시집을 보냈다는 뒤숭숭한 소문만 떠돌았다. 그 뒤 학교 다니고 싶어 미쳤다는 둥 자살했다는 둥 여학생의 심금을 어지럽히는 뒷소식이 뒤따랐다.

6학년이 되어 중학교 입시 준비하느라 시험지를 많이 풀었다. 밤늦게까지 책상에 앉아 공부하기도 했다. 자녀 교육에 열성인 부모는 저녁참을 함지박에 그들먹하게 이고 와서 한참 잘 먹는 아이들에게 저녁을 먹이기도 하였다. 교실에서 둘러앉아 먹던 저녁밥은 꿀맛이었다.

그녀는 시력이 약한 대신 청력이 뛰어나다. 냄새도 잘 맡고 촉각도 마찬가지다. 암기력도 대단해서 교과서를 두어 번 읽으면 줄줄 외워버린다. 전공주가 그녀의 외우는 능력을 부러워했으니까.

바로 그날은 하늘도 달도 맑았다. 그녀가 천용삼에게 관심이 어쩔 수 없이 쏠려버린 날이다. 그녀 옆 책상에 앉았던 천용삼이 그녀와 답안지를 바꾸어서 채점했다. 만점이라고 좋아하고 있는 그녀의 시험지를 틀렸다고 작대기를 빨간 색연필로 주욱 그어 되돌려주었다. 그녀는 어이가 없어 곱지 않은 말투로 따졌다.

─여기 네델란드라고 썼잖아. 네덜란드가 맞아.

─아하!

똑똑하고 똑 부러지고 따끔하게 콕 짚어가며 여지없이 오답이라고 지적해 주었다. 절대로 잊히지 않는 철자가 네덜란드다. 그 답에 작대기를 긋지 않았으면 100점이다. 아슬아슬 작대기 잘못 그어 놓았다. 집으로 같은 동네 사는 친구들과 달빛을 받으며 돌아오면서도 '네델란드 ; 네덜란드' 되새기면서 걸었다. 그 차이는 알겠다. 굳이 그래야 하나. 정답이나 마찬가지인데. 자신이 잘못 기억한 나라 이름이 거부당한 데 대한 분풀이를 할 데가 없어 속으로 불퉁거렸다. 그녀는 한번 입력된 글자는 절대로 틀리지 않는다. 잘못 읽은 글자가 잘못 입력된 거라면 그녀 책임이다. 그녀의 약한 시력 탓이니까.

그 뒤로 그녀는 그를 관심 있게 지켜보았다. 그냥 넘기지 않고 어른스럽게 철자법을 들고나온 그는 만능이다. 목소리도 울림이 적당해서 듣기 좋다. 유행가를 그럴듯하게 감정을 넣었다. '가슴 아프게'였다. 여릿여릿한 소년이 청승맞게 어른 흉내를 내고 있다. 세상 풍파를 알고 있다는 듯이.

운동장에서 흥에 겨우면 휘파람을 불어댔다. 수준급이었다. 하모니카는 어떤가? 의문투성이다. 왜 어른스럽게만 굴까?

그는 송림리松林里에 살고 그녀는 신월리新月里에 산다. 걸어서 삼십 분 정도 떨어진 이웃 동네다. 그에게 두 형이 있다는 것. 큰형은 약국을 한다는 것. 어른스럽게 굴었던 게 형들에게 받은 영향이 아닌가 싶다. 운동도 잘하고 친구 관계도 리더로 앞장서서 이끌었다. 군계일학이다. 환하게 빛났다. 무심코 청소하다가, 쉬는 시간 중간중간에 저절로 그에게 시선이 닿았다. 들킬세라 고개를 돌리곤 했다.

그는 남중으로 그녀가 여중으로 진학하면서 자연스럽게 헤어지게 되었다. 그의 소식은 여자 동창들을 통해서 간간이 날아들었다. 특히 방정맞은 김숙영의 헤픈 입을 통해 동네방네 날아다녔다. 당연히 김숙영은 천용삼을 칭찬하기 바빴다.

명문고 다닌다는 그는 고등학교 2학년 때 초등학교 운동장에서 제1회 동창회를 개최할 때 참가했다. 깔끔한 모습은 시들지 않았다. 그런데 인문계 명문고를 떠나 농고로 전학했다는 것이다.

집안에 우환이 겹친 까닭이다. 병치레가 잦던 큰형수가 산욕열로 세상을 떠났다. 얼마 지나지 않아 부모님이 차례로 돌아가셨다. 바지락을 캐다가 누나가 바다에 실종된 이후 겹으로 들이닥친 천용삼네 가족의 불행이었다. 작은형도 해외로 회사를 옮겼다. 큰형 밑에 모였다. 남동생 둘도 학생이다. 천용삼이 대망의 꿈을 접어야 했다.

천용삼 주변에서 얼씬거릴 수 없었다. 김숙영이 진을 치고 있었다. 큰일을 할 재목인데 너무 빨리 꺾여버린 그의 불운이 안타깝다. 그러나 그녀는 자신의 암담한 현실에 매몰되어 천용삼을 이내 잊어버렸다.

주변에 그녀와 닮은 사람이 하나도 없었다. 눈이 하도 좋아서 장애 수준의 시력에 대해 가벼운 면박이었다. 그까짓 현대인에게 있는 문화병인데 무슨 걱정이냐고 말을 용기 내어 꺼내 설명도 제대로 하기 전에 잘라 버렸다.

겉으로 말짱해 보일 뿐 속병이 단단히 들었다. 차라리 다리 병신이나 팔 병신이었다면 좋았겠다. 동정심을 유발하니 낫겠다.

정순이丁順伊와는 연년생이다. 수리조합 물이 흐르는 다리 건너 사는 외할머니가 키웠다. 친어머니 친아버지가 아닌 모양이다. 양어머니 키운 정도 알뜰살뜰한데. 뱃속이든 배 밖이든 부모가 냉랭해서 다가가기 겁났다. 애정 결핍증은 평생을 따라다녔다.

비빌 언덕이 없음에도 하고 싶은 게 많았다. 걸림돌이었다. 눈이 나빠서 실행 불가능한 일뿐이었다. 그녀는 살고 싶은 의욕을 잃었다. 사방이 암초뿐이다. 항상 농약병을 휴대하고 다녔다. 여차하면 죽으면 다 끝난다는 얄팍한 도피. 그녀의 생명은 무가치無價値하다. 더부살이다.

남들 눈에만 정상으로 보인다. 까만 눈동자는 초롱초롱하고 흰

자위가 하염없이 맑다. 조물주의 실수로 엉터리로 빚어져 결핍의 극복이 어렵다. 그녀는 설움을 삼키면서 십 대 황금 시절을 상실감 속에 헤매고 있다.

일찍 결혼한 부모는 의견 대립이 일상이다. 어머니 윤미례尹米禮의 카랑카랑한 목소리는 겁나서 다가가기 무섭다. 아버지 정일섭丁一燮과 정답게 눈 마주치고 웃는 모습을 본 적이 없다. 만나면 칼칼한 말이 오가며 싸운다. 싸움의 원인은 모르지만 서로 양보를 모른다. 상일꾼 몇 몫을 기꺼이 감당하고 집에 머슴과 머슴 가족을 두고 살아도 농사일에 파묻혀 지낸다. 쇳덩이가 따로 없다. 머릿속은 처리해야 할 농사일로만 가득 찼다. 그 일을 마무리해야 다음으로 나아갈 수 있기에 눈뜨고 해와 더불어 깨어나서 해가 질 때까지 논밭에서 부엌에서 하루를 꼬박 보낸다.

딸에 대한 비하를 당연시한다. 아들을 하늘처럼 떠받든다. 남자아이에 대한 탐욕이 대단하다. 이미 두 명의 아들을 두었음에도 데려온 아들까지 합하면 셋이라는 아들을 손안에 넣었음에도 아들에 대한 집착과 편애는 병적일 정도로 지독하다. 출생부터 천덕꾸러기로 자라게 된 운명, 존재감 없는 딸로 태어났다는 숙명은 불행의 씨앗이었다. 친엄마가 아니라고 여기면서 어린 시절을 보냈다. 학교 앞에서 정미소를 하면서도 그녀의 담임을 찾아보지 않았으니까.

아버지도 한술 더 떴다. 태어난 생명이라 차마 엎지 못했다고 한탄했다니까. 죽어버리면 좋겠다고 푸념을 늘어놓는 귀찮은 딸이다. 출가하면 남의 식구니 최소한의 교육비도 아까워서 벌벌 떤다. 장남이 일찍 막내 이모를 따라 6살에 입학하자마자 잘 키워보려고 담임 선생을 찾아다니고 기성회장도 했다는데 그녀가 학교 다닐 무렵 무섭게 돌변했다.

그녀 앞에서 선생님 욕을 한 바가지 쏟아냈다. 기성회비 고지서를 흔들며 담임은 빨리 내라고 졸라대었다. 수십 번 망설이다가 아침에 기성회비 내고 노트랑 산다고 100원을 요구했다. 뜸 들여 80원만 세어 주면서 당부하는 말이 송곳이었다. 아껴 쓰라고 반복했다. 무조건 확인도 안 해 보고 절약하라니. 꼭 필요한 만큼의 돈을 달라고 한 건데 나머지 20원을 도둑질하란 말인가?

동네에서 부잣집이라는 소문만 무성했다. 그녀 형편은 나아지지 않았다. 오히려 더 나빠졌다. 통학하기 편하게 신작로가 나고 마을 안길이 넓어지고 지붕 개량을 하고 전화가 들어오고 전기가 들어오면서 라디오에서 흑백 텔레비전이 안방을 차지했다. 마을 사람들의 관심이 다양하게 옮아갔다. 세상은 놀랍게 변하는데 부모의 사고방식은 고려청자나 백자보다 고리타분하게 남아선호사상에 뿌리박혀 있었다. 한 발도 현대로 걸어 나오지 않았다.

문중을 일으키고 제사를 지내고 대를 이을 장남 특히 아들만 중요하다는 생각. 그래서 그녀는 부평초였다. 품팔이 머슴이나 똑같은 신세였다. 밥을 먹어도 새로 지은 밥은 아들들과 머슴들에게 돌아갔다. 풀기가 떨어져 부슬부슬해진 식은밥은 딸들 차지였다. 빛 좋은 개살구. 쌀을 구경하기 힘든 집 딸만도 못하게 내팽개친 그녀에게 웬 껄끄러운 수식들이 붙어 다니는지 성가셨다.

그녀가 입는 바지는 맨날 무릎이 닳아 해지고 천이 찢어져 맨살이 드러날 정도였다. 일부러 구멍을 내어 입던 시절이 아니다. 바지 구멍 난 곳에 헝겊을 덧대어 꿰매 입은 바지, 중학교 입학해서야 운동화를 신었다. 교복이나 마찬가지로 갖춰야 하니까. 그 상황에서 학용품 군것질 운운이 가당키나 한 노릇인가. 명절에도 설빔은 없었다. 생일도 그냥 지나갔다. 새 양말 신기 어렵고, 디자인이 다채롭고 색깔 고운 옷은 입어본 적 없다. 위아래가 제멋대로인 윗도리와 바지 차림의 촌닭. 그녀의 일상복이고 외출복이었다.

용돈을 탈 때 쭈뼛거리는 비굴함이 싫었다. 수수께끼를 푸는 일도 아니고 부모가 주기 싫어 딴소리하는 현실은 참혹했다. 그녀는 아버지에게 용돈 달라고 보채기 싫었다. 내미는 두 손바닥이 부끄러웠다.

용돈은 외할머니가 틈틈이 만나면 준 것을 한 푼도 쓰지 않고 고이 간직했다. 외할머니는 인색하지 않았다. 미리 준비해 놓은 듯 만나면 듬뿍 당시에는 상상도 못 할 정도의 용돈이었다. 그마저 없었다면 어떻게 숨어서 대담하게 저지른 치욕, 인공유산 비용을 감당할 수 있었을까? 그것도 여러 번을. 악몽이다.

시험을 봐도 친구들은 건너다보며 은근슬쩍 답을 베낀다. 그녀는 커닝해본 적 없다. 안 보이는데 무슨 수로 옆 친구 답을 훔쳐보나. 학교 앞에 붕어빵이 줄줄이 늘어서서 얼굴을 내밀고 꼬맹이들의 용돈을 털려고 호시탐탐 노린다. 가게를 지나갈 때마다 구수한 냄새가 코를 간지럽힌다. 그녀는 붕어빵을 사 먹어 본 적 없다.

20%는 깎였으나 기성회비는 낼 수 있었으리라. 전과? 연필이나 학습장을 산 기억이 없다. 교과서 문장을 외우는 시간이 늘었다. 학교가 고통스러운 공간이었다.

4학년 담임은 키 크고 잘생긴 남자 선생님이었다. 그는 크리스마스실을 소지품에 끼워 교실에 들어왔다. 쉬는 시간이 지나 수업이 새로 시작되었다. 그는 말없이 주―욱 학생들을 의미심장하게 둘러보았다. 70명의 반 친구들 눈이 동그랗게 변했다. 몇을 골라내어 교탁 앞으로 불렀다. 그녀도 끼어 있었다. 너희들이 우리 학급을 대표해서 크리스마스실을 사야 한다고 했다. 명령이었다.

금액이 당시 컸다. 푼돈으로 어림없는 값이다. 그녀는 노트도 못 사고 연필도 몽당연필이 될 때까지 쓰고 참고서는 구경도 못하면서 다니는데 무조건 크리스마스실을 사야 한다고 들이밀 때 난감했다. 그런데 용기가 어디서 솟구친 것인가?

―선생님, 전 못 사요.

딱 반기를 든 학생은 그녀 혼자였다. 선생님은 그녀를 쏘아보았다.

―부잣집 딸인 네가 안 사면 누가 사냐?

처음 담임의 말은 부드러운 제스처를 썼다. 그녀는 이유를 시시콜콜 털어놓고 싶지 않았다. 단지 강조할 뿐이었다.

—용돈이 없어요.

선생님은 비웃듯이 입술을 찡그리며 무시하는 말투로 툭 뱉었다.

—아니, 엄마가 계모냐? 씰 하나 못 사줘?

가슴에 냉기가 찌르르 흘러갔다. 계모보다 더 차가운 사람이에요. 그러나 입술을 열어 말할 수는 없었다. 그녀의 용기는 여기까지였다.

왜 부모는 싸울까? 아버지는 밖에서 문득 돌아오면 어머니와 시비가 붙었다. 쏘아붙이는 쪽은 어머니였고 아버지는 주먹을 날렸다. 어머니가 악다구니에 치받쳐 울다가 소리를 높여 원망인지 험담인지 쏟아내다가 사무치는 비명을 질러야 끝났다.

나중 알게 된 사실은 오해도 아니고 이해도 아니다. 충격이다. 아버지는 어머니에게는 가혹했지만 홀로 되신 할머니와 형과 형의 가족 뒷바라지에는 인색하지 않았다. 그들은 어머니를 통하지 않고 직접 아버지에게 경제적인 도움을 밑빠진 독에 물 붓듯이 요구했다. 그러니 살림 형편은 제자리였다. 형뿐 아니라 조카들 대학 등록금까지 챙겨줘야 했다. 형은 노름으로 집안 살림을 거덜내기 일쑤였다. 집마저 저당 잡혀 거리로 나앉을 처지에 몰렸다. 어머니의 날카로운 추궁에 자존심 상한 아버지가 폭력으로 맞섰다는 후문이다. 옛말에 있다든가? 효자는 애처가가 될 수 없다고. 아버지는 할머니에게는 화수분 같은 효자였지만 어머니에게는 이기적인 폭군이었다.

어머니는 싸웠다고 드러눕지 않고 악착같이 이곳저곳 돌아다니며 일을 챙겼다. 농사일이 끝이 없고 일꾼들을 알뜰하게 부려야 했다. 앞장서서 일속에 풍덩 빠져 허우적거렸다.

자식들을 낳아만 놓고 한가하게 얼러 본 적도 없었을 것이다. 외할머니는 고개를 설레설레 흔들었다. 애를 낳고 이틀 만에 논으로 나가 괭이질을 했다면서. 그 강단이 어디서 오는지 알 수 없다. 백일은 사정이 딱해 그만두더라도 적어도 삼칠일은 쉬어야 하지 않나? 농사일 안 하면 죽을 듯이 매달려 살았다.

그렇게 악착스럽던 어머니는 동규를 허망하게 잃고 나서 허물어졌다. 독한 심성이 여려지고 아버지와도 싸우는 일도 그만두었다. 예전처럼 태풍이 앞에서 몰아치지는 않았지만, 어머니의 무기력으로 집안은 항상 엉망이었다.

어머니가 농사일에 빠져 지내니 참견하는 사람이 없다. 동생들은 어리고 동네 친구들도 집안일 돕느라 바빠 혼자 노는 데 익숙한 그녀였다. 언젠가 눈을 가지고 장난을 쳤다. 캄캄한 어둠 속에서 눈알을 굴렸다. 동글동글한 형체가 어둠을 부수며 무지개색으로 바뀌었다. 그 빛이 황홀해서 자꾸 눈알을 굴렸다. 그래서 시력이 나빠졌을까? 기억은 거기에서 멈춰버렸다. 코앞에 눈을 대지 않으면 책 한 줄 읽을 수 없는 지경이다. 몸값 천 냥에서 구백구십 구 냥이 눈값인데. 하소연할 데가 없다.

고2 학기 말 형편없는 시력을 가지고 대학에 가야겠다고 야무지게 결심했다. 종로에서 전층 하드 콘택트렌즈를 5쌍 만든 뒤였다. 그녀는 필사적이었다. 돌파구를 찾아야 했다.

인규 오빠가 사서 팽개쳐 놓아 집안에 뒹굴고 있는 참고서들을 되풀이 읽었다. 새완성 국사도 삼위일체 영어도 수학 정석도 그녀의 애용품이었다. 그 눈을 가지고 그녀는 학과 공부에 매달렸고 체력장도 20점 만점에 18점을 얻었다. 끈기가 있어 오래달리기가 만점이었다. 예비고사를 거쳐 본고사를 치렀다. 라디오 방송을 우연히 듣는데 합격자 발표를 하고 있었다. 그녀의 번호와 이름이 나와서 깜짝 놀랐다.

신입생 신체검사에서 시력검사를 하다 당황했다. 코앞으로 다가가도 첫 글자 4도 안 보였다. 바람이 너무 세서 콘택트렌즈를 낄 수 없어서다. 그때의 절망이 평생을 따라다녔다. 충혈된 눈에서 눈물이 나지만 하드 콘택트렌즈를 끼고 잠깐씩 수업을 듣고 공부했다. 콘택트렌즈를 끼면 실바람에도 눈물은 줄줄 흘렀다. 안경을 보안용으로 껴도 교묘하게 바람은 눈 안으로 비집고 들어왔다. 덥다고 창문을 열어대는 버스가 그렇게 야속할 수가 없었다.

황해 바닷가에서 불어오는 바닷바람은 미친 여자 치마보다 더 펄럭거렸다. 그 렌즈 덕에 사물을 분별하는 힘이 생겼지만, 눈의 통증은 어마어마했다. 눈을 쉬지 않으면 충혈된 눈이 반란을 일으켰다. 그래서 그녀는 짬만 생기면 눈을 감고 쉬었다. 버스 안에서건 버스를 기다리는 중이든 눈을 감아야 눈뜨기가 부드러워졌다. 눈이 하찮은 자극에도 민감해서 그래야 했다.

오죽했으면 인어공주의 예쁜 다리와 견주었을까? 인어공주는 사랑하는 왕자를 만나기 위해 아름다운 목소리를 담보로 잡히고 예쁜 다리를 얻게 되지만 걸을 때마다 온몸으로 퍼지는 통증은 견디기 힘들다. 지느러미가 다리로 변형된 데 대한 대가를 톡톡히 치러야 하는 인어공주는 그녀와 처지가 똑같이 가련한 신세다.

콘택트렌즈만 아니라면 바람이 불건 폭풍우가 몰아치든 상관이 없는데. 실바람에도 예민한 눈은 자극받아 눈물과 충혈을 달고 살아야 했으니. 그 불편함은 당한 사람만이 느끼는 지독한 통증이었다. 렌즈는 입안에서 침으로 굴려 소독했다. 눈에서 빼다가 땅바닥에 떨어트린 후 찾지 못하고 영영 잃어버리기도 했다.

양쪽 눈에 렌즈를 끼면 견딜 수 없는 통증에 한쪽만 끼는 게 버릇이었다. 아프면 아무 데서건 렌즈를 뺐다. 버스 안에서든 어디서든 견디지 못했다. 그러다 보니 넉넉하게 맞춰온 콘택트렌즈를 하나씩 잃어버렸고 막판에 잃어버려 직장을 쉬어야 했다. 덕분에 각막이식수술을 받게 되었으니 오묘하기만 하다. 인생이 동전의 양면과 같다더니 하나를 주면 하나를 반드시 뺏어간다.

시력검사표는 건강검진에 필수니 어느 정도 외웠다. 요령껏 되는 대로 답하면 숫자가 맞기도 하고 틀리기도 해서 넘어가기도 하련만. 순진했던 그녀는 대처 방법을 몰랐다. 멍청한 짓거리는 여러 곳에서 동시다발적으로 나타났다. 천용삼이 초등학교 6학년 가을에 자전거를 타고 자기 동네에서 학교까지 왔을 때 모두 부러워한 일이 잊히지 않았다. 동창들의 시선이 부담스러웠던지 천용삼은 형 자전거인데 잠깐 빌려주어 타고 왔다고 어깨를 으쓱 올리며 변명 삼아 쑥스럽게 얼버무렸다.

고등학교에 들어서면서 동네 친구들도 하나둘씩 자전거를 타기 시작했다. 그녀도 자전거를 배우고 싶었다. 자전거로 들판도 가로지를 수 있고 학교도 발 빠르게 통학할 수 있다. 머릿속에 잔상으로 남아 있는 천용삼의 그림자가 눈에 밟혀서일까?

무모한 시도 저 너머에는 남들과 똑같이 자전거를 타고야 말겠다는 하염없이 솟구치는 열망이 밑거름으로 자리 잡았다. 그녀를 위해 사준 자전거가 아니다. 오빠가 타다가 버리고 간 중고 자전거가 헛간 모퉁이에 버려져 있었다.

아무도 보살피지 않고 버려두니 비바람 눈보라를 흠뻑 뒤집어쓴 채 볼품 사납게 녹슬었다. 바퀴는 헛돌지 않았지만, 안장도 그녀가 엉덩이를 바로 걸치고 앉기에는 높은 편이었다. 관심을 끌지 못한 자전거라 구석에 처박혀 있었다. 그 기회를 놓칠 수 없었다.

마을은 '새마을사업'으로 안길이 넓어지고 초가집은 지붕개량을 해서 멀리서 보면 얼룩덜룩했다. 그녀는 마을 안길을 달리다가 벽돌담에 부딪혀 손가락매듭 중간 여러 곳에 상처가 났다. 피가 나도 연고도 안 바르고 소독도 안 하고 나을 때까지 내버려 두었다. 가정상비약이 어디 있는 줄도 몰랐다.

생채기는 가운데와 약지 왼 손가락 중간 매듭에 깊게 흉터를 남겼다. 오른손보다 왼손이 치명적이었던 것은 흙담을 헐고 들어선 시멘트 벽돌담에 손가락이 물려 자전거 손잡이를 붙잡고 길게 끌려다녔기 때문이다. 누군가 잡아주고 중심을 잡을 때까지 보살펴줘야 하는데 주변에 아무도 없었으니까.

더 큰 일이 벌어지고 말았다. 조금 익숙해지자 자전거를 타고 수리조합 물이 흐르는 둑길을 달리다가 왼쪽 핸들을 잘못 꺾는 바람에 빨래터 안으로 깊숙이 처박혔다. 빨래하던 동네 새댁이 놀라 자리를 비켰으니 망정이지 큰일 날 뻔했다.

아니, 큰일이 났다. 옷은 물속에 흠뻑 젖었을뿐더러 엉덩이 허벅지 안은 긁히고 멍들어 한참 몸살 기운 이상 앓았다. 팔꿈치에 생긴 상처도 깊었다. 넓적다리 안쪽에 자전거 살대가 훑고 간 흔적이 고스란히 남았다. 손가락매듭 상처보다 깊었지만 안 보이는 부분이라 묻혀서 그나마 다행이었다.

온순하고 말 없는 성격이지만 한번 불이 켜지면 자신의 상황은 돌보지 않고 돌진해버리는 에너지는 어디에서 솟아나는 것인지. 그게 바로 대학교 때 제대로 발휘된 엉뚱한 모험의 출발선이었다. 멧돼지의 무모한 충동을 한없이 경멸해 왔으면서 그 기질을 발산

하고야 마는 이 모순을 어찌하랴.

인생에서 되돌릴 수 없을 정도로 저지른 결정적인 실수는 이수일李秀壹을 만나 연인 사이로 발전한 일이다. 연애로도 모자라 연례 행사처럼 업장이 휘돌아 거리낌 없이 태아를 지우다니. 한 번으로 모자라 여러 번을. 세다가 만 고통의 순간들.

멋모르고 들여놓은 길에서 뒷걸음치지 못하고 빠져나오지 못해 되풀이된 악순환. 무책임하게 저질러진 방종은 악령이 되어 그녀를 지배하려 덤볐다. 살갗 곳곳에 거점을 정하고 피멍처럼 아로새겨졌다. 그 업보는 줄줄이 떼를 지어 평생을 괴롭힐 것이다. 그녀의 일상을 감시해가며 끈질기게 훼방하리라.

*

화사한 봄꽃들이 다투어 피고 지는 5월이었다. 그녀는 손수레가 겨우 들어가는 좁은 골목에서 방을 얻어 자취하고 있었다. 남동생 동규를 전학시키고 문간방 하나를 얻었다.

그때 의대 페스티벌에 육촌 오빠 정진규丁陳奎가 그녀를 동급생 친구의 파트너로 소개해 주었다. 페스티벌에 참가하기 전에 임금님다방에서 오빠랑 만나 얼굴을 익히고 헤어졌다. 다음 날 오후 5시에 황태자다방에서 만나기로 약속했다.

그날 한 시간 전에 근처 대형 서점에 들러 가판대 신간 잡지를 꺼내어, 책장을 건성으로 넘겨 가며 어정거렸다. 황태자에 시간에 맞추어 갔는데 이수일의 모습은 어디에도 없었다. 황당해서 눈을 감았다가 떴다가를 계속했다. 그냥 갈까 하다가 예고 없이 불어닥친 바람맞힘에 분노할 새도 없이 귀에 거슬리는 시끄러운 팝송을 따라가기가 짜증이 슬슬 나려는 찰나였다. 시간을 죽인 보람이 있었던가. 꿈결처럼 불쑥 이수일이 나타나 그녀 앞 빈 의자에 어색하게 앉았다.

'황태자를 저번에 처음 만난 임금님으로 착각했어요. 그곳에서 기다리다가 혹시 싶어 이곳으로 건너왔어요.'

그의 겸연쩍어하는 어눌한 말투에 쓴웃음이 나오는 것을 애써 참았다. 미안해하고 어색해하는 표정에 속상했던 기분이 어이없이 풀려 그녀는 살짝 미소를 지었다. 그러나 이 작은 실수는 더 큰 실수로 이어지는 조짐이었다.

그녀는 까칠한 성격이다. 자신에게 엄격한 만큼 남에게도 똑같은 잣대를 들이대기 일쑤다. 애초에 이수일의 실수를 너그럽게 용인한 이유는 무엇인가? 그가 연예인처럼 그럴싸한 용모라 한눈에 반했다고 주장하기엔 터무니없다. 게다가 말주변이 좋아서 그녀를 압도할 정도도 아닌데 왜? 왜? 왜?

그녀는 어깨까지 늘어진 긴 머리였다. 물론 화장기 없는 얼굴이다. 차를 간단히 먹는 둥 마는 둥 하고 다방을 나와 페스티벌 개최 장소를 향해 천천히 오후의 봄볕을 음미하며 걸었다.

그는 의대 실험실로 그녀를 데리고 갔다. 마르모트Marmotte들이 실험당하고 있는 현장을 보여주었다. 흰쥐로 실험하다니 731부대의 마루타 대접인가? 간단한 설명도 덧붙였다. 유전자가 80% 일치해서 실험용으로 적합하다고. 쥐에게는 행운인가 모욕인가 모르겠다고. 쥐는 인권 운운 제외되니 편리한 대상이라고.

말만 들었던 쥐 실험, 징그럽지도 귀엽지도 불쌍하지도 않았다. 제대로 보일 리 없다. 상상으로 모자람을 메꾸었다. 의대 남학생에게 다짜고짜 '제가 눈이 나빠요.' 하고 자신을 깎아내릴 필요는 없지 않은가. 그냥 고개만 끄덕여도 충분할 테니까. 머지않아 탐색전이 펼쳐질 사이로 발전할진 몰라도 아직은 한참 멀었다.

그들은 집토끼들처럼 우리에 갇혀 있다. 무슨 약을 먹었는지 무슨 병원균이 투여되었는지 저들의 초조한 행동으로 알 도리가 없다. 그들이 자유를 그리워하는지 그것도 신경이 쓰이지 않았다. 실험이라니, 참 낯선 단어였다.

그들은 그곳을 나와 의대 캠퍼스 안을 거닐었다. 이곳은 예전 도립병원 자리라고 했다. 본 캠퍼스에 비해 부지도 좁았다. 페스티벌이 시작되었음을 알리는 경쾌한 재즈 음악이 캠퍼스 곳곳에 울려 퍼지고 있었다. 봄꽃들은 한껏 치장을 뽐내며 모여드는 청춘 남녀들을 들뜨게 했다.

현란한 라이브 음악에 따라 참가자들은 탁자 주위로 모여들었다. 울타리 주변에서 덩굴장미들이 옷깃을 세우면서 애교스럽게 갸웃갸웃 엿보고 있었다.

참가 신청할 때 의대 배지badge와 벽에 거는 펜던트pendent를 커플에 하나씩 기념으로 주었는데 그녀에게 건네어 손가방에 넣었다. 펜던트는 노란 실을 늘어뜨려 둘레를 장식하고 약자로 새긴 의醫를 중앙에 두었다. 배경은 하늘을 떠받치는 벌을 받는 아틀라스Atlas 초상이었다. 지구에 사는 인류를 살리겠다는 단호한 의지가 불쑥 솟은 팔에 담겨 있었다.

삼삼오오 각 테이블에 앉아 이야기를 나누고 서로 간단한 인사 소개를 하고 음료를 마셨다. 시끄러운 듯 엄숙한 분위기였다. 분명히 같이 있었을 텐데도 육촌 오빠를 만날 수가 없었다. 사람들이 뒤섞이는 바람에. 육촌 오빠가 먼저 와서 인사를 건네기 전에 그녀가 알아채기는 불가능했을 수도 있다. 몇몇은 손잡고 나가 재즈 음악에 맞추어 간단한 스텝을 밟으며 빙빙 돌았다. 참여하는 커플들이 늘어났고 그들도 대열에 어색하게 끼어 몇 바퀴 손잡고 돌았다.

밤 9시쯤 모든 행사는 끝나고 뿔뿔이 흩어지기 시작했다. 가로등이 울타리 쪽으로 맞은 편 2차선 도로 상가에 드리워져 있다. 5월의 밤은 대낮보다 밝았다. 달도 두둥실 떠서 잘생긴 모습을 뽐내니 뭇별들은 다소곳이 숨어서 호호거렸다.

그는 페스티벌이 파하자 바로 그 자리에서 헤어질 생각을 안 했다. 그녀를 따라 대학교 교문을 지나 2차선 도로를 죽 타고 올라갔다. 황태자다방과는 반대쪽으로 뻗은 도로다. 철로를 지나 산자락 쪽을 향해 걸었다. 그녀의 자취방에서 멀지 않아 바라만 보고 한 번도 안 오른 언덕을 같이 올라갔다. 달빛이 골목 오솔길 산길 구석구석을 밝게 비추었다.

달은 휘영청 높이 떠 있었다. 정결하고 밝은 달빛이었다. 숨 가쁘지도 않게 천천히 숨을 골라가며 오르는 야트막한 산길, 어디선가 인적을 느꼈다고 알리고 싶은지 개 짖는 소리가 들렸다. 낯익은 유행가처럼 잦아졌다가 멀어지곤 했다. 시끄럽게 느껴지지 않았다.

산 공기가 쾌적하고 바람이 잔잔한 황홀한 저녁이었다. 정상 위에 올라 야트막한 능선들을 굽어보았다. 아래로 이어지는 능선 위에 두둥실 떠 있는 달이 가까이 손 내밀고 있었다. 마실 나와서 그들의 앞날을 축복하는가? 의도를 알 길이 없었다. 그는 그녀가 자취하는 집 대문 앞까지 데려다주고 헤어졌다. 뒤돌아서 걷는 그의 등이 어쩐지 쓸쓸해 보였다.

그는 바빠 보였다. 그녀도 시간 나면 도서관에 드나들며 책을 읽느라 한가하진 않았다. 전화가 흔한 시절도 아니지만 자취방과 의대가 가까워서 말로 약속을 하고 만나고 하면서 꿈결같이 시간이 흘러갔다.

같이 공원을 걸었다. 공원 벤치에 앉아 떨어지는 나뭇잎 소리를 들으며 이야기를 주고받다가 하마터면 통금에 걸릴 뻔했다. 시외버스를 타고 종점에서 내렸다. 사방이 산으로 둘러싸인 곳으로 호수인지 저수지인지 넓게 푸른 물이랑이 출렁거리고 있었다. 한참을 배 타고 들어가 민박집에 묵었다. 탐색하듯 날 세우다시피 밤을 보내는 바람에 이튿날 하마터면 중간고사에 결석할 뻔했다.

대학교 축제 때 탁구선수로 본부로 오는 바람에 그녀는 응원하러 가서 기운을 북돋워 주었다. 탁구대 둘레에 모여 있는 사람들의 응원팀에 끼었다. 탁구공이 움직이는 대로 관중이 고개를 움직여 따라가는 모습이 우스웠다. 옆에 같이 응원하러 온 같은 과 친구와 그 이야기를 나누면서 웃었다. 이기면 환호성을 지르고 공이 빗나가면 외마디소리를 지르며 아쉬워하고 그런 야단이 없었다. 실력이었는지 덕분이었는지 그는 경기에서 통쾌하게 이겼다.

강릉, 소록도, 경주에 놀러 갔다. 여수에서 밤중에 쾌속정을 타고 한려수도를 유람하기도 했다. 시내 곳곳을 걷는 것이 일과였는데 나중엔 자취 집으로 놀러 오고 그의 집으로 놀러 가고…

세월은 속절없이 흘러갔다. 그녀는 만남이 이어질수록 미래가 암울하였다. 생 걱정이었다. 그와 만나면서도 가방에는 농약병을 가지고 다녔다. 그를 위협하겠다는 생각이 아니었다. 그러다 일이 터졌다. 안 터지면 이상할 일이다. 그를 통해 그녀의 안과 질환이 원추각막, 병의 원인이 유전인지 다른 이유인지 안 밝혀졌다는 사실은 확실한 정보였다. 정상 시력을 회복하려면 생체 각막이식밖에 없다는 것. 우리나라는 각막이식 기술이 초보 단계라는 것. 미국은 각막 이식술이 발달해 있고 선진국은 우리나라와 문화가 달라 각막 기증자도 많다고 했다.

설명을 들으면서 그녀는 절망에 휩싸였다. 왜 미국에 안 태어나 고초를 겪는지 원망스러웠다. 초등학교 5학년 무렵부터 약시의 원인은 원추형 각막 때문이다. 상이 분산되고 시력은 악화상태다. 내버려 두면 각막 천공이 생기고 영영 시력을 잃을 수 있다고 했다. 물건의 형태를 촉각과 기억에 의지해 살아가는데 그녀의 소원은 통일이 아니고 거부반응도 거의 없고 유일한 희망이 각막이식으로 뒷걸음치는 시력을 되찾는 것이다. 하필이면 생체 각막이 있어야 치료할 수 있다니 앞이 캄캄하였다.

당장 수술받고 싶은데 이 못난 시력으로 어떻게 살아갈까. 약시로 사느니 죽는 게 낫다. 그녀에게 미래는 불투명했다. 죽을 때까지 눈 때문에 고통받으며 사느니 죽느니만 못하다는 절망에 휩싸였다. 죽으면 인생의 모든 게임은 끝난다. 다음번엔 제발 환한 세상을 볼 수 있는 눈을 갖고 태어나기를.

겨울이 끝나갈 무렵 신학기 봄이 시작되기 전 2월은 어수선하다. 아무런 가량도 없이 남녀의 마지노선을 넘은 결과가 참담하다. 호기심과 절망의 산물이었다. 그냥 손잡고 만나도 되는 사이였다. 만날수록 오누이 같은 느낌이 나쁘지 않았다. 따뜻하고 다정한 가슴에 안겨 숨소리를 들은 게 말썽의 시작이었다. 온돌바닥에 편안히 마주 앉은 채 격식을 생략한 대화는 오고 갔다. 처음엔 탐색하느라 널찍이 잡았다가 점점 가까워졌다. 친밀감이 깊어갈수록 그녀의 열패감은 깊어갔다.

그녀도 재능을 한껏 발휘하고 싶다. 시력을 회복하면 무슨 일이든 할 수 있다. 그녀는 바늘귀도 끼우기 힘들다. 버스 탈 때 길어야 하루에 몇 시간도 못 끼는 콘택트렌즈가 아니면 보이지 않는 노선표라 버스가 정류장에 들어설 때마다 다가가서 노선을 확인해야 했다. 버스 기사가 깜짝 놀라 사고 난다고 호통치기 일쑤다. 일상생활을 매끄럽게 하지 못하는데. 제 몸 감당도 못 하는 눈으로 무턱대고 일을 저지르다니. 어쩌자는 것이냐?

그는 책임감이 강한가? 모르겠다. 돌발 사태를 잘 해결하리라고 믿었나? 글쎄다. 육체적 갈증 따위가 뭔지 몰라도 적당한 거리를 유지했다면 그들의 평상심은 토네이도가 휘몰아쳐도 부서질 리가 없다. 인생의 목표는 쾌락이나 탐닉이 아닌 소통이니까.

아버지의 바람기가 집안을 뒤흔들어 편안한 날이 별로 없었다. 그런 원초적인 본능을 경멸했다. 혹시 유전적으로 그런 인자가 숨어 있다면 미리 단절해버릴 작정이었다. 지드의 '좁은 문'을 읽으며 정신적인 사랑platonic love에 마음을 뺏기며 살아가는 그녀가 실험실의 가련한 마르모트가 되기를 자초自招하다니.

그녀에게 필요한 건 젊은 육체가 아니었다. 벗어나고 싶었다. 그러나 잘못된 선택이다. 자기 몸을 스스로 번제로 삼으려 하다니 이런 엉뚱한 발상이 어디 있는가? 그녀가 놓친 게 있다. 그냥 한

번의 시도로 실험을 종결했으면 그것으로 땡처리가 되어야 했다. 그랬으면 다음에 벌어진 일련의 가슴 아픈 사건들을 겪지 않아도 됐을 터이다. 그게 아니었다. 문을 열자 그 문은 영 닫히지 않았다. 활짝 세상 밖으로 뛰쳐나갔다. 그녀의 몸은 맘대로 조절하는 기능을 잃었다.

덕분에 그녀는 덜컥 임신이라는 쇠사슬에 걸렸다. 처음엔 임신인 줄도 몰랐다. 음식 냄새가 싫고 비위가 확 돌았다. 놀라운 경험이었다. 그녀가 알고 있는 인체의 신비에 대한 얄팍한 상식은 구름 잡는 것뿐이었다. 그 어느 한 가지도 실제 생활에 적용되지 못하는 휴지 나부랭이였다.

실사구시實事求是가 실학의 근본이라고 배웠지만 이론일 뿐이었다. 애인이 생겨 결혼할 상황이 아니면 둘 중 누군가는 제대로 된 피임 상식을 알고 실행해야 하지 않았을까? 무식하게 준비 없이 당하다니 그것도 한번이 아니고. 아, 여러 번을.

하체에 자리 잡으러 착상한 생명을 맘대로 긁어내라고 이상한 자세로 벌려 대다니. 전신마취 상태에서 날카로운 쇳소리 나는 기구를 민감한 부분 안으로 밀어 넣으라고 맘대로 휘저으라고 젊은 삭신을 팽개치다니. 기차가 레일 위를 고함치며 달려가는 바퀴 소리가 수술실의 소리와 겹쳐 그녀는 기차의 경적만 들어도 온몸에 소름이 돋았다. 몸이 오슬오슬 떨렸다.

임신 주기도 몰랐다. 피임기구가 많아 콘돔도 약도 다방면에 비책이 숨어 있는데 한 가지도 모르고 20대를 살아왔다. 애꿎은 눈 걱정과 부모 원망에만 시들어져 정작 거룩한 모성의 권리와 의무를 소홀히 한 죄는 죽어도 마땅하다. 심금을 파고드는 통곡이었다. 비상식적인 여자라고 몰매를 내리쳐도 다른 해결 방법을 찾을 수 없다. 통로가 없는 암흑에 갇혀 지내야 했다.

그를 철석같이 믿어서? 절대 아니다. 마음이 모질지 못해서다. 그만 만나자고 사정할 때마다 그는 울면서 매달렸다. 남자가 여자 앞에서 우는 모습, 그게 그녀의 치마꼬리가 붙잡힌 원동력이었을까? 어머니는 열여덟에 인규 오빠를 낳았다. 그녀는 준비하지 못하고 원할 수 없고 원하지도 않는 임신에 걸려들었다. 어머니는 출산에 대한 공포가 없다. 생기면 낳으면 된다. 잘 크든 못 크든 뒷전으로 밀어도 된다. 그러나 그녀도 그도 학생이다. 젊은 육신 하나뿐 경제적 자립이 요원하다. 그 문제에 당면하고부터 돌파구는 없었다. 자꾸 진흙탕으로 빠져들었다.

같은 도시에서 아이를 지우고 싶지 않았다. 그와 같이 시외버스 타고 어느 으슥한 골목에 있는 간판을 따라 산부인과에 쭈뼛거리며 주위를 살피다가 들어갔다. 쇳덩이가 으르렁거리는 수술대에 올라가 임신중절 수술을 받았다.

친절한 병원은 미역국을 끓여주면서 먹으라고 했다. 눈물인지 콧물인지 흘려가며 미역국을 먹었다. 다신 임신을 안하리라 다짐했다. 그러려면 그와 만나면 안 되었다. 그녀는 피임 방법을 몰랐다. 피임기구가 많다는 것도 고무풍선으로 가리면 된다는 것도 나중 영화를 보면서 알았다. 왜 학교에서는 이런 문제를 명확하게 알려주지 않았는지 모르겠다.

여자는 그 문제에 대해 민감해져야 한다. 그래야 몸이 덜 망가진다. 구름 잡는 이야기에만 정신이 쏠려 있던 그녀는 플라토닉 러브가 산산조각이 나 흩어진 파편을 주울 기력도 없었다. 슬픔이 복받쳤다. 한 번의 실수는 두 번으로 세 번으로 확대되었다. 네 번부터 기억이 흐릿하다. 차라리 괴로운 추억은 그렇게 두리뭉실하게 잊어버리는 게 정신건강에 좋다는 엉뚱한 자기합리화에 빠져버렸다.

그녀는 임신중절 수술을 받을 때마다 전신마취를 당했다. 첫 번째만 그와 함께 산부인과를 찾았다. 의사는 아무것도 묻지 않고 해결해 주었다. 아마도 임신 중절 수술을 하니까 자주 임신이 되었을 것이다.

몸을 혹사하고 난 뒤 걷는 어느 날 온몸이 다르게 반응하고 있다. 허벅지에서 다리에서 힘이 빠져나가고 허깨비만 서 있다. 이게 그녀의 여생이 되어선 안 되었다. 도망쳐야 했다. 어디로 가야 하나.

몸이 만신창이로 두들겨 맞은 듯이 아픈 날 그녀는 지칠 대로 지쳐버렸다. 안과 지식에 목말라 욕망의 하수인으로 전락하다니. 각막이식수술에 대한 환상으로 몸이 바스러지다니. 운명의 사슬에 걸려 비비적거리는 나약한 병든 벌레 한 마리는 울부짖었다.

바리톤이 '기다리는 마음'을 부른다. 한밤중에 라디오에서 들으며 흐느껴 울었다.

일출봉에 해 뜨거든 날 불러주오
월출봉에 달 뜨거든 날 불러주오
기다려도 기다려도 임 오지 않고
빨래 소리 물레 소리에 눈물 흘렸네.

봉덕사에 종 울리면 날 불러주오
저 바다에 바람 불면 날 불러주오
기다려도 기다려도 님 오지 않고
파도 소리 물새 소리에 눈물 흘렸네.

─김민부 시 「기다리는 마음」 전문

그가 졸업하고 인턴을 하면서 양쪽 가족만 모여 약혼했다. 이후 그의 레퍼토리는 '부모와 함께 살아야 한다'로 바뀌었다. 생각 없이 저지른 실수는 끝날 기미가 안 보인다. 부모와 살림을 같이 할 수 있다고 그녀의 능력을 과신하는가? 그녀의 진정한 형편을 제대로 파악했는가? 그녀는 겁이 덜컥 났다. 이 시력으로 시어머니 시아버지 시누이들 눈치 보며 같이 살라고? 악몽 같은 신혼이다.

점점 그가 싫어졌다. 그는 그녀의 약점을 잡고 명령에 불복종하려면 꺼지라고 뿌리를 흔들어댄다. 그녀를 구렁에 처박고 회심의 미소를 즐긴다. 막무가내다. 성격 운운하며 친구 누구와 비교하며 뜯어고쳐야 한다는 말을 우연히 엿들었다. 조물주도 어물어물 넘어가는 개성을 무슨 권리와 능력으로 고쳐? 그녀는 미물조차 괴롭힌 적 없다. 파리 한 마리가 방안을 휘저으며 성가시게 굴어도 모기 한 마리가 여기저기 물어뜯어도 함부로 죽이지 못한다. 뭘 어쨌길래 도매금으로 비난하는가? 눈을 고치랬더니 정상 가정에서 자란 누구와 비교질? 웬 성격 타령?

그녀는 그의 청춘, 욕망의 분출구, 성적 노리개에 불과했다. 그녀의 처지를 파악했다면 자기주장을 앞세울 일이 아니다. 당당하게 뜻을 피력하지 못한 채 고민에 허우적거린 그녀의 졸렬한 처신도 파국으로 치닫는 요인이었다.

나혜석은 시어머니와 따로 사는 걸 결혼 조건으로 내세웠다. 최초의 서양화가나 유럽 여행 등 화려함의 극치를 달린 여자답다. 뜻을 세우면 망설임이 없다. 신여성답고 확실하다. 그러나 당대 사회의 편견을 뛰어넘지 못해 만년은 비참했다. 불륜으로 인한 이혼으로 세상을 떠들썩하게 만들었다. 생모임에도 의무와 권리마저 박탈당했다. 어린 자녀들과 생이별한 아픔을 극복하지 못해 나머지 인생은 철저히 망가지고 버림받았다.

영양실조 상태에서 무연고자 시신으로 처리된 쓸쓸한 죽음이었다. 잘 나가던 친정은 왜 그녀의 불행을 못 본 척했나? 그녀가 감정을 제어하지 않고 여기저기 발표한 글들이 부끄럽게 만들었나? 아니면 나혜석 스스로 자존심에 상처 입고 싶지 않아 친정을 철저히 차단하고 거절했나?

그녀가 허공을 향해 부르짖은 처절한 외침에 공감이 간다. 여자는 남자와 다르다. 남자는 모든 게 허용된다. 인정받는 폭이 무한대다. 여자의 작은 실수에 사회는 돌을 던진다. 관용은 없다.

어릴 때 의붓오빠들로부터 성추행당한 경험이 트라우마로 남아 남성 혐오자가 된 채 레즈비언으로 살다 간 버지니아 울프도 특이하긴 마찬가지다. 결혼하면서 부부간 성관계를 거부한다는 조건을 걸었다. 종교적인 서약을 지키다가 순교한 가톨릭 동정 부부와 근본적으로 다른 이야기다.

두 사람은 무늬는 부부지만, 문학 하는 동지로서 잘 살았다. 우즈강에 뛰어들어, 자살로 마감해 버릴 때까지. 그녀의 주장도 낯설지만 의뭉스럽진 않다. 솔직하고 떳떳하다.

남편 레너드는 모든 걸 감내하면서 30여 년 그녀가 심혈을 기울여 쓴 소설을 홍보하기 위해 출판사를 설립 운영했다. 그 지고지순한 헌신도 놀랍다. 남성 중심 사회에서 주눅 들지 않고 싫다고 거부하는 버지니아 울프가 부럽다.

그녀는 벙어리처럼 냉가슴을 앓았다. 내밀한 상담을 할 사람도 곁에 없다. 혼자 결심하고 실행해야 한다. 일어나는 모든 현상은 죽이 되든 밥이 되든 단독 책임이다.

한 발 뒤로 물러나면 두 발 앞으로 나아갈 추진력이 생긴다. 고도의 전략조차 구사할 줄 모르는 둘은 진흙탕 속에서 입씨름으로 해가 지는지 달이 뜨는지 몰랐다. 그의 임무는 지식 전달로 끝이었다. 그 지식을 얻어듣겠다고 무담보로 젊은 육신을 굶주린 늑대의 먹잇감으로 던진 여자가 여기 시퍼렇게 멍들어 있다.

주목할 만한 변화가 생겼다. 그의 새로운 주문과 강요는 그의 권리고 의무다. 말에 힘이 솟고 목에도 힘이 들어가 뻣뻣해졌다. 이제 그녀 앞에서 울지도 않았다. 울 시간이 없었을 것이다. 근무 시간이 빡빡하다는 대단히 위대한 핑계가 놓여있으니. 연애 기간에 피치 못하게 얼룩진 가슴일랑 성난 파도에 던져넣었다. 두 사람만이 기념하고 간직해야 할 알짜배기 추억들은 쓰레기하치장으로 단숨에 내동댕이쳤다.

가족의 기대치도 새록새록 늘어난다. 부담스럽다. 알아서 하도록 내버려 두면 안 되나? 그녀는 집에서 무관심하게 버려두는 데 적응이 된 모양이다. 지나친 간섭에 숨이 턱턱 막힌다. 자개농을 거론하는 것부터 거부감이었다. 명절 선물엔 갈비짝이 좋다니 주눅이 들었다. 가슴을 콕콕 찔렀다.

그녀는 양조장 집 맏딸이다. 그러나 가난한 집 딸보다 빈천하게 살았다. 무엇으로 저들의 바닥이 안 보이는 물욕을 채워주나? 붕어빵 한번 실컷 먹어보지 못한 어린 시절이다. 친구들 앞에서 계모냐고 모욕을 당하면서까지 크리스마스실을 살 수 없었다. 거짓말을 하기 싫어 용돈 타는 걸 아예 포기한 지가 언제부터인가?

무슨 요술을 부려 알라딘처럼 뚝딱 고대광실을 짓고 보석으로 치장한단 말인가? 그와 숨어서 저지른 후유증이 그에겐 아무 표시도 안 난다. 그녀는 거듭된 임신중절 수술로 인해 허벅지도 벌벌 떨린다. 눈의 통증과 사뭇 다르다. 전신에 옮아버린 색다른 아픔이 사방에서 괴성을 질러댄다. 질질 끌려다닌 부산물이었다.

그들은 결별로 막을 내리고 말았다. 선물로 받은 건 평생을 따라다닌 흠집투성이의 상처, 곳곳에 흉터로 도사린 몸뚱이의 경고등. 심장을 허비는 소리죽여 질러대는 울부짖음.

두루뭉술해 보인 건 위장술이었다. 그녀를 완벽하게 성격파탄자로 내모는 뒷담으로 자존감을 여지없이 할퀴었다. 자기 탓은 모르쇠고 남 탓만 해대니 화합은 글렀다. 그녀가 폭풍이나 지진으로 폭삭 가라앉기 전에 빠져나오지 못한 탓이다.

그 눈치를 관리하지 못한 탓으로 그녀는 철저하게 무너졌다. 발가벗겨진 채, 빈 몸뚱이로. 세상 사람들이 뒤에서 이죽거리는 몰염치한 평판을 혼자서 감당해야 한다. 천둥 치고 번개가 활개 치는 세상 속으로 내팽개쳐졌으니까.

3장 떠돌이

맑은 슬픔 주위를 에워싸도
천진한 미소에 다가가면
꽃 멀미 그대로 행복했어요. (몽운 시 「오월 장미」 일부분)

상트·마리의 어선 / 빈센트 반 고흐 / 몽운 모작

서유럽 4개국 해외여행 나들이가 시작되었다. 그렇게 갈망하던 각막이식수술이 국내에서 뜻하지 않게 기적처럼 이루어진 후였다. 만사가 시들했었다. 울음을 삼키며 캄캄한 어둠 속을 더듬었다. 속이 까맣게 탈 정도로 답답했는데 탈출구였다.

잠자리처럼 날개 달린 사뿐한 물체에 몸을 실었다. 숨통이 트였다. 정순이에게 다현이를 맡기고 떠나야 했다. 동생에게 미안하고 다현이가 처음으로 엄마와 오래 떨어져 지내야 하니 불안했다.

서유럽 여행은 단체 여행이었다. 런던, 파리, 로마를 거쳐 스위스 인터라켄에서 세미나를 개최하고 산악열차를 타고 만년설을 가까이서 느끼는 융프라우에 올랐다. 여름이 겨울처럼 서늘해서 추울 지경이다. 도시든 시골이든 발길이 닿는 곳마다 이색적인 말투와 나라별로 차별화된 의상을 차려입은 사람들로 북적였다. 넓고 아득해서 닿을 수 없다며 살아왔는데 지구를 몇 바퀴 돈 느낌이었다.

피부도 다르고 말도 다르지만 따스한 눈길을 마주칠 때 신선했다. 책에서만 보던 곳을 실제로 거닐었다. 버스 타고 기차를 타면서 국경을 단체로 여권만 제시하고 넘나들었다. 마음먹으니 쉽게 이루어지는 일들이 꿈속이 아니었다. 구름 위를 종횡무진縱橫無盡 선녀가 된 느낌이다. 타인의 문화에 이방인으로 동참하는 게 짜릿했다. 영화 한 장면이 아니고 눈앞에 실현된 현재다.

여행을 한번 다녀오자 외딴곳에 떨어져도 생존할 것 같은 자신감이 생겨 가속도가 붙었다. 여행에 매달렸다. 그냥 무작정 떠나는 설렘이 좋았다. 외딴곳에 내던져진 채 원점으로 회귀 안 하면 더 좋을 성싶었다. 오래 머무를 수 없어 슬펐다.

88올림픽을 기점으로 서민에게 해외여행이 활짝 열린 사실을 몰랐다. 특권층만 누리는 전유물로 알고 지냈다. 혜택을 입고 밖으로 나도는 사람은 금수저로 태어난 유학생이거나 정치인이나 회장 재벌 사장 등등 몇몇이라는 선입견이 있었다.

미국으로 당장 달려가 수술을 받고 싶은 야심이 하늘에 사무쳤는데. 가지 못해 마음 졸이던 옛 시절이 떠올랐다. 아무도 신경 안 써주니 해결할 능력 없어 눈물을 머금고 돌아섰는데. 회장이나 재벌이 수술받으러 외국에 나간다는 뉴스를 심심찮게 읽었다. 특수한 몇몇 계층에게만 제집 안방처럼 활짝 열려 있는 하늘길이었다.

거기에 감히 그녀가 숟가락을 얹을 수가 없었다.

그녀의 질병도 우리나라 의료상황에서 손도 못 대는 응급상황이 아닌가? 선진국에 가서 하루빨리 수술받아야 시력을 회복하는 병이다. 밖으로 나가야 하는데 해외라는 엄청난 장애물에 가로막혀 엄두가 나지 않았다. 비용이 무서워 냉가슴만 앓았다.

용돈조차 아끼라고 벌벌 떠는 부모덕에 호사를 누릴 꿈도 안 꿨다. 야무진 미래가 기다려줄 리 없었다. 해결할 실마리가 자동으로 오기 전에는 공중 위에 세운 모래집일 뿐이었다. 해 보지도 않고 겁부터 내는 포기 대장인 것이다.

눈감고 귀 닫고 살다 보니 해외여행 자유화가 한창 진행 중이었다. 세상 끝을 향해서 발을 디디다니 놀랍다. 안과의 비약적인 발전을 모르고 있다가 엉겁결에 수술을 받은 것과 닮았다.

다현이도 이제 초등학생이다. 길잡이로 동행하니 뿌듯하다. 응어리를 푸는 묘약妙藥으로 최상이다. 부랴부랴 신문의 해외여행 광고를 찾아보고 요란을 떨어서 단체 관광으로 미국 서부를 택해 돌아다녔다. 버스 투어였다.

라스베가스 가는 도로는 양쪽이 무한히 뻗은 사막이다. 그랜드 캐넌 협곡을 내려다보면 광대함이 넋을 빼앗는다. 샌프란시스코 시내를 유람하면서 아슬아슬하게 비탈져 있는 도로를 오르락내리락했다. 놀이기구 타는 기분이다. 불편이 아름답게 느껴지다니 놀랍다. 영화 배경이 된 부두의 망망한 바다를 바라보니 속이 탁 터지는 느낌이다.

때늦은 수술이라 정상 시력을 되찾지 못해 섭섭했어도 생체 각막 이식수술을 받았으니 현대 의학의 혜택을 입은 건 확실하다. 새로운 지평을 열어준 의료혜택이다.

이제 뜬금없이 건선이 피부를 점령한 정연이는 외마디소리를 지르면서 살아간다. 얼굴을 제외하고 온몸으로 번져버린 건선 자국들. 얼굴과 손가락 발가락만 제외하고 팔다리가 한센씨 병처럼 흉측한 몰골로 변해버린 몸뚱이를 남에게 보여야 한다는 것은 치욕이다.

그녀가 앉은 자리엔 부스럼딱지가 은비늘처럼 깔린다. 앉은 자리를 털고 일어날 때마다 확인하는 버릇이 생겼다. 손님으로 남의 집에 갈 수도 없다고 한탄했다. 뒤에서 남들이 더럽다고 손가락질하는 환청에 시달린다. 대인관계에서 위기의식이 늘어갔다.

피부는 일정 기간이 되면 재생되는데 모든 병도 얼마의 시간이 지나면 원래대로 회복되는 게 상식이다. 건선은 절대 양보할 기색이 아니었다. 한 자리를 버티고 앉아 죽을 때까지 따라다니겠다고 으름장이었다. 불편하고 고통스러운 건 그녀 사정일 뿐. 건선의 기득권은 어찌나 당당하던지 기가 찼다.

체질 개선을 해야 낫는 병이란다. 각막도 이식하지 않으면 저절로 낫는 병이 아니다. 자연치유를 바라다니 꿈도 야무지다. 건선의 기승에 하루하루가 지옥 맛보기였다. 한여름이 고역이다. 사람들은 햇볕을 쬔답시고 두 팔을 드러내고 다니는데 맨살 종아리도 통째로 내보이는데 그녀는 가리느라 정신이 없다. 그래도 시력 좋은 사람에겐 띈다는 게 문제다. 본인만 감추었다고 안심하는 것이다. 부끄럽다고 목만 움츠려대는 어느 동물과 닮은 모양새다.

태양이 활발히 내리쬐고 습기가 곳곳에 배인 여름철에는 건조한 겨울보다 건선이 숨죽이고 있어도 고맙지 않다. 마약 주사를 습관적으로 찔렀다고 오해받기 쉽다. 푸르딩딩한 멍들이 볼품 사납게 드러난다.

긴 옷을 치렁치렁 걸치고 다녀야 한다. 남에게 전염 안 된다는 면역 이상이 원인이라는 의사의 위로가 뻔뻔하게만 들리고 마음이 달래어지지 않는다. 공적인 직업을 붙잡고 있자니 뛰다가 죽을 노릇이다.

추한 피부로 변해버린 자신이 미웠다. 직장을 다녀오면 파김치가 되는 가장 큰 이유다. 집에 돌아오자마자 참아왔던 가려움을 눈치 볼 필요가 없어 손으로 북북 긁는다. 그러면 시원한 건 잠깐이고 쓰라림이 온몸을 훑고 지나간다. 은비늘 못지않게 피딱지가 생기고 팔다리가 뼈가 드러나기 직전까지 빨갛게 찢어지는 것이다. 팔보다 심장에서 먼 다리 쪽은 심해지니 도리가 없다. 가까스로 잠이 들면 잠결에도 긁어대고 있다. 한밤중에 놀라 깨는 건 다반사. 깊은 잠을 잘 수도 자본 적도 없다.

피부과를 다녀봤자 뾰족한 대책이 없다. 한약을 먹어보라고 한

가한 소리만 한다. 피부 재생속도가 정상인보다 빨라서 생긴 병이란다. 체질이 개선되면 언제 낫는 줄도 모르게 낫는다는 무책임한 말뿐이다. 연고 없이는 그나마 버티기 힘들다.

스테로이드 계열의 연고를 바르다 보니 피부는 실낱으로 가늘어졌다. 얼굴 홍조도 걸핏하면 나타난다. 난로를 부어놓은 듯 화끈거린다. 늙기도 전에 몸이 최악으로 변하다니. 눈 빼고 건강을 자신한 몸은 고장 나 고쳐 쓰지도 못한다.

돌파구를 찾아야 한다. 현실이 암담하다고 주저앉아서 울부짖고만 있을 수 없다. 살려면 밖으로 나가야 했다. 강력하게 여행에 중독되었다. 중학교 2학년까지 정연이는 다현이를 데리고 밖으로 나돌았다.

사람들은 놀랐다. 어떻게 1/2의 월급을 받는 상황에서 꼬박꼬박 여행을 다닐 수 있는지. 다른 것을 줄이고 오로지 모으면 된다. 외식한다거나 영화 본다거나 자잘한 사치는 제외되었다. 생필품 이외는 알뜰하게 여행을 위해 저축했다.

여러 나라를 찾아다니다 보니 단순함이 지루했다, 강요된 곳으로 몰려다니는 게 유쾌하지 않았다. 보석이 뭔지도 모르는 그녀에게 여행안내자가 가장 많이 데려가는 곳은 보석 진열대였다. 투명유리 안에서 뽐내는 보석이 금강석인지 청동인지 돌멩이인지 구별이 되지 않았다.

미리 정해 둔 쇼핑센터 안에서 아까운 시간을 허비하는 여행방식도 진력이 났다. 한 가지라도 제대로 느끼고 만지고 싶었다. 기본적인 볼거리를 밥 떠 먹여주는 맞춤이 아닌 자유여행을 원하게 되었다.

해외여행 산업도 비약적으로 발전해 밖으로 나도는 시대가 활짝 열렸다. 세계 곳곳 어디를 가나 한국말이 들렸다. 온갖 잡동사니 언어들이 뒤섞였다. 일본말도 중국말도 간간이 끼어들었다. 영어도 점차 귀에 익숙하게 들렸다.

현실의 고달픔을 벗어나는 확실한 방법이다. 군더더기를 완전히 떼어낼 수 없어도 익숙하지 않은 낯선 상황에 적응하다 보면 저도 모르게 서러움이 저만큼 달아난다. 저절로 문제해결력이 생기기도 하는 여행은 최고의 명약이다.

오대양 육대주를 샅샅이 누비고 싶어도 여건이 허락하지 않았다. 주머니 사정은 빡빡했다. 길게 짧게 형편 따라 여행의 질도 바뀌었다. 그녀가 잠깐씩 다녀오는 지구 저쪽은 항상 신세계였다. 새 얼굴로 맞이해 주었다. 설렘과 기대를 안고 떠나지만, 돌아올 땐 빈손이 서글펐다.

한쪽 눈의 이식수술의 위력은 대단했다. 교탁 앞에 앉아도 칠판 글씨가 잘 안 보이는 허접한 시력의 놀라운 변화다. 약시는 벗어났다. 빛 부심은 심하고 달무리에 굴절도 멋대로지만. 시력표를 맨 위에서 아래로 몇 글자를 수월하게 읽어내니 시력검사가 두렵지 않다. 그런데도 양쪽 눈이 부동시라 상이 왜곡되고 흔들린다.

걷다가 중심을 못 잡고 땅바닥에 넘어지기 일쑤다.

해외여행 중 그 증상은 심했다. 처음 걷는 낯선 길이라 포장도로 상태를 파악하기가 더디다. 어디가 울퉁불퉁 올라왔는지 굽어졌는지 패어있는지 그녀의 눈은 헤아릴 줄 몰랐다. 머리에 입력이 안 된 채 일행을 따라가면 반드시 한두 번 넘어져 손바닥이 다치는 건 예사고 무릎이든 정강이든 타박상을 입었다.

남들의 구경거리가 되는 게 싫다고 피했음에도 남들의 웃음거리와 주목을 받는 처지가 된다. 바닥이 울퉁불퉁한 것을 미처 깨닫지 못하고 안일하게 걷다가 위험에 노출되니 당연하다.

남의 각막으로 살고 있음에 한계를 깨달았다. 그 각막은 거부반응이 오면 스스로 재생능력이 없다. 그녀의 시야를 뿌옇게 가려 시각 장애인으로 바뀔지 모른다. 최악의 상황에 부닥치기 전에 돌아다녀야 한다는 조급함이 발길을 재촉한다.

누군가 적선하듯이 한 말에 쐐기를 박을 필요가 있다. 눈이 멀어도 데리고 살겠다더니 보란 듯이 약속을 깬 사람이 누구였더라? 삭풍이 구멍 뚫린 가슴팍을 휘휘 내젓는다. 그가 간절히 원했을 텐데 그녀는 아직 그 대열에는 끼지 못했다. 값싼 동정을 받느니 차라리 외딴 숲속에 홀로 격리되어 생을 마감하는 게 낫다.

에스컬레이터조차 방심했다가 적응이 늦어 중심을 못 잡고 기우뚱 아래로 쏠렸다. 멈추지 않는 에스컬레이터에서 추스르지 못하고 끌려다닌 바람에 난간을 붙잡았지만 긁혔다. 집에 와서 바지로 감추어진 정강이뼈 쪽을 열고 일회용 밴드로 꼼꼼히 붙인다. 후시딘도 바른다. 예전과 달라진 실낱같이 가냘픈 피부는 아우성친다. 며칠이면 나을 피부가 오래 간다. 물도 못 대고 꼬들꼬들해질 때까지 아껴 써야 한다.

그래도 목숨줄이 끈질긴 그녀는 팔팔하게 퍼덕거린다. 그까짓 싸구려 고통은 이겨내야 한다고 충동질이다. 따라갈 뿐이다. 그녀는 푼푼하지 않아도 남에게 베풀지 손해를 끼치지 않는다. 그녀의 인생 좌우명이다. 견뎌내는 힘이다.

*

일본 여행에서 겪은 일이다. 누나가 야쿠자에게서 돈을 빌린 이후로 빚을 갚을 때까지 그들의 노리개로 살아야 한다는 사연을 솔직한 척 가족관계를 묻지도 않았는데 국제전화 대화에 끼워 넣은 남자였다. 그 말을 그대로 믿은 그녀는 분노가 일어났다.

클럽에서 노래하고 연주한다는 남자. 그가 그녀를 오매불망 보고 싶어 했다. 그녀가 초청만 해주면 우리나라로 오마고 졸랐다. 그녀는 아무도 모르는 곳으로 멀리 떠나고 싶은데 그는 반대다. 하도 성화를 대 오사카에 2박 3일로 놀러 갔다.

그는 재일교포의 집에 다다미방 하나를 빌려 얹혀사는 듯했다. 집이 좁은데도 관리를 잘해서 놀랐다. 온갖 꽃들로 정성껏 치장해서 화장실 냄새가 거실로 새어들지 않았다. 방보다 화장실이 깨끗해 보였다. 고만고만한 방, 거실…

공항에 도착한 날 바로 그녀를 그가 일하는 클럽에 데리고 갔다. 피아노 연주가 수준급이었다. 노래도 잘 불렀다. '호텔 캘리포니아'를 악상을 살려가며 부르고 있다. 싱어송라이터의 자질이 충분하다. 성량도 풍부하고 영어 가사 전달력도 훌륭하다. 음반이 아니고 라이브라 그랬겠지만 이글스보다 호소력이 강하고 흡인력이 높았다.

문제는 다른 곳에서 터졌다. 그는 그녀를 돈 많은 여자로 착각하고 있다. 여행을 다닐 정도면 여유 없인 어림없다는 선입관을 가졌을 것이다. 이튿날 그는 그녀에게 사전에 어떤 언질도 주지 않고 무작정 악기상에 데리고 갔다. 목관악기와 금관악기가 줄지어 자리를 뽐내고 있었다. 꽤 공간이 넓은 상가였다.

그는 별로 망설이지 않고 곧바로 악기상 주인이 꺼내주는 테너 색소폰을 손에 들었다. 그에게 아주 소중한 물건이라는 표시를 하고 싶은 듯했다. 색소폰 연주를 잘 할 수 있다고 자랑하는 듯했다. 위로 아래로 악기를 들어 올리고, 손가락으로 구멍을 막고 난리를 쳤다. 여행 중이니 어디 가느냐고 물어도 안 보고 그냥 호기심으로 따라갔기에 왜 그러는지 영문을 몰랐다. 그 옆에서 바라보면서도 한참 동안 그 진의를 파악하지 못했다.

악기들은 모두 상점 주인의 손길이 닿아 윤기가 자르르 흐르고 금빛이 번쩍거려 눈이 부셨다. 티끌 하나 없이 현란하게 단장하고 뽑히기를 기다리는 악기들 속에서 추려낸 테너 색소폰은 방문자를 귀찮아하지 않았다.

그는 리드 부분 몸통 부분 꼬리 부분을 요모조모 살피고 두 손으로 애인에게 하듯이 다정한 표정으로 쓰다듬었다. 제 입 가까이 대고 불어보는 시늉까지 하면서 내려놓을 생각을 하지 않았다. 틈틈이 악기상 주인과 눈을 마주치며 다정한 듯 대화를 나누는데 일본어라 이해할 수 없었다.

갑자기 눈을 질끈 감더니 결심했다는 듯 금액 표시가 적힌 쪽을 그녀에게 내밀며 동의를 구했다. 제법 비쌌고 그녀가 환전해온 돈으로는 어림없는 금액이었다. 신용카드 결재도 가능하다고 인심 쓰듯 종용했다.

사대육신 멀쩡한 사내가 색소폰 앞에서 으스댄 이유가 여자의 등을 슬쩍 쳐서 엉큼한 목적을 달성하려 한 거였다. 그녀는 모르는 체 딴전을 피웠다. 그가 원하는 대로 독박을 쓰고 바보를 인증하고 싶지 않았다.

즐거운 표정이 아쉬움으로 바뀌는 데는 오랜 시간이 걸리지 않았다. 두 손을 어찌할 줄 모르고 멈칫거리더니 그 악기를 마지못해 내려놓았다. 이 남자는 처음 만난 여자를 물로 보고 악기를 사달라고 생떼를 쓰고 싶었구나? 예상치 못한 몰염치한 요구에 그녀의 몸이 벌벌 떨렸다. 전화할 때 제법 포장을 해서 거지 근성을 드러낼 정도로 힘겹게 사는지 몰랐다.

근처 유원지에 가려던 계획은 취소되었다. 따라다니기도 겁나고 불편했다. 오사카 시내를 어슬렁거렸다. 하다못해 신사神社나 도톤보리道頓堀도 전차를 타야 볼거리와 가까워질 터였다.

미국 유니버설 스튜디오를 본뜬 유니버설스튜디오재팬USJ을 가 보고 싶었는데 덩달아 취소되니 섭섭했다. 오사카성이야 봐도 그만 안 봐도 그만이지만. 그의 경제 사정이 최악인가 싶어 돈을 내라 하기도 그녀가 환전한 돈을 내밀기도 난감했다.

저녁 무렵에 이미 사정을 들어 알고 있는 누나를 만나 같이 식사했다. 누나는 동행한 남자와 허물없이 이야기를 나누었다. 그는 어수룩한 한국인 차림이었지 야쿠자로 보이지 않았다. 누나는 가톨릭 신자라며 성호를 긋고 식사를 시작했다. 가냘픈 얼굴이 친누나인지 의심스러웠다. 겉으로는 이목구비가 닮아 보이지 않는데 친근한 눈빛을 보니 오래오래 알고 지낸 듯했다.

짧은 기간이지만 제 앞가림도 힘든 남자에게 빌붙어 견디자니 불안했다. 지금이라도 거처를 바꾸었으면 차라리 마음이 가벼울 수 있었으나 그냥 참았다. 귀국할 때까지 남은 시간이 비단길이 아니라 가시밭길을 걸어가는 기분으로 바뀌었다.

헤어질 때 환전한 돈을 불쌍한 그에게 다 주어버렸다. 악기는 못 사주었어도 뻔한 속임수로 달콤한 말인지 쓰디쓴 말로 환심을 사겠다고 얼러대다니. 기대고 살려고 버둥거리는 무기력이 질리게 했다. 처량한 느낌이 들어 적선하는 기분이었다. 그 돈이면 상당 기간 편하게 밥도 사 먹을 수 있을 것이다.

악기 사건이 여지없이 무산된 후 그가 염치없이 뇌까리는 자살을 암시하는 용어를 넘겨버렸다 싶었다. 이 일이 우스꽝스럽게 되도록 방관한 책임의 반은 그녀에게도 있는 셈이다. 입버릇처럼 올려 껄끄러웠는데 싱겁게 무시해버린 결과다.

20대의 그녀와 똑같이 염세적인 남자인 셈이다. 눈도 그 지경이고 피부도 몸서리칠 정도로 그녀를 괴롭혀도, 그녀는 자살 충동 고비를 넘겼다. 함부로 죽는다는 말을 아끼고 참는다. 가깝고도 먼 나라 일본에 멋모르고 놀러 와 이상야릇한 유혹에 휩쓸렸어도 다행히 그녀는 감성感性보다 이성理性의 끈을 꼭 잡고 있었다.

피아노 다루는 솜씨도 수준급이고 얼굴도 못생기지 않은 이 남자는 뭣에 걸린 게 그리 많아서 삶의 의욕을 잃어버렸을까? 그녀가 내미는 고액권 엔화를 받아들고 차마 안 받겠다고 빈말이라도 거절을 못 했다.

그녀에게 디자인에서조차 일본 냄새 풀풀 나는 옷가지를 누나가 옷가게에서 점원으로 일할 때 남겨두었다며 여행 가방에 불룩하게 채워주었다. 온정을 모질게 뿌리치지 못했다. 입고 싶지도 않아서, 오는 길에 의류 기부함에 다 넣어버렸다. 그리고 인간의 본성에 대한 야릇한 연민을 잊어야 했다. 강물에 흘려보내야 했다.

그에게 공항에 올 차비만 빼고 줘버린 돈이 아까웠을 때는 비행기를 기다리면서 면세점을 둘러볼 때였다. 기념으로 꼭 사 가고 싶은 게 있었다. 뒷감당은 생각지도 않고 덜컥 카드로 사는 건 용납이 되지 않았다. 하다못해 천 엔도 없어 작은 기념품조차 살 수 없었다. 그 돈으로라도 희망을 붙들고 살아가길 바랄 뿐.

2박 3일 일정을 차라리 단체관광으로 따라왔어도 이 정도는 아니었을 것이다. 그에게 떠나면서 넘겨준 금액이면 단체여행객으로서 대접을 받으며 일본 시내와 관광지를 여유 있게 걸어 다니고도 남았다. 그러니 잘못된 만남이었다.

예술을 좋아하고 음악에 열광하지만 먹고사는 문제에서 빌빌거리는 건 슬픈 일이다. 그건 다현이에게도 적용된다. 그것까지 미처 생각지 못했다. 다현이도 낮과 밤이 바뀌어 활동한다. 급여가 일정하지 않아 생길 스트레스를 그녀도 걸머진 느낌이다. 하루하루 버텨내는 고달픈 프리랜서 생활에 마음이 편안하지 않다.

*

그녀의 어디가 맘에 들었나? 깜짝깜짝 놀랄 사건 하나가 뇌리에서 지워지지 않아 짜증스럽다. 그녀를 몇 년째 인정사정없이 스토킹한 남자를 도저히 용서할 수 없다. 어이가 없다. 할 일이 그렇게 없는가. 멀쩡한 상태로 그러니 더 미심쩍다.

나이도 젊은 인간이 그녀보다 열 살 이상 어려 보인다. 나이를 밝히지 않으니 알 길이 없다. 사실 알고 싶지도 않았다는 게 정직한 심정이다. 그녀를 몇 년 동안 밤도깨비처럼 뒤를 캐고 따라다닐 줄 알았더라면 허술하게 대처하진 않았을 텐데. 이미 어긋나버린 물길을 되돌릴 수가 있나? 그녀의 일상을 엉망으로 휘저어 놓았다.

연예인도 아니다. 장애 있는 여자다. 홀어미라고 제 맘대로 해도 된다고 착각하는가? 괘씸하기 짝이 없다. 추적하는 심사를 모르겠다.

그렇지 않아도 뭔가 악한 기운이 그녀 뒤를 밟는다는 꺼림칙함이 주위에 흘러 뒤돌아본 적도 있다. 옷깃을 휘날리게 불어대는 매서운 바람뿐, 제멋대로 자란 야생화들이 속살대는 들에 따갑게 내리쬐는 햇살뿐, 준비 없이 떠났다가 느닷없이 양말 속살까지 잠겨 들어 오슬오슬 떨게 만든 소나기뿐.

스토킹하는 남자 역시 직접 얼굴을 드러내지 않으면서 그녀의 개인 생활을 상관하려 들었다. 그것도 타인의 목소리를 통해서 그녀 뒤를 밟고 있다고 그녀의 손가락 발끝까지 조종한다고 암암리에 간접적으로 언질을 준다. 직접 협박을 해대는 것보다 미치고 펄쩍 뛸 노릇이다.

처음엔 누구인지 왜 그러는지 몰랐다. 시간이 갈수록 강도가 세지니 잔뜩 의심이 들었다. 나중 이런저런 상황을 종합하여 이 사람이구나! 짐작할 뿐이니 더 답답하다. 그에 대한 정보는 일찍이 사라진 지 오래다. 원래 관심 쏟을 만큼 아쉬움이 없으니까. 그저 몇 가지 인상만 남아 있을 뿐.

직접 여행에 필요한 실용 영어를 자동으로 익히고 싶어 안달하던 차 영어 공부 사이트를 찾아다녔다. 우연히 채팅창에서 'blue sky'라는 닉네임이 말을 걸어와 응하면서 알게 된 사이버 남자다. 고급 영어를 약어로 쓰지 않고 정자로 쓰고 제법 점잖고 지식인인 척 허세를 떨었다. 모르는 사람은 경계하는 게 습관처럼 젖어있는데 그럴 필요를 느끼지 않았다.

인품이 어긋나 있고 비틀려 있다는 걸 몰랐다. 조금의 의심을 하지 않았다. 그가 그녀를 만나러 오겠다고 했을 때 거절했다면 그녀 생활에 파문을 일으키진 않았을 거다. 'if'라는 말이 항상 그녀에겐 악마의 단어였다. 조금도 그에 대해 궁금하지 않았음에도 한번 만난들 대수냐 싶어 거절하지 않은 잘못, 여기에서 불행의 싹이 돋았다. 미래를 내다보는 혜안이 있었더라면 얼마나 좋았으랴! 불행히도 그녀는 우물안 개구리다. 자기 세계밖에는 무관심 자체다. 그게 발목이 잡힌 이유다.

가로수 은행잎이 바람에 흩날릴 때 그의 승용차에 편승해서 음식점에서 간단한 저녁을 먹은 기억이 난다. 인도에 포장도로에 무더기로 쓰러진 채 소슬바람에도 흥을 못 이기고 취한 듯 뒹구는 노란 잎들의 함성이 쓸쓸한 정서를 상승시켰다. 그 정경에 취해 그녀는 센티멘탈sentimental 소녀 시절로 돌아가 있었다. 눈빛이 가을날에 대한 도취에 빠져 처연했다.

그때 메뉴가 남자의 정력 강화식품으로 알려진 장어구이였노라고 다른 사람을 통해 상기시켜 준 악랄한 남자다. 장어는 비린 냄새가 역겨워 해삼처럼 꺼리는 음식이다. 미용에 좋고, 맛나다고 군침 흘리는 생선회가 어쩌고 하는 것 못지않게 싫어한다.

바지락이나 조개류도 그녀의 기호식품이 아니다. 어릴 때 먹고 혼이 난 기억 때문이다. 나중 그 말을 아무 상관도 없는 남으로부터 전해 듣고 어이없어 헛웃음이 났다. 억장이 무너졌다. 온갖 묵은 감정의 잡동사니를 끓이면서 혼란스러웠다.

바로 돌아갈 줄 알았는데 그는 가까운 모텔로 예약을 해 놓았다고 같이 가자고 끌었다. 호기심이 일었다. 모텔이 어떻게 생겼나? 그뿐. 그곳에서 벌어지는 일 그대로 따라갈 마음은 전혀 없이 그를 따라 방으로 들어갔다. 침대에 같이 누워 오누이처럼 이런저런 이야기를 주고받은 듯하다.

피부 문제가 일상이 된 이래 그녀는 다른 사람에게 심지어 가족에게도 피부를 보여주는 건 딱 질색이다. 그런데 그까짓 즐거움이 뭐라고 삭신을 내보이나?

생판 모르는 남자 옆에 같이 누울 순 있다. 거기까지다. 그 이상의 진전은 원하지 않는다. 보통의 남녀라면 도무지 이해 불가다. 그러나 그녀는 내키지 않았다. 그럴수록 그녀는 강경해진다.

이미 학습이 되어 있기도 하다. 임신에 대한 공포. 박다현을 낳기까지 그녀를 할퀴어댔던 쓰라린 통증이 주렁주렁 매달려 지나간다. 가까운 접촉은 처음부터 차단하는 게 현명한 처신이다. 그런 일로 능멸당하지 않겠다는 오기가 발동한다. 같이 즐긴다는 말은 남의 나라말이다. 유혹해봤자 남의 일이다. 그녀의 평상심이 걸러낸다. 목석이나 다름없는 처신이다. 불꽃이 일지 않는다.

아마도 그런 그녀의 무심한 태도가 도도해 보였을 수 있다. 그에겐 이상야릇하게 자존심 상하게 비쳤을 수도 있다. 그는 자기가 순수하고 위험하지 않은 사람이니 맘대로 갖고 놀라고 애원 비슷하게 주문했다. 누가 키재기에 동참하겠다고 했나? 그녀는 그 말에 대꾸도 안 하고 무시해버렸다.

남녀관계의 벽을 무너뜨릴 의도가 없었다. 그가 잘났든 못났든 그게 문제가 아니다. 스스로 만든 철칙이다. 그대로 누운 채 천장을 바라보며 털끝 하나도 건드리지 않고(멋모르고 짚방석 깔아주었다고 덤볐다가 남겨지는 건 곧 죽음에 이르는 병이니까) 철학인지 문학인지 종교인지 떠오르는 대로 알맹이가 빠진 이야기만 주절대다가 일어나 모텔을 나왔다. 그리고 끝이었다. 그 사실조차 까맣게 잊고 지내고 있었다.

어쩌자고 그는 서로에게 피해 입힌 적 없고 아무 상관도 없는 그 일을 잊지 않고 다른 방식으로 접근했을까? 적극적으로 활동 영역을 다양하게 넓혀 그녀의 주변을 빙빙 돌며 방해를 즐기면서 흐뭇한 비웃음을 날린단 말인가?

그녀가 아직은 여자로서 성적인 매력이나 가치가 있다고 판단했단 말인가? 하필이면 인격을 땅에 팽개쳐버리는 가장 비열한 방법인 스토킹을 해가면서. 남의 이메일을 모조리 해킹하고 그녀의 집주변까지 어슬렁거린단 말인가? 원수풀이 당할 정도로 그녀가 실수한 게 있는가?

곱씹어봐도 기가 막힐 노릇이다. 한참 아래 남동생 정도로밖에 여기지 않았다. 그래서 수전노처럼 절약하는 생활이 몸에 밴 그녀지만 식사비도 그녀가 냈을 것이다. 그렇게 기억한다.

그의 인터넷 활용 능력이 아무래도 그녀보다 나은 건 인정해야 할 것이다. 해킹 수준이 어느 정도인지 놀랍다. 해킹 분야에서 일하고 있는지도 모르지만. 그녀는 아무렇지 않게 주고받던 이메일 자체도 위험한 지경에 이르렀다. 그녀의 정보가 줄줄 새고 있음을 알아차리기까지는 그리 오랜 시간이 걸리지도 않았다.

잊지 않기 위해서 또는 마음을 달래기 위해서 솔직하게 심경을 토로하거나 메모식으로 써나간 단상까지 인터넷 메모장에 흘리고 있던 터다. 그는 뒤따라오면서 이삭줍기만 하면 됐으니 얼마나 수월한가?

한 인간의 오욕을 훔쳐보며 응큼한 미소를 지었을 그의 악마적인 행태가 소름끼친다. 그의 선의의 요구를 그녀가 거부한 데 대한 분풀이치곤 볼썽사납다. 본인에게 물어도 안 보고 악기상에 데려간 남자나 그녀의 의도와 상관없이 남녀의 벽을 무조건 허물자고 덤비는 남자나 자로 재보면 똑같다. 화장실에 몰카 설치하고 즐기는 이상한 부류의 유별난 취미와 뭐가 다르단 말인가?

이메일에 있는 비밀번호를 부수고 들어오기야 우스운 게 그들의 수법일 테니까. 내용 하나하나까지 철저하게 읽고 헤아린 뒤, 숨어서 직접 나타나지는 않는다. 자기가 표면에 떠오르고 알려지면 재미가 적을 거니까.

그림자로 드러내지 않고 음흉하게, 은밀하게 그녀가 관심을 보이는 자마다 곧바로 친절한 척 접근한다. 그들을 조종하고 그녀를 음해하고 그녀의 일거수일투족을 알고 있노라고 일침을 놓는다. 그녀를 요녀로 둔갑시켜 놓고 킬킬거린다. 그녀의 개인정보를 은근슬쩍 흘리면서 찢고 까부느라 신이 났다.

그의 공작이 얼마나 치졸하고 졸렬하고 오래 갔던지 몇 년은 끙끙 앓으며 지냈다. 사이버 수사대에 의뢰해야 하나? 사실이 밝혀지면 그에 대한 응당한 죗값을 치를까? 몇 번 궁리하다가 그만두기가 되풀이되었다.

그녀의 개인정보는 날개를 달고 인터넷에서 난잡한 인간들의 손 쉬운 먹잇감이 되어 사지가 물어뜯길 것이다. 사이버공간에서 천박함의 극을 달리는 무리에 끼어들어 훨훨 나돌아다닐 것이다. 그녀는 얼굴을 찌푸리며 살았다. 하루하루가 지옥 맛보기였다.

새로운 관계망을 귀신같이 알아채고 침투해오는 세력이 싫어 아이디를 바꿔도 간섭의 고삐는 심해졌다. 그녀에 대한 악성 루머(rumor)를 상대방에게 주입해서 뒤죽박죽으로 헝클어댔다.

인터넷의 사악한 공포에 시달리면서 와이파이가 설치된 곳에서 팡팡 터지는 신형 핸드폰을 쓰지 못했다. 남들은 핸드폰으로 사진도 자랑삼아 찍어 올리고 카톡에 온갖 개인정보를 공유하는 시절이 왔음을 피부로 느끼면서도 접근하기 꺼린 이유다.

핸드폰에 연결된 활동 기록을 스토커가 불을 켜고 찾아내 비아냥거릴 빌미를 제공하고 싶지 않았다. 값싼 호기심이 그녀의 뿌리를 흔들고 있다는 염려, 지독한 피해망상증에 시달렸다.

늦게까지 010으로 바꾸지 못했다. 어쩔 수 없이 기지국이 사라져 바꿔야 할 지경에 이르러서야 인터넷 가능한 핸드폰으로 바꾸었다. 스토커의 활동이 느슨해졌다는 걸 느끼면서부터였다. 오랫동안 이메일 이용도 중단했다. 꼭 필요한 정보를 얻어야 할 때도 이메일만 열면 가슴이 조마조마했다.

참다못해 메모장에 사이버 수사대에 피해 내용을 강력히 신고할 것이니 대비하라고 읽어보라고 언급했을 것이다. 그렇게 이유 없이 당할 정도로 그에게 피해를 준 사실이 없음을 상기시켰다. 그는 슬그머니 꼬리를 감춘 듯했다. 진작 그 방법을 쓸 걸. 역습을 수습할 수 없는 지경으로 망가지게 당한 뒤라 씁쓸하기만 했다.

그를 뒤쫓고 싶지도 사이버 수사대에 의뢰하고 싶지도 않았다. 혐오감이 전신을 훑고 지나갔다. 허리케인이 지나간 뒤에 남겨진

폐허처럼, 산사태에 난도질당한 흙더미처럼, 홍수에 떠밀려온 판자 조각처럼, 화재에 타다남은 파편처럼 그 상처는 영원히 그녀의 몸과 넋을 갉아 먹는다. 서리서리 한구석에 고스란히 박혀 있다. 트라우마치곤 절대로 상기하고 싶지 않은 깊이 베인 상처다.

자신이 저지른 잘못이 중대범죄라는 사실조차 인지하지 못할지도 모른다. 돈을 강탈한 것도 아니고 얼굴을 다시 내민 것도 아니라고 발뺌하면서 인정할 리 없을 테니 골탕을 먹어온 그녀만 멍텅구리다. 영문도 모른 채 농락당해 나락에 떨어진 무기력과 한탄을 하소연할 데도 없다. 어긋난 관심을 정상으로 되돌리기엔 너무 멀리 동떨어져 버렸다. 이래저래 손해다. 그녀의 인생을 관통하는 기본 화두는 바로 그거였다.

모든 남자 절대 조심, 특히 낯선 남자 접근금지.

*

원하지 않은 임신 못지않게 충격을 받은 스토킹 사건에서 놓여나지 못하면서 고향이 지겨워 떠나고 싶다고 뇌이며 지냈다. 그랬는데 절대로 떠날 수 없다는 사실이 밝혀졌다. 붙박이로 살아야 했다. 그녀가 무슨 수로 업장을 소멸할 수 있으리.

오른쪽 각막 수술을 받고 안과의사를 찾아다니지 말았어야 했다. 그는 적어도 6개월에 한 번 와서 검진받기를 원했다. 오른쪽 각막이식한 눈은 그의 권유에 따라 라식수술까지 마친 상태였다. 그렇다고 시력이 왈칵 나아진 것도 아니지만.

마음이 여린 그녀는 그 말에 순순히 따랐다. 갈 때마다 이런저런 검사를 하면서 덧붙이는 말이 왼쪽 눈도 수술하면 더 좋을 거라 했다. 기술이 향상되어 부분마취로도 각막이식수술이 가능하단다. 한 살이라도 어릴 때 수술받는 게 좋다며 결과를 자신했다. 처음은 별로 내키지 않아서 들은 둥 만 둥 했다. 남의 이야기처럼 듣다가 이번은 시력이 나아질까 기대하며 의사의 요구에 따랐다.

절실함이 없었음에도 그의 권유로 왼쪽 눈도 각막이식수술을 받았다. 당연히 입원할 필요도 없다. 수술받고 몇 시간 후 퇴원할 수 있으리라 장담했고 그대로 되었다. 그는 수술 성공을 자화자찬했다. 생체 각막도 상태가 최상이라고 했다. 시간이 지나면 눈이 너무 잘 보여 휘파람 불며 다닐 거라 했다.

웬걸. 이식의 고통을 겪은 후 받아든 열매는 기대 이하였다. 미용 목적의 성형 수술이 아니니까 시력이 첫째인데 오른쪽만 못했다. 양쪽 시력의 비대칭에 적응하고 살아서 한눈으로만 버티며 살았다. 그런데 새로 끼워 넣은 왼쪽 각막은 사사건건 말썽을 일으켰다.

세상이 환해서 휘파람을 불 거라더니 아니었다. 눈에 충혈도 자주 생겼다. 예전에 없던 증상이다. 수술 후 얼마 안 지났으니 시간 가면 나아지겠지 싶었다. 열심히 항생제와 소염진통제와 인공눈물 약을 넣고 지냈다. 그러다가 미국에 가게 된 것이다.

심신이 그로기 상태로 무너져 지치고 피곤했다. 그런데 그는 몇 번 전화해 보고 그녀가 오매불망 미국에서 살고 싶어 한다고 지레 판단해버렸다. 족집게였다. 그를 만나러 미 동부 뉴저지에 갔다. 누나들은 맨해튼 옆에 살았다. 날마다 누나들을 만나러 워싱턴 다리를 건넜다. 누나 둘은 미용사로 기반을 잡았고 여동생은 학원강사를 하다 누나의 초청으로 미국에 건너와 세탁소를 한다고 했다.

문제는 그가 이렇다 할 직업 없이 누나들 용돈을 받으며 빈둥거린다는 것이다. 영어도 못 하고 불법체류자가 되어 세탁소 물품을 조달하거나 세탁소 기계가 고장 나면 고치는 정도. 무슨 공대를 나와 한참 깃발 날릴 때 귀뚜라미 보일러 공장 사장이었다는 사람이. IMF의 후유증으로 자금 조달에 애먹다가 공장을 싸구려로 떠넘기고 미국으로 무작정 도망쳐 룸펜Lumpen으로 살아간다니.

박종춘 하나로 지겹도록 보아 온 능력 없는 남자의 허세가 볼 만하다. 미국이라는 화려한 소비에 멍드는 선진국 뒷면에 새겨진 실체를 파악하지 못하고 똑같은 상황에 빠진다? 이미 충분히 학습해 온 처지에 돌아볼 필요도 없다. 남의 사정도 잘 파악 못하고 끼어든 몇 주이다.

매끄럽게 마무리를 지어야 할 책임은 그녀에게 있다. 심경이 떱떠름하다. 겉과 속이 똑같은 그녀가 이곳에서 안 그런 척 연기를 하자니 속은 구정물 통 속이다.

그에게도 실낱같은 희망이 있다. 누나가 초청해서 미국 시민이 되기 어렵지 않을 때는 콧방귀도 안 뀌던 사람이 새로운 이민법에 맞추어 영주권을 얻어야 했다. 투자 이민이 좋은 대안이다. 그녀가 돈 많은 직장여성으로 보였나? 그녀에게 미국에 와서 사업을 하면 절대 안 망한다고 권유다. 그 사업은 세탁소였다.

누나들은 남동생과 자주 골프를 치러 다녔다. 그곳에 있는 2주 동안 그녀는 가자마자 휘몰아치는 눈의 통증에 시달렸다. 이 통증은 각막이식 받기 전 산들바람만 불어도 눈물이 쏟아지던 콘택트렌즈의 착용으로 생긴 이물감과 차원이 달랐다.

눈곱이 두껍게 끼고 눈알이 잠시도 통증이 멈추지 않아 잘 수가 없다. 눈을 감고 있어도 뜨고 있어도 동통을 참을 수가 없다. 대상포진 통증과도 사뭇 다르다. 가져온 약을 넣고 또 넣어도 소용이 없다. 콘택트렌즈는 빼고 나서 안약을 넣고 눈 감고 쉬면 얼마 지나지 않아 낫곤 했다. 소용이 없다. 안약이 듣지 않는 눈이라니.

할 수 없이 왼쪽 눈 각막 이식수술을 한 병원으로 전화를 걸어 힘들게 연결이 되었다. 미국 안과에 가 보라는 말이 전부였다. 참지 못해 한국인이 운영하는 안과에 가서 상황을 설명했다. 그는 안과 기계를 건성으로 들여다보더니 자세히 물어보지도 않고 안연고를 직접 주면서 넣으라고 했다. 그녀가 휴대하고 다니는 소염제 진통제는 물로 된 안약이지 연고가 아니었다. 그 연고를 넣고서도 나흘을 앓았다, 치료비가 자그마치 120달러였다.

연고 탓인지 시간이 지난 탓인지 몰라도 점점 그 통증이 가라앉았다. 안절부절 통증과 처절하게 싸우면서 비참한 심정이었다. 2주 휴가가 눈의 통증으로 반절을 훌쩍 넘겨버렸다.

아무것도 모르던 시절 미국만 가면 시력이 좋아지리라 믿었던 망상이 박살 나는 순간이었다. 그 꿈을 이루려고 미국을 찾아왔는데 배반을 때리고 있다. 한국에 있는 자금을 똘똘 뭉쳐 가져온들 세탁소를 경영할 수도 없을뿐더러 그럴 능력도 안 된다. 박종춘이 남겨놓고 간 유산이 미국으로 도망친들 단숨에 끝날 리가 없다. 죽을 때까지 그녀를 따라다닐 테니 미국에서도 그녀는 그 빚을 갚아나가야 할 것이다.

그러다가 만일 눈에 이상 증상이 돌발하면? 이미 그녀의 두 눈에서 반짝이는 각막은 자기 것이 아니다. 안과의사는 그랬다. 시야가 뿌옇게 흐려지면 만사 제쳐놓고 병원으로 달려와야 실명을 면한다고 했다. 너무 황당하다.

미국에서 멍청하게 살다가 느닷없이 눈에 지금처럼 동통이 생기면 재수술은 물 건너간다. 미국병원의 천문학적으로 비싸다고 소문난 병원비와 수술비가 무서워 가지 못할 테니 그대로 참다 결국 눈이 멀 것이다. 인도의 카스트 제도에 견준다면 4번째 수드라의 삶을 살다 갈 것이다. 여태 고단하게 견뎌왔는데 늙어서까지 비참 속으로 일부러 걸어 들어가야 하나?

평생의 슬픈 반려자 눈 문제로 비감에 젖어 그녀는 우리나라를 떠날 생각을 아예 꿈쳤다. 언제 어느 때 갑자기 눈에 이상 증상拒否反應-transplant rejection reaction이 생길지 모른다. 그때부터는 꼼짝없이 1급 시각 장애인으로 살아야 한다는 불안감이 덮쳤다. 남은 1주 내내도 오한惡寒에 사로잡혔다. 그녀는 환상을 버렸다. 그녀의 꿈을 단숨에 확실하게 접게 만든 사안이다.

그리워만 하고 안 가 본 길보다 조금은 나을까? 모르겠다. 떠돌이로 해외를 돌아다니면서 남은 건 내장을 후벼 정신을 혼미하게 닥달하는 아픔뿐. 치유되지 않는 상처뿐. 그나마 몇 조각 향수鄕愁를 불러일으키는 풍광은 마음속에 고이 간직해서 먼 훗날을 위해 남겨두어야겠다.

4장 강 건너

첫눈을 고대하던 지극한 단심으로
봉선화 꽃물 들이던
열다섯 어린 공녀의
이국땅 꿈에 어리는 고향 서성이나니 (몽운 시 「봉선화」 부분)

정원에 선 마르가리트 가셰 / 빈센트 반 고흐 / 몽운 모작

저는 박다현이에요. 정연이의 외동딸이죠. 엄마 아빠 앞에서 재롱도 부리고 귀여움을 독차지하고 싶었어요. 관심과 사랑 듬뿍 받으며 오래도록 오순도순 행복하게 살고 싶었어요.

그러나 아빠는 제가 다섯 살 늦가을 급성 위암으로 세상 떠나셨어요. 아빠 얼굴도 목소리도 가물가물한 이유예요. 엄마 말씀에 의하면 제 손을 꼬옥 잡고 놓아주지 않으셨대요. 손에서 스르르 아귀의 힘이 풀릴 때까지.

그 이후 사람을 따로 두지 않고 엄마 혼자 저를 돌보며 직장 다니며 저를 바라보며 사셨어요. 웃음을 잃어버린 표정으로요.

건강하지 못한 아가로 태어나 잔병치레가 많았대요. 엄마는 저를 키우면서 조바심에 애를 태우셨대요. 밤에도 열이 안 떨어져 병원으로 달려가고 소화 기능이 약해 잘 먹지 않다가 조금만 과식

해도 설사로 병원에 가야 했대요. 잔손이 많이 가니 아이 걱정이 떠나지 않았대요. 아기가 뭘 알았겠어요.

애초에 공부에 취미가 없어 책과는 멀리 거리를 두었어요. 초등학교에 들어갔는데 '엄마, 아빠. 철수야, 영이야! 학교 가자.' 하더니 곧바로 문장으로 건너뛰어요. 국어책 문장이 갑자기 길어지는 바람에 수업 시간에 입이 떨어지지 않았어요. 한글 익히기가 만만찮았어요. 담임 선생님이 떠듬거리는 제게 책 읽기를 시킬까 봐 기가 죽을 정도로요.

엄마는 여름 방학 내내 가지, 나무, 다람쥐, 라디오… 여러 가지 그림이 그려진 낱말카드와 벽에 붙여 둔 한글판 자모를 저절로 익히도록 놀이하면서 가르쳐 주었어요. 집중 지도받은 보람은 당장 효과가 나타났어요. 개학하자 한글 읽기를 너끈히 따라잡았으니까요. 그렇다고 책을 좋아했다는 뜻은 아니에요.

엄마 나이에 비해 늦게 제가 태어나서 학교를 빨리 보내고 싶어 6월 생일을 2월로 출생신고를 앞당겼대요. 전 엄마의 뜻에 따라 학교를 1년 일찍 다니니 학습 능력도 뒤떨어지는데 여러 면에서 터덕거렸어요. 눈치껏 따라가지 못하는 제가 1년을 당겨 다니는 건 사실 무리였어요.

언니 오빠들과 경쟁하면서 노는지 공부하는지 모르고 교실로 복도로 운동장으로 뛰어다닌 학교생활, 절대로 매끄럽지 않았어요. 성적도 중간 정도 겨우 유지했을 뿐이에요. 상급반에 올라가면서 동네 대학생 언니에게 개인 과외를 받고 초등학교 앞에 있는 속셈학원을 열심히 다녀도 성적이 쑥쑥 오르지 않았어요.

그 대신 몸을 쓰는 운동에는 흥미가 있었어요. 물론 음악도 좋아하긴 했지만 무용만은 못했어요. 초등학교 5학년 때였어요. 특별활동 시간에 현대무용을 전공한 대학생 언니가 우리 학교에 와서 무용의 기본동작을 가르쳤어요. 재미있고 신이 났어요. 여러 가지 동작으로 팔다리가 술술 늘려지는 게 신통했어요. 단짝 친구 심원경과 무용에 빠져 지냈어요.

숙제도 안 해서 학원 선생님에게 혼났어요. 피아노 학원 책도 집에다 빠트리고 다녔어요. 엄마에게 들켜 혼났어요. 머릿속이 온통 무용의 동작 익히기에 가득 차 있으니까요. 다른 수업에 흥미도 없어 집중도도 형편없이 떨어졌어요.

학교 앞에서 엄마가 직장에서 퇴근하고 집에 돌아올 때까지 놀이터인 속셈학원도 피아노 학원도 건성으로 다니고 책도 집에 뒹굴게 내버리니 엄마는 실망했어요. 엄마는 두어 번 그러지 말라 꾸중하셨어요. 차라리 그만 다니는 게 낫다고 볼멘소리로 타박하셨어요.

조금씩 각 과목에 대해 수업 진도를 따라가고 있었는데 이 일로 공부에 대한 열의를 잃어버린 계기가 됐을 거예요. 안타깝게도 공부도 잘하고 무용도 잘할 수는 없었어요. 능력이 주어진 게 거기까지가 한계였을 거예요.

그렇게 다니고 싶었던 무용학원은 한참 나중에 중3 졸업 후예요. 검정고시 통과 후 대입 준비하면서 다니게 된 것이에요. 6학년 때까지 무용 특별활동 시간만을 고대하며 춤에 대한 갈증을 한없이 여린 가슴에 품었지요. 나름 초등학교를 즐겁게 보냈어요.

언제부터인지 누군가 끊임없이 저와 엄마 사이를 훼방한다는 느낌은 있었어요. 콕 짚어 이거다 증명은 안 되는데 묘하게 어른거리는 무엇이 우리 사이에 끼어들어 난장판을 만들어버렸으니까요. 저와 엄마의 친밀한 관계가 헝클어지도록 부추겼어요. 원인은 몰라요. 매듭이 잘 풀리다가도 사소한 일로 갈등이 생기면 조금도 양보하지 않고 자기주장만 한없이 늘어놓아 풀 길 없을 정도로 얽혀버리곤 했으니까요.

엄마는 친구들과 전화로 집에서 수다 떨 때가 있었어요. 저 때문에 밖에 나갈 수 없다고 모임에 못 가서 미안하다네요. 모처럼 웃음소리가 방안에 가득 찼어요. 엄마 친구들이 보고 싶다고 절 데리고 참석해 달라고 했대요. 그래서 엄마 친구들을 음식점에서 만났어요. 맛난 음식 많이 먹으라 밀어주고 친절하고 다정했어요.

'네 엄마 말속에 우유가 들어 있고, 콩이 들어 있기도 해.'

모임의 회장님이 그런 말을 하네요. 그 말이 재미있어 까르르 웃었다니까요.

그래서 몰랐어요. 필요한 설명도 안 해주고 비밀처럼 감추었어요. 엄마의 고통이나 고민, 형편을 제가 헤아릴 수 없었던 이유지요. 집에서 마음껏 누리는 수다도 언제부턴지 딱 끊어버렸다는 사실을 알았어요. 목소리가 허스키로 탁해지면서부터예요. 어쩔 수 없이 해야 하는 말 이외에는 거의 침묵으로 지내곤 했어요.

엄마는 늘 지쳐 보였어요. 피곤하다는 말을 달고 살았으니까요. 파김치가 된 하루라는 말은 실컷 들어야 했어요. 엄마 목소리가 언제부턴지 쉬어가고 있었어요. 마른기침이 끊어지지 않아서 직장 다니기가 힘들다고 투덜대면서 방학만을 기다리셨어요. 그 뒤로는 목소리를 아끼느라 그렇겠지만 자연히 집에서 전화하는 모습을 본 적이 없어요.

엄마가 항상 초라한 옷을 입고 직장에 다니는 게 속상했어요. 소박한 생활이 몸에 밴 엄마라지만 환하게 차려 입으면 좋잖아요. 선풍기가 덜덜 소리 나도 그냥 사용했어요. 부엌살림도 구닥다리였어요. 에어컨 없어 땀을 뻘뻘 흘렸어요. 겨울은 난방이 잘 안 되어 춥고요.

저에겐 이 세상에서 가장 소중한 하나밖에 없는 엄마인데 불쌍했어요. 엄마에게 직장생활에 어울리는 훌륭한 옷을 사드리고 싶었어요. 우리 학교 선생님들처럼 고운 옷을 휘날리면서 직장에 출근하는 모습을 보고 싶었어요.

엄마는 왜 얼굴만 빼꼼히 내놓고 더운 여름날에도 팔다리를 감추고 살아야 하는지 그 원인을 몰랐거든요. 화장품 분 냄새, 손톱 매니큐어 바른 엄마 모습을 그려보곤 했으니까요. 머리는 항상 짧게 자르고 도무지 파마조차 하지 않았어요. 치마를 입지 않고 바지 차림으로 다니니까 얼핏 보면 남자 느낌이 들 정도예요.

우린 시내버스를 타고 한 달에 두어 번 공무원연금공단 상설 매장에 다녔어요. 그곳에 식료품뿐 아니라 예쁜 옷도 팔았어요. 엄마는 가격표에 신경을 쓰면서 즉석요리 가능한 식품을 주로 샀어요. 낑낑대며 배낭에 넣어 돌아오곤 했어요.

중학교 2학년 때로 기억해요. 스승의 날도 돌아오는데 엄마에게 예쁜 옷을 사드리고 싶었어요. 엄마가 연금매장 귀퉁이 쪽에 있는 옷가게를 무심코 지나쳐 가요. 제가 기회는 이때다 싶어 마네킹이 맵시 있게 차려입은 옷가게로 화려하게 옷치장한 매장으로 엄마 손을 잡아끌었어요.

제 꿍꿍이속을 모르는 엄마는 왜 그러느냐며 옷 필요 없다고 옷 파는 매장을 지나치네요. 전 설명하기 곤란하여 거듭 엄마에게 옷 사드리고 싶다고만 간절한 음성으로 말했어요. 엄마 얼굴이 새파랗게 질렸어요. 돈이 어디서 났느냐고 도둑질한 줄 알고 놀라서 추궁했어요.

할 수 없이 고백했지요. 3월부터 급식비를 아껴 저축했다고요. 엄마가 눈을 동그랗게 뜨더니 그럼, 점심시간을 어떻게 보냈느냐는 거예요. 점심시간에는 책상에 엎드려 쉬었다고 사실대로 말했지요. 옆에 앉은 짝이 점심 같이 먹자고 한술이라도 먹으라고 자꾸 권했지만 끝내 고갤 살살 흔들고 안 먹었다는 이야긴 못했어요. 엄마 표정이 일그러지셨어요.

―왜 하지 않아도 되는 일엔 그리 열심이니? 난 옷 필요 없어. 이쁜 옷 입을 수도 없고, 체형이 변해버려서 안 어울리고, 옷에 목숨 걸고 싶지도 않아.

단호하고 또렷하게 의사표시를 했어요. 저도 물러날 수 없었어요. 사정사정해서 옷을 사게 되었지요. 비싼 옷들은 다 건너뛰고 가장 값싼 것으로요. 그것도 여름이 다가오는데 팔을 다 가리는 재킷으로요. 색상도 눈에 안 띄게 검은색이 두드러진 쥐색으로요.

엄마는 그 뒤로 점심을 굶지 말라며 급식비 냈는지 꼭 확인했어요. 용돈이 넉넉하지 않았지만 제가 굶주렸다는 뜻은 아니에요. 삼촌이나 이모를 만나면 용돈을 주셨는데 엄마는 친정 가기를 꺼끄러워하셨기 때문이지요.

해복解腹 수발을 혼자 했다고 했어요. 엄마들은 아이를 낳으면 친정으로 가서 친정엄마 도움을 받는다고 들었어요. 그런 전통이라면 엄마도 저를 낳고 친정에 가서 적어도 3주간 몸을 추스르고 와야 했어요. 그래야 건강을 회복한다는데요. 산부인과에서 갓 태어난 저를 안고 퇴원하자마자 미역국만 먹으며 집에서 누워 쉬셨대요. 여름 아기라 벌떡증이 심해서 뜨겁게 몸조리하는 걸 싫어하셨대요.

이모는 외가 가까운 산부인과에서 아이를 낳았어요. 외가에서 느긋하게 3주간 머물렀대요. 그런데 엄마는 외가로 갈 생각조차 아예 안 했으니까요. 외할머니가 절 보러 우리 집으로 찾아오셨대요. 엄마는 친정과 거리를 두고 지내다가 나중엔 아예 발걸음도 안 했어요.

아기 볼 사람 없이 아빠가 집안일 전담하다시피 저를 돌보다가 돌아가신 후 엄마의 고생은 말이 아니었어요. 요즘처럼 유아원, 유치원을 맞춤식으로 운영하던 시절이 아니니까요. 늦잠이 많아 시큰둥한 저를 깨워 세수시키고 옷 입히고 밥 몇 술이라도 먹게 하느라 소동이 많았던 시절을 지금까지 기억하니까요.

저를 혼자 집에 두고 나가기는 어중간한 나이라 아침에 일찍 서둘러 준비해서 같이 나가고, 저녁에 퇴근하면서 저를 데리고 집에 돌아오셨으니까요. 다행히 집 앞에 교회가 운영하는 유아원이 있었어요. 엄마는 그곳에 저를 맡기고 출근하고, 전 퇴근해서 돌아올 때까지 혼자 놀며 심심하게 지내야 했어요. 유아원 친구들은 늦게 오고 일찍 자기 집으로 뿔뿔이 흩어져 돌아갔으니까요.

늘 애니메이션 TV를 보던 시절이라 상상력이 풍부할 때였으니까요. 집안에 별별 요정이 돌아다니며 장난치고 절 괴롭힐지 모른다는 무서움이 있었어요. 아파트가 아니고 단독주택에 사니 더욱 저를 혼자 집안에 둘 수 없었던 까닭이지요. 병설 유치원을 다니면서 제 행동반경은 교회 유아원 주차장에서 학교 앞 운동장으로 바뀌었어요.

유아원 시절 옆집 사는 또래 친구 송은미랑 놀이터에 같이 갔어요. 회전하는 놀이기구를 양손으로 붙잡고 돌려가며 발을 움직였어요. 낮은 철봉을 양손으로 잡아 발을 땅에서 뗀 채 팔 힘으로 옮겨 다니기도 했어요. 정글짐을 오르고 내려오고 했어요. 그네도 번갈아 가며 탔어요. 유아원에서 배운 율동을 하며 놀이터 주변을 빙글빙글 돌곤 했어요. 신이 나면 동요를 흥얼거리기도 했어요.

송은미가 두 팔을 잠자리처럼 벌리고 미끄럼틀 위에서 폴짝 뛰어내렸어요. 슈퍼맨superman같은 자세가 멋졌어요. 흉내 내고 싶었어요. 저도 나비처럼 가볍게 사뿐히 날 수 있거든요. 미끄럼틀 위에서 엉덩이를 바닥에 붙이고요. 미끄럼틀을 내려오는 기분은 엄청 상쾌해요. 바람이 살랑살랑 불어 짜릿하니까요.

이번엔 저도 색다른 놀이를 시도해야지요. 따라서 두 팔을 활짝 펼치고 몸의 자세를 수평으로 유지하려 애쓰면서 뛰어내렸어요.

어쩌지요? 큰일이 났어요. 착지하면서 땅바닥에 왼쪽 손목을 잘못 짚었는지 콕콕 찌르는 듯한 아픔이 사라지지 않아요. 엉엉 울면서 엄마에게 달려갔어요. 마침 집에서 쉬다가 놀란 엄마는 바로 절 정형외과에 데려갔어요. 사진을 찍어보더니 왼쪽 손목뼈가 부러졌대요.

먼저 틀어진 뼈를 맞추는데 어찌나 아프던지 병원이 떠나가라고 울었어요. 치료받느라고 고생했어요. 1달 반을 깁스하고 다니니 불편했어요. 그래도 다행히 어려서 뼈가 빨리 붙는다고 안심하라고 했어요. 송은미는 씩씩해서 아무렇지 않은데 나만 보란 듯이 다쳤으니 이상하지요. 운동신경이 발달해서 웬만해선 넘어질 뻔하다가도 바로 안 다치고 오뚝이처럼 발딱 일어났는데 말이지요.

용돈이 생기는 외가에 가고 싶은데요. 외삼촌도 이모도 만나면 반가웠어요. 모두 들뜨는 명절에 우리 집은 적막해요. 개미 한 마리도 안 지나다녀요. 가까운 친척도 없고 잘 지내던 친구들과도 서서히 멀어졌어요. 엄마의 관심이 해외로 쏠리니 대화도 끊어졌어요. 저도 덩달아 말을 줄였어요. 남들이 멋모르고 부러워하는 해외여행 가는 것 빼고 즐거움이 없었어요. TV만 잉잉 소리 내는 휑한 방이에요.

중3이 되어서는 고교 입시를 대비해서 열심히 공부했는데요. 커트라인cut line에서 1점이 모자라 시내 인문계 고등학교에 진학할 수 없었어요. 시골 고등학교로 유학하거나 재수를 해야 할 판이었지요. 시내에 있는 예전의 고등공민학교 수준의 학교를 찾아갔어요. 검정 고시학원도 갔어요.

시골 학교로 유학遊學을 보내기 싫었던 엄마는 둘 중 하나를 선택하라 했어요. 전 검정고시를 택해 바로 1월 초부터 등록했어요. 3월에 고등학교에 입학하는 친구들은 노는데, 정신 딴 데 팔 여유가 없어요.

그 한가한 1, 2월에 열심히 공부한 결과 첫 번째 고교 검정고시에 과락 없이 합격했어요. 고등학교 졸업장을 6개월 만에 딴 거나 마찬가지가 됐어요. 최연소 검정고시 합격 운운 지방신문에 기사가 나기도 했어요. 친구들은 오히려 저를 부러워했어요. 새벽에 일찍 등교하고 온종일 학교에서 밤늦게까지 야간 자율학습을 하고 3년을 보내는 것보다 편해 보였을 테니까요.

엄마는 초등학교도 일찍 보내 1년을 벌었듯이 이어서 대학생이 되길 바랐어요. 대학 입시 학원에 등록해서 본격적으로 공부하게 되었지요. 3년을 해도 모자라는 고등학교 과정을 6개월에 끝냈다고 해서 갑자기 우등생으로 풀쩍 뛰어 올랐다는 뜻이 아니에요. 단시일에 공부 실력이 나아질 리 없잖아요. 운이 좋았던 것이지요. 고교 영어와 수학 과목은 간신히 과락을 면했으니까요.

대학 입시와 연결해서 대입 종합반에 등록을 바로 했어요. 모의고사를 보게 되고 그 성적을 가지고 학원 선생님과 진학 상담을 한 듯해요. 엄마가 갑자기 심각한 얼굴로 물었어요. 무용학원에 등록해서 무용과로 대학 가겠느냐고요.

중학교 때 무용한 사람 나오라고 해도 절대 나가지 말라 당부했는데요. 그래서 입학하자마자 여선생님이 각 교실을 돌아다니면서 초등학교 때 무용 한 학생 나오라고 조사할 때 모른 척 외면했어요. 엄마 말 정말 잘 듣는 딸이 저니까요. 그런데 무용학원 다니겠느냐고 먼저 엄마가 물어오니 기쁘면서도 놀라웠어요. 전 그때의 벅찬 심정을 한두 마디 말로 표현할 수 없어요.

대신 중학교 때 현악부에 들어가 3년을 바이올린을 켰어요. 제 2 바이올린에서 기초부터 배워가며 시작했어요. 중 2학년부터 제

1 바이올린으로 자리를 옮겼어요. 바이올린은 조율tuning하기가 어려운데 전 금방 깨우쳤어요. 교육청 주최 음악 경연대회 현악 부문 단체 수상도 받았어요.

연주 자세가 좋고 잘 따라온다고 바이올린 지도 선생님이 절 칭찬하셨지요. 기초 없이 시작한 바이올린이지만 피아노치고 피아노 경연대회 참가한 경력이 도움이 되었어요. 무대를 두려워하지 않는 체질인가 봐요. 바이올린 케이스를 책가방과 같이 늘 갖고 다니는 저를 보면 심원경이 놀렸어요. 안 어울린대요. 난 슬펐어요. 엄마의 뜻이라고 궁색한 대답을 했지만요.

그런데 대학을 무용과로 갈 수 있다니 하늘을 나는 기분이었지요. 횡재나 다름없는 기쁜 소식이지요. 우리 집 가까이 무용학원이 있어요. 그곳에 등록했어요. 대입 수능 공부와 실기를 같이 해야 했어요. 초등학교 특별활동 시간에 익힌 무용의 기본 동작들이 제대로 기량을 떨칠 순간이 돌아왔지요.

대입 시험에 무용과를 가려면 실기가 중요하대요. 작품을 짜야 했어요. 그래서 난이도가 상당하지만 제가 잘하는 동작 중심으로 안무choreography를 바꿨어요. 오후는 거의 무용학원에서 지냈어요. 대입 종합반 수업보다 무용학원 거울이 사방 벽에 죽 늘어선 마룻바닥에서 춤추는 실기 공부가 훨씬 재미있었지요.

사실 그때 너무 무리한 동작을 되풀이하는 바람에 허리가 삐끗했어요. 그래도 참고 같이 대입을 준비하는 언니들과 따라 하기가 몸이 힘들었지요. 엄마는 말해도 잘 모르니까 아프다고 엄살 부리지 않았어요. 그 정도는 혼자 견뎌내야 했어요.

1지망 S여대 2지망 H체대 3지망을 J대로 입시를 본 결과 1지망은 떨어지고 둘은 합격했어요. 2지망을 가려면 서울에서 자취해야 하는데 기숙사를 무용과는 제외한대요. 혼자 자취하게 서울로 떠나보내기 불안했던 엄마는 직장을 그만둘 수 없어 고민하다가 2지망을 포기하셨어요. 두고두고 그 결정을 후회하셨어요.

S여대라면 힘들어도 보냈을 거라고 아쉬워하셨어요. 무용가 최승희가 그 대학교 출신이라면서요. 그곳은 기숙사 생활할 수 있으니까요. 전 그때까지 엄마의 지령(?)이라면 무조건 충실하게 따르는 순진하고 착한 딸이었어요.

공원에서 제가 여섯 살 때 어른들 틈에 끼어 음악 소리가 들리니까 잔디밭에 들어가 춤추었대요. 옆에서 보고 있던 아줌마가 최승희 기질을 닮았다고 칭찬하더라고 옛날을 회상하셨어요. 최승희 이야기를 엄마에게서 처음 들었어요. 초등학교 때 저에게 무용 가르친 선생님은 현대무용 전공이어서 이사도라 던컨은 귀에 익숙하게 들었지만요.

3년을 앞당겨 대학에 나이 어린 상태로 다니니까 아직 미성년이에요. 술집 출입도 눈치껏 다녀야 해요. 주민등록증을 달라고 하면 금방 탄로 날 테니까요. 언니들은 처음엔 짐짓 놀리면서도 여동생이라고 아껴주었어요. 그 시절은 엄격하게 주민증 보자고 까다롭게 굴지 않았어요. 그러니 식당에서 알바를 하게 된 거지요. 엄마와 멀어지게 된 계기는 그 알바에서 출발했어요.

엄마는 대학에 보내고 울타리에서 절 내보내셨어요. 신경 쓰려고 했지요. 여건이 달라졌지요. 초등학교 때처럼 중학교 때처럼 간섭하려고 하면 언니들이 어린애냐 엄마 젖 먹을 나이도 아닌데 줄줄 따라다니게 하며 놀리는 바람에 제가 야무지고 단호하게 거절했어요.

언니들 말투 흉내 내어 제 할 일 알아서 할 거니까 신경 끊으라고 건방진 표정으로 반박을 했거든요. 그 말이 섭섭했던 모양이에요. 엄마와의 대화도 줄어들고 엄마와 만나는 시간도 적어졌어요. 엄마는 일찍 자고 일찍 일어나는데 전 늦게 학교 가고 식당 알바 마치고 집에 돌아오면 늦으니 시간이 엇박자에요.

원래 엄마 얼굴은 어두웠지만 지금 생각해보니 그때 무렵 엄마의 경직된 표정은 장난이 아니었어요. 제가 속 썩이기 시작한 시점이 그때에요. 엄마 말을 신중하게 새겨듣지 않고 맘대로 행동했으니까요. 무용과를 괜히 보냈다고 후회하셨어요. 대입학원을 몇 년 더 다니더라도 일반 계열을 선택했어야 한다고요.

그런데 제 입장은 달라요. 대학교 다니면서 날개를 단 기분이었으니까요. 좋아하는 무용을 실컷 하면서 다니니 오색구름 위를 떠다니는 기분이었어요. 기대한 것보다 대학 생활이 만족스럽진 않았어도 10대 후반 학창 생활의 연장이니까요.

우리 집 사정보다 가정형편이 넉넉한 언니들은 돈 씀씀이도 거침없고 옷차림도 찬란했어요. 제가 가장 수줍음을 잘 타는, 가난한 여학생이었어요. 그래서 알바를 시작했던 거예요. 엄마가 주는 매월 십오만 원 용돈으로는 턱없이 부족했으니까요.

한 가지 두드러진 변화는 엄마가 항상 방학이면 저를 데리고 해외여행을 떠났는데 고교 입시 낙방으로부터 그 여행을 슬그머니 그만두었어요. 놀라운 생활의 변화인데 전 그걸 깨닫지 못했어요.

감정의 골이 깊어질수록 주고받는 대화도 줄어들었어요. 얼굴 마주치는 시간도 그렇고요. 같이 밥 먹는 시간도 뜸했어요. 엄마는 아침 일찍 혼자 밥 먹고 출근하고 밤에 돌아와 보면 이미 잠들어 있어 살금살금 돌아다니곤 했으니까요.

나중 서울 승규 외삼촌 집에서 같이 살며 6개월 정도 약국 일을 도운 때를 빼고 제가 몇 개월 후 서울 가서 임시직으로 일하다가 독립해서 나갈 때까지 엄마는 저와 의견이 충돌하긴 했어도 걱정하고 염려하는 눈길을 주고받았어요.

대학을 졸업했지만 저는 특별히 마음에 둔 직장이 없었어요. 엄마가 이탈리아 여행권을 끊어주었어요. 3월 초라 가격도 싸고, 젊은이가 뭉쳐 가는 단체패키지에서 벗어난 호텔팩이었어요. 해외여행 다니면서 미래 계획을 세워보라고 하셨어요. 베니스로 로마로 피렌체로 소렌토로 바티칸으로 이탈리아를 샅샅이 돌아다녔어요. 이탈리아 곳곳을 비슷한 나이의 여행 동료와 짝을 이루어 다

넀어요.

여행을 마치고 돌아오니 외삼촌이 제안했다면서 거기 가서 일하려느냐고 제 의견을 물었어요. 마음이 왈칵 내키지 않았어도 엄마의 뜻을 따랐어요. 어찌 보면 무용과를 보낸 것보다 외삼촌의 달콤한 말만 믿고 저를 그곳에 보낸 게 큰 실수가 돼버린 거지요. 외삼촌이 그랬대요. 다현이를 몇 년 데리고 있으면 약국에서 알차게 돈 모아 시집갈 것이니 누나 짐도 빨리 벗을 거라고요. 제 나이가 대학을 졸업했어도 스물한 살인데 시집 걱정은 빠르지 않았나 싶네요.

엄마는 시집도 일찍 보내고 싶었던 듯해요. 엄마처럼 고생하는 딸을 만들고 싶지 않대요. 그러나 엄마 시절과 제 시절은 세상 안목이 달라졌어요. 여자의 집안 형편을 먼저 따져요. 재산도 보고 직업도 먼저 살피는 정략결혼을 닮아갔어요.

게다가 아빠 없으니 풀기가 꺾여요. 공부 잘 하지 않았으니 돈이 쏟아지는 특수한 자격증도 없어요. 무용 한 가지로 밥 먹고 살 수 없지요. 무용지물 학사 자격증으로 선망하는 직업을 구할 순 없어요. 능력 있는 남편감을 설령 만나도 몸치장에 사치스러워 집안 살림을 등한히 하리라는 선입견에 몰려 기피당하겠지요.

무용학원을 차리고 싶은데요. 아빠 때문에 부채에 시달리는 엄마 처지를 알면서 엄마에게 학원 운영자금 챙겨달라고 손 빌리고 싶지 않았어요. 자기 자본도 없이 무작정 일을 벌이기는 자존심이 허락 안 했어요. 애어른처럼 철이 든 셈인가요?

마지못해 외삼촌 집에 살면서 외숙모와 같이 약국으로 출퇴근하는데 저와 맞지 않았어요. 외삼촌은 의사고 외숙모는 약사라 씀씀이도 우리 집과 영 달랐어요. 전 열등감에 시달렸어요. 조카들도 무럭무럭 자라나는 어린애들이었어요.

눈치 없는 제가 큰 실수를 저질렀어요. 제가 먹고 싶은 음식을 몰래 조카에게 강요하다시피 주었거든요. 초코파이 종류에요. 엄마에게 이르지 말라고 하면서요.

무용과는 몸매 가꾸기가 필수지요. 중학교 때 통통했던 체격이 모델 수준으로 날씬해졌어요. 뼈만 남았다 싶을 정도로 말라 보일 수 있어요. 먹고 싶은 음식도 그림으로 여기고 물리쳐야 했어요. 그래서 초코파이를 먹고 싶은데 먹으면 몸 망가질까 봐 못 먹어요. 조카가 맛있게 먹는 것을 보면서 대리만족을 느꼈을 거예요. 일종의 정신병일까요? 어쨌든 다른 이유를 찾을 수 없어요.

그 모습을 외숙모에게 들켰어요. 외숙모가 기다렸다는 듯이 날카롭게 반응했어요. 흠집을 잡아 쫓아내고 싶었겠지요. 감시로부터 자유로워질 테니까요. 병원에 가서 무슨 검사를 했더니 무슨 수치가 올라갔다는 둥 어쩌느니 하면서 외삼촌과 대판 싸움을 했어요. 그 일로 저는 옷 보따리만 겨우 챙겨 집으로 돌아왔지요.

그 사건은 두고두고 엄마의 자존감을 건드렸어요. 엄마와 저도 남남이 되다시피 사이가 나빠졌어요. 몇 달을 버티다가 서울로 일

자리 찾아 떠나게 된 까닭이에요. 무용 전공이 근무할 환경이 되든 말든 상관하지 않았어요. 엄마에게서 떨어져야 한다는 절박함이 앞섰으니까요.

나중 엄마가 화가 나서 중얼거리는 소리를 듣고 깨달았어요. 외숙모는 시집을 때 약국 차릴 자금을 외할아버지를 구워삶아서 외가에서 대다시피 했대요. 그 돈을 원금이라도 갚아나가야 승규 외삼촌이 떳떳한데 친정으로 빼돌린다는 거지요.

승규 외삼촌과 동규 외삼촌은 동갑인데 외할아버지 외도로 태어난 승규 외삼촌이 뛰어나게 공부를 잘해서 외할아버지가 학비를 기꺼이 주었다고 해요. 인규 큰외삼촌에게 기대했던 직업을 승규 외삼촌이 이었지요. 눈치꾸러기로 자라던 승규 외삼촌은 아들인데다 명석하니 경제적 독립이 쉬웠겠지요.

외할머니는 단순한 논리를 가지고 있었대요. 동규 외삼촌을 방해할까 불안해서 속으로는 미우면서도 똑같이 옷을 입히고 학교 보냈대요. 생선 가시에 걸려 승규 외삼촌 생모가 세상을 떠났기에 집안이 가지런해졌으니까요. 귀신의 해코지가 무섭다고 두려워하는 외할머니라 차별할 수 없었다니까요.

승규 외삼촌은 이걸 바랐어요. 외숙모는 약국 하면서 한마디 상의도 안 하고 돈을 친정으로 듬뿍듬뿍 보낸다네요. 제가 같이 약국에 있으면 그러지 못하겠지 싶어 감시원으로 데리고 있고 싶었던 거였어요. 외삼촌의 속마음은 뻔하지요. 영리하고 처신을 잘해서 채근당하진 않았지만, 약국 운영자금을 원금만이라도 갚아야 한다는 의무감이 있었어요. 그러려면 친정으로 빼돌리면 안 됐고요. 엄마한테는 듣기 좋게 꾸민 말이었고요. 제가 엄마처럼 눈치도 없는데 올바른 파수꾼이 될 수 있겠나요? 결과는 그래서 어긋난 거예요.

엄마의 입장은 달랐어요. 감히 고모 딸을 머슴 내쫓듯이 엄마에게 상의도 안 하고(외숙모의 특기는 상의 안 하고 일 저지르기인가 봐요) 팽개쳤다는 거지요. 며느리가 뭐가 떳떳한지 모르겠대요. 얼마나 친정 부모가 엄마를 무시하고 주워온 딸 취급했으면 시집온 여자까지 엄마를 사생아 취급하느냐는 거지요. 엄마가 화가 나서 한 말을 거의 그대로 옮긴 거예요.

그 중간에 낀 전 어찌할 바를 몰랐어요. 입을 꾹 닫고 죄인처럼 지냈어요. 승규 외삼촌이 도와달라고 부른다고 냉큼 갈 일이 아니었어요. 철없는 저와 엄마가 그들 부부싸움에 멋도 모르고 엮이게 된 셈이지요. 그 일 이후로 친정도 안 가고 시댁도 안 가니 명절이 더 쓸쓸해요. 아무도 찾아오지도 찾아보지도 않는 집이니까요.

게다가 승규 외삼촌은 한술 더 떴지요. 만만한 게 엄마와 저니까요. 왜 조카에게 초코파이를 먹여 살을 찌웠느냐? 지난 일이라 지워버려 기억도 남아 있지 않은 사건을 꺼내 꼬치꼬치 이유를 대라고 형사처럼 추궁했어요. 전화로 조카에게 사과하라고 한밤중에 요구했어요. 다행히 엄마와 살지 않을 때였어요. 안 그랬으면 엄마가 눈치로 알아채고 난리가 났을 거예요.

잊을만하면 전화해서 상기시키니 저도 못 당할 일이지요. 전 그 일을 혼자 감당해야 했어요. 그러다 보니 제가 갑자기 들이닥친 두통을 견디지 못해서 응급실에 간 적도 있어요.

엄마에게 그 말까지 고자질했다간 날카로운 엄마 심기가 감당하기 힘들 테니까요. 한참 지나 엄마는 내용을 알게 됐어요. 세상 물정을 모르면서 아는 체하는 나쁜 버릇 때문에 외동딸을 보내 몹쓸 고생을 한바탕 시켰다고 깊은 탄식을 하셨어요.

전 응급실이 친구죠. 걸핏하면 응급실로 가야 했어요. 몸도 부실하고 혼도 떠다닌 탓이지요. 태어날 때부터 체질이 약했다더니 작은 일도 꼭 홈집을 내고야 끝나요. 계절을 가리지 않고 식은땀이 줄줄 흘러내려요. 인삼 등 몸을 따뜻하게 하는 식품을 먹으면 그나마 좀 나아지는 정도지요.

그런 상태로 수영장에서 강사를 하니 저체온증이 가끔 혈관을 차게 식혀버렸어요. 초등학교 방과 후 강사를 하면서요. 제가 초등학교 5학년 때 만났던 대학생 언니처럼 초등학생들에게 에어로빅, 수영, 무용 강사로 생활비를 벌어야 했어요. 보수가 적어 투 잡 two jobs 쓰리 잡three jobs을 뛴 거예요. 스트레스가 쌓이니 술 마시는 게 좋았어요. 술이 제 마음을 위로해주니 얼마나 기특한 친구인가요. 거절하지 않고 술을 마시다 보니 주량酒量이 늘어갔어요.

제가 사는 원룸과 강사로 일하는 초등학교와 수영장이 다 떨어져 있어 자동차 없이는 순발력이 없어 일할 수 없어요. 술을 마시고 운전하면 안 되잖아요? 그런데 그게 조절이 안 되는 거예요. 집에 가서 한숨이라도 편하게 자고 싶기도 했구요.

음주운전, 고백하기 부끄럽네요. 그러나 그것도 한두 번 아니지요. 술 마시고 좀 쉬었다 가면 술이 깨고 정신이 맑아져서 괜찮았어요. 그날도 그런 줄 알고 밤 12시 지나 주차장에서 출발했는데 아니었어요. 그전에 경찰 음주단속에 걸려 혼이 난 적이 있으니 정신을 바짝 차려야 하는 건 맞거든요.

신호등 앞을 통과하는데 정지상태의 택시가 안 보였어요. 왜 서 있었는지 모르겠어요. 저를 골탕 먹이려고 어디서 불쑥 나타난 괴물 같아요. 그 택시를 보지 못해 속력을 내어 통과하다가 부딪쳤어요. 일부러 내 차와 부딪치기를 기다린 듯해요.

음주운전이 당연히 들통 났지요. 당장 경찰을 불렀으니까요. 제 차는 공업사로 택시도 레커차가 와서 끌고 갔어요. 기사는 입원하겠다고 통보하고 떠났어요. 저는 경찰서 가서 사건 경위서 쓰고 처리순서를 지시받았어요. 천천히 집으로 걸어 돌아왔지요. 음주운전 사고지점과 원룸이 멀리 떨어져 있는 곳이 아니었으니 조금만 주의하면 됐지요. 밤안개가 짙게 깔려 시야를 가렸던 그 시간이 억울하고 참담했어요.

정신이 번쩍 들었지요. 어찌하여 이 지경이 되게 제가 부주의했는지 후회한들 일을 마무리할 수가 없어요. 이런저런 청구 비용을 감당할 정도로 저축해놓은 돈도 없어요. 날품팔이로 살아온 날들이 허망했지요.

자신에 실망해서 방에 들어가 한참을 울었어요. 원래 잠을 설치기 일쑤지만 도무지 한숨조차 붙일 수가 없어요. 뜬눈으로 밤을 지새웠어요. 술은 깼지만, 해결 방도는 묘연해요. 차라리 죽는 게 낫겠다 싶어 부엌에서 과도를 가져왔어요. 제가 음식 해 먹는 걸 별로 좋아하지 않고 시간도 없어서 부엌은 제대로 식기도 갖춰지지 않고 허전하지요. 칼로 제 왼쪽 손목을 그었어요. 미끄럼틀 타다가 초등학교 때 부러져서 고생했던 그 손목 바로 위에요.

출근 시간이 다가오는데 타고 갈 차도 없어요. 인생이 막막하고 암흑뿐이네요. 보건 교사에게 출근 못 한다고 메시지 보내면서 영원히 안녕 그동안 고마웠다고 애매하게 덧붙였어요. 곧바로 방안에서 기절한 거예요.

그리고 병원으로 엄마가 해결사로 온 거예요. 아무 말 없이 하나씩 처리하셨어요. 무거운 짐을 벗게 해주었지요. 그날을 절대 잊을 수 없지요. 그때 엄마와 화해하고 엄마와 살았다면 제 인생이 조금은 나아졌을까요?

*

제가 시집도 못 가 보고 세상 떠났다고 엄마가 어찌나 장례식장에서 눈물 콧물 흘려가며 서럽게 울어대던지 지금까지도 가슴이 먹먹해요. 외할머니 외할아버지도 외삼촌 이모도 총출동했어요. 아빠가 돌아가셨을 때처럼요. 가족은 모른 척 지내다가도 그런 일에는 뭉치나 봐요.

놀란 표정을 제 장례식장에서 숨기지 못하더군요. 위로의 말도 건네지 못하고 곁에서 지켜보는 그들의 주름진 얼굴이 겁에 질린 사슴 눈을 닮았어요. 통곡하는 엄마보다 더 슬퍼 보였어요. 제가 돌아갈 수만 있다면, 엄마의 손을 붙잡고 눈물을 닦아주고 여태 혼자 잘 견뎌내지 않았느냐고 힘내라고 간곡하게 부탁하고 싶었어요.

엄마에게 차마 말 못 했어요. 마음에 깊이 묻어두었던 남친에게서 버림을 받았거든요. 심원경과 그가 결혼한다는 소식에 충격을 견디지 못했어요. 남들은 한창 사업계획을 세우는 황금 같은 시기에 고민이 깊으니 뇌에 염증이 도져 세상을 떠나야 했으니까요. 아빠처럼 저도 급성이라 손쓸 겨를이 없었어요.

─불쌍한 엄마. 철들고 잘해드려야 했는데 점점 멀어져간 엄마. 강 건너 저쪽에서 손짓만 해야 하다니. 숨결을 돌려버려 다가갈 수 없는 엄마. 용서하세요, 엄마. 제가 퍼부은 말들은 진심이 아니었어요. 쓸쓸한 엄마의 심정을 긁어대고 함부로 막말로 대든 일이 후회스러워요.

─가난이 싫었어요. 벌어 모은 돈 엄마에게 드리려고 통장이랑

엄마 눈에 띄게 정리해 놓고 핸드폰에 이렇게 유언도 남겨요. 엄마를 닮아 저도 검소해요. 원룸 보증금 포함 몇천만 원이네요. 현금 없어 쩔쩔매는 엄마보다 부자잖아요. 이 돈을 밑천 삼아 아빠 고향에 터전을 잡고 편히 지냈으면 싶어요. 시골이라 목돈 없어도 사는 데 큰 지장이 없을 테지요. 아빠 고향에서 자연과 더불어 사시면 얼마나 좋을까요.

제 고백이 엄마에게 독이 안 되길 바라요. 엄마와 오래 사귄 남친이 떠난 뒤 불신과 절규를 극복하기 어려웠지요? 엄마의 삶에 끈질기게 파고들어 그로기 상태였다는 것, 끝끝내 쓰러지지 않고 견뎌 내는 모습이 생생하게 떠올라 새삼 마음이 울컥하네요. 저도 엄마와 같은 운명이에요. 피할 수 없었어요. 관계를 정리하고 피해야겠다고 마음먹었을 때는 이미 늦어버렸어요.

대학교 때 음식점 알바하면서 알게 된 선배인데요. 친밀하게 터놓고 이야기하다가 세상에 둘도 없는 남친이 되었어요. 그런데 그 남친이 막판에 절 비웃고 걷어찼어요. 정신적으로 물질적으로 안정감을 느끼게 해준 믿음직한 오빠였는데요.

끼어든 여자(기억나지요? 같이 초등학교 때 무용했던 심원경요)는 남친에게 쏠려 우정을 버렸어요. 두 사람의 관계가 끈끈해지자 전 보란 듯이 황량한 들판에 쓸모없어 버려졌어요.

우리 형편에 이리저리 따지고 뜸 들인 게 흠이었어요. 어리석지요. 왜 남친 앞에 심원경을 소개했는지 몰라요. 제 무덤을 제가 판

거니 원망을 못 하겠어요. 땅을 치는 후회는 남아 있지요. 같이 술도 마시고 감이 노래방도 가고 그랬는지. 남자의 속성을 몰랐으니 순진한 건지 멍청한 건지. 어이없이 당한 뒤에도 감정이 무 썰 듯 정리 안 되더군요. 떠난 자리는 휑뎅그렁해서 빈자리를 무엇으로도 채울 수가 없어요.

"파트타임잡part time job은 실속 없이 바쁘기만 할 걸. 풀타임잡pull time job을 못 가지면 안정된 가정을 포기해야 하지. 아이 낳고 살기 팍팍할 거니까."

그는 로또 당첨이라 일컬어지는 부서의 공무원이에요. 원래 겸손했는데요. 남을 배려하는 게 몸에 밴 사람이라 상대방의 약점을 잡아 휘두르지 않았어요. 그런 그가 성품이 변해버렸어요. 제가 착각하고 있었는지도 모르겠지만요.

저 말속에 들어 있는 저의가 당장 파악이 되잖아요? 고상한 척 위선을 떨지만, 저속한 취미가 금전 만능주의에 대한 천박한 숭배가 깔려 있었던 거예요. 신분이 상승하면서 위선을 떠는 모습이 눈에 밟혔어요. 전 마음 한구석으로 조금 염려하긴 했어요. 그게 쉽게 현실로 나타나다니요.

아아, 오랫동안 사귄 남친이지만 한달음에 정리하고 연을 끊어야 했어요. 모질지 못 하니 당하지요. 남친은 제 앞에서 스스럼없이 심원경과 결혼식 날짜 잡았다고 선언했으니까요.

엄마는 제가 대화 중에 심원경네를 부러워했다는 걸 기억하실 거예요. 심원경네 아빠는 너무 바빠서 아빠 얼굴 보기도 힘들다고 불평하는 사장님이고, 평수 넓은 아파트 살았으니까요. 그런데도 그런 풍요로움이 자연스럽다는 듯이 심원경은 고급 브랜드 옷을 차려입고서도 티를 내지도 돈이 많다고 우쭐대지도 않았어요.

친구 중에 유독 눈에 띄었어요. 제게 참 친절했어요. 절친이 되어 어울리다가 심원경 집에 놀러 갔지요. 마침 집에 계시던 심원경 엄마가 따뜻하게 절 대해주었어요. 추억은 생생해서, 잊고 싶어도 오히려 어제 일보다 생생하지요.

대학에 진학한 연도가 달라 심원경과 몇 년 동안 소식 없이 지냈어요. 수업 끝내고 회식 없는 날이라 좀 일찍 수영장을 나섰어요. 집으로 가는 길인데 반대편 차선에서 반가운 목소리로 절 불러대는 거예요. 그렇게 다시 만났어요.

아빠의 후원 덕분이겠지만 심원경도 정규직으로 직장에 취직해서 다니게 되었대요. 사회 경험이 필요해서 다닌대요. 여유만만하지요? 심원경에게 질투가 나지 않았어요. 진짜 친구니까요. 진심으로 축하해 주었어요.

그런데, 심원경은 우정이나 의리는 별 거 아니었나 봐요. 둘이 너무 쉽게 가까워진 것도 모자라 결혼하자고 덤비는 남친을 물리치지 않고 행복해 하다니요. 뻔뻔한 소식을 듣자마자 제가 감정을 조절하지 못하고 폭발했어요. 그들 앞에서 빈말로라도 축하한다는 소리나 제대로 했는지 기억이 안 나요.

즉각 충격은 뇌로 옮겨 갔어요. 엄마와 똑같은 처지에 빠지니 헤쳐 나갈 동력을 잃었어요. 좋은 형질만 닮으라고 엄마 뱃속에서 놀 때 항상 소원했노라고 엄마가 뇌이던 말이 아프게 떠올랐어요. 엄마를 도와주진 못할지라도 불을 묻어줄 순 없는 노릇이잖아요.'

*

대신 바라지도 원하지도 않았는데요. 저승에서 오빠와 언니들을 만났어요. 제가 외동딸이 아니란 걸 그때 처음으로 알았어요. 오빠와 언니들은 다가올 때는 싸움닭처럼 무척 도전적이었어요.

─네가 박다현이지? 정, 연자字, 이자字가 네 엄마지?

눈에 무시무시한 횃불을 켠 혼령들은 제게 따지면서 날카롭게 물었어요.

─네, 그런데요, 누구세요? 저를 아세요?

제 넋이 낯선 곳이라 머물 곳을 찾아 떠돌고 있어서 새로운 세계에 적응하기도 버거운데 그들은 찰싹 제 옆에 달라붙었어요.

─우리 말이지? 네 엄마가 가차 없이 생명을 꺾어버린 아이들이지. 낙태아라고 불러. 이름도 없어. 첫째 둘째 이런 순서로 불러. 내가 첫째야, 저기 둘러서서 널 구경하고 있는 애들은 둘째, 셋째, 넷째, 다섯째. 네 엄마는 기억에 넷째까지만 쇳조각을 휘둘렀다고 착각하고 싶겠지. 다섯이고. 넌 여섯째야. 아, 참, 자연유산도 있

지. 저기서 멀찍이 널 지켜보고 있어. 여섯째가 아니고 일곱째가 맞다. 넌 행운아지? 사람으로 태어나 엄마 손길 애지중지 누리다가 이제야 우리 곁으로 왔으니 부러워.

첫째는 손가락으로 죽 늘어서 있는 영혼들을 가리키며 소개했어요. 키도 고만고만해서 저는 구별하기가 쉽지 않았어요.

─오빠 언니들, 만나서 기뻐요. 엄만 어렵게 사셨고 지금도 힘들어요. 엄말 용서해 주세요. 제가 대신 사과할게요.

전 영문을 모르지만 무조건 빌었어요. 분위기가 그래야 할 것 같았거든요.

─저 아인 꼭 따로 놀아. 우리와 눈길도 안 마주쳐. 여기도 똑같지 않거든. 자기 취향이 아니래.

첫째는 자연유산으로 생긴 태아를 가리키며 비웃었어요. 엉뚱한 말만 했어요. 전 육신이 떠났는데도 가슴을 찌르는 통증을 느꼈어요.

─저도 행복하지 않았어요. 무한 경쟁에 낙오되니 따라잡기 힘들었어요. 털어버리기 쉽지 않아요.

제가 솔직해질수록 오빠 언니들의 반발은 심해졌어요.

─배부른 소리 작작해. 감히 누구 앞에서 엄살이야?

둘째가 눈을 흘기며 대들었어요.

─엄만 불임 돼야 했어. 노력해도 아이 생기지 않아 배에 주삿바늘 찌르면서 시험관 하는 사람도 많던데. 넌 귀한 핏줄로 태어

나 주위 사람들에게서 대접받고 살지 않았니. 우린 먼지만도 못해. 이대로 무너지고 싶지 않아.

다섯째가 송곳으로 찌르듯 날카로운 쇳소리로 험악한 표정을 지으며 끼어들었어요.

─왜 하필 네 엄마 몸에서 생겨나 우리가 햇빛 한번 못 보고 물방울이 돼야 했는지 불공평해.

넷째가 다섯째 말에 고개를 끄덕이며 성토를 했어요.

─남자에게 발정 난 여자인데 생명이고 머가 있겠니. 그냥 귀찮았겠지.

셋째가 입술을 뾰족하게 내밀며 투덜댔어요. 차라리 첫째가 그래도 마음이 너그럽고 아래로 내려갈수록 주장이 강해 배려심이 없어요.

─정말에요. 엄마와 난 비참하게 살았어요. 돈도 없고 건강도 나쁘고 세상은 공평하지 않아요. 차라리 이곳이 나아요.

제가 눈시울을 적시며 동정을 바랐어요. 동의를 구했어요.

─무슨 헛소릴 지껄이는 거야? 넌 그래도 햇빛도 달빛도 느끼고 공기도 흠뻑 쬐면서 살았잖아? 건방지네, 이 엄살쟁이. 우린 뭐야?

이번엔 둘째가 종주먹을 쳐들고 때릴 자세로 으르렁거렸어요.

─전 진실을 말한 거예요. 엄마는 누굴 해치지 않았어요. 마음이 여려 당하고만 사는 게 안타까웠는데. 이렇게 오빠 언니들이 엄마를 단죄할 줄 몰랐네요.

전 물러날 수 없었어요. 엄마의 처지를 변호해야 했어요.

—독하지 않아 가차 없이 버렸구나. 누가 그 속 텅 빈 헛소리를 믿을 것 같니? 우린 철저히 버림받은 피해자들인데.

첫째가 눈시울이 글썽해지면서 대꾸했어요.

—엄마가 언니 오빠들의 생명을 태어나지도 못하게 막아선 안 될 일이었어요. 그럴 사정이라야 용기가 없었든지 사회의 눈초리가 무서웠든지. 제가 엄마 사정을 확실하게 몰라서 뭐라고 딱히 말할 수가 없지만 잘못된 건 사실이에요.

전 오빠 언니들의 말을 이어받아 그대로 수긍을 했어요.

—네 말이 맞아. 섹스가 뭐길래. 쾌락, 욕망 에효. 그까짓 결혼 제도 사라져라. 우리는 티끌이야. 체면이 밥 먹여주냐. 낙태를 밥 먹듯이 하니. 우린 존재 없이 꺼져버린 물거품이지.

첫째가 어른스럽게 본능 문제를 거론하네요.

—떡칠 때는 좋았겠지. 능력 안 되면 피임을 하던가. 우리가 추운 곳에서 덜덜 떨며 죽어가도 안타깝다는 사람 아무도 없어.

넷째도 가만히 있지 않고 듣기 거북한 말을 쏟아냈어요. 볼을 붉으락푸르락 실룩이며 한탄하고, 화를 돋우었어요.

—그래도 엄마를 상스럽게 막 대접하진 말았으면 해요. 피치 못할 사정이 있잖아요.

무조건 엄마 편을 들어야 했어요. 오빠 언니들에게 다가가야 했어요.

─여자는 사회적 약자라고? 하는 짓 보면 비위에 거슬려 대접해 줄 필요 없어.

다섯째가 밉살맞게 말을 받아 불평을 늘어놓았어요.

─천년 기다리면 좋은 엄마 선택하여 태어나겠지? 우리의 소망이야. 저번 생애 못다 이룬 부모와 자식 인연 맺어 못다 핀 꽃 활짝 피울 거야. 넌 우리 맘 알 턱 없어.

둘째가 악평을 눌러 참고 있다는 듯이 조용히 말했어요.

─천년? 미쳤니? 너무 길어 100년도 긴데. 머리가 하얗다 못해 다시 검어지겠어.

다섯째가 퉁명스럽게 말을 도중에 잡아챘어요.

─잔인해. 애 쉽게 생기니 소중한 줄 모르고 오물통 취급. 억울해. 화가 치밀어.

넷째가 눈을 흘기며 비장한 목소리로 흠을 잡아냈어요.

─남자에 눈이 멀었어. 해서는 안 될 짓 몰랐든 알았든 신경을 꺼야, 뜨뜻한 밥 잘 들어가지. 절대 용서 안 돼. 공기로 증발해버린 우리도 어린 생명이야. 우린 무한한 사랑 어디서 받나.

셋째의 신세 한탄 섞인 말에 주위가 비가悲歌에 젖어 들어요.

─우리가 태어나지 말았어야 해. 뭐가 급해서. 다 팔자소관. 임신 사실을 숨기고 혼자 해결한 건데. 일방적으로 매달려온 관계 아닌데도 그러다니 니 엄만 생명의 역사 앞에선 절대로 용서할 수 없는 죄인이야.

둘째는 말투가 싸늘해요. 추호도 아량이 없어요. 깡그리 주변의 숙연한 분위기를 무시하고 강력히 다그쳤어요.

─허 눈물 나. 진짜 욕 나와. 인류라는 종족은 책임과 의무를 반드시 이행해야 해. 우리가 태어났다면 주어진 환경을 악조건이라 할지라도 최선을 다해 극복할 텐데. 무언가를 확실히 이룩하고 이정표를 찍을 수 있었는데. 우리 의견은 물어보지도 않고 싹둑 고갱이를 잘라버리다니?

셋째는 섭섭한 감정을 억제하지 못하고 울먹이네요.

─자살하는 사람의 시정을 모르겠어. 왜 죽는 거야? 우린 태어나고 싶어서 이렇게 안달하는데. 인간으로 태어나서 생명이 주어지는 모든 것을 누리면서. 사실 고통 느끼는 것도 인간의 특권인데 이해 안 돼.

넷째가 그 말을 하니 전 가슴이 뜨끔했어요. 엄마가 아리송하게 여기듯이 제 뇌가 감당하지 못하고 멈춰버렸어요. 사실 남친에게 버림받은 날 충격을 삭히지 못해 두통으로 인한 불면증에 시달렸어요. 이렇게 치욕스럽게 하늘을 이고 사느니 자살이 낫겠구나 절망으로 몸부림쳤으니까요. 그렇다고 명줄이 끊어지다니 저도 참 알 수 없어요. 자살인지 타살인지 중요하지도 않지만. 생명을 돌이킬 수 없는데 왈가왈부 입씨름이 무슨 소용인가 싶으니까요.

옳다구나 싶게 뇌가 망가진 거니까요. 원래 제가 기가 약하기도 했으니 병이 들어오기 딱 안성맞춤이었지요. 자살하는 사람의 심정을 여기선 몰라주고 신랄하게 비판하고 있어요. 태어난 생명 자체가 존엄하다고 자꾸 부러워하고 있으니까요. 생명은 탄생만으로 무조건 선택받은 축복이라고요.

―싸지른 남자를 처벌 안 하니 우리가 설 자리가 없는 거야. 남자로 태어난 게 특권이네. 책임 안 져도 되고 능력 없어도 상관없지. 즐기기만 하면 되고. 몸이 상처투성이로 망가져도 지우고 우는 건 여자뿐. 에고, 불쌍해.

한참을 잠자코 굿이나 보고 있던 셋째의 탄식이었어요.

―아기를 원한 게 아니었잖아. 남자에 미쳐서 임신이 된 거지. 몸뚱이 함부로 휘둘러서 죄 없는 우리만 죽어났지.

가만히 듣고만 있다가 다섯째가 항의 조로 어조를 뒤집었어요.

―죽여서 시원하냐? 뭘 숨기려고 우릴 죽여. 미생물도 제 새끼는 목숨 걸고 지켜내는데. 짐승만도 못한 속 좁은 인간들 천지에 널려 있어.

셋째가 한숨을 길게 토하며 장탄식을 이어갔어요.

―사랑받지 못한 채 성인이 되어 그런 거야. 본인을 사랑할 줄 모르니 남에게 사랑을 구걸하다 이 지경 될 줄 알았겠니? 따지고 보면 엄마도 안타까워.

첫째다운 말이에요.

―똑똑히 보았지? 우리가 이렇게 올바르고 착한데… 엄마가 나쁜 짓 저질러 벌 받는 이유지. 하려는 일마다 우리가 갈라놓았거

든. 웬 남자들이 네 엄마 주변에 들끓던지 떼어내느라고 용썼어. 그들 중 괜찮은 남자 더러 있던데 우린 잘 사는 꼴 볼 수 없었지. 혼자 살면서 반성 많이 하길 바랐더니. 결국 네 아빠 곁에 두더라.

셋째가 천연덕스럽게 비웃음을 실어 중얼거렸어요.

—오빠 언니들이 우리 집 일을 환히 알고 있어 놀랐는데 훼방을 했어요?

제가 놀라서 외마디 소리를 질렀어요.

—그래, 지은 죄에 비하면 새발의 피지. 어떻게 자신이 빚은 소중한 생명을 맘대로 지우나. 핏덩이 지우기가 애들 장난이냐? 놀이터에서 뛰노는 철부지와 뭐가 달라?

다섯째가 거드름을 피우며 말의 채찍을 세차게 휘두르네요.

—저지른 일에 대한 대가는 반드시 달게 받게 돼 있어. 우린 항상 그걸 놓치지 않아.

넷째의 맞장구치는 말이에요.

—제가 엄마 꿈에 들어가서 오빠 언니들의 서운했던 마음을 전할게요. 이제 엄마 놓아 주세요. 우리끼리 오해 풀고 잘 지내요.

전 다시 저자세로 오빠 언니들에게 사정하며 매달렸어요.

—직접 널 만나니 낫구나. 엄마가 원망스러우니 너도 밉고 네가 사랑받는 것도 질투가 나서 눈 많이 흘겼는데. 마음씨 너그러운 동생이구나.

첫째 눈에 눈물이 고이더니 주변에서 말을 툭툭 던지는 오빠 언니들을 손짓으로 다 불러 모았어요. 우린 서로서로 어깨와 등을 껴안고 토닥거리며 서로를 위로해주었어요. 따뜻한 체온을 느끼니 전 스르르 잠이 왔어요. 차가운 피가 더워졌어요.

─이제라도 손에 손잡고 오빠 언니들과 잘 지낼 테니 엄마 제발 눈물 거두게 옛날의 상처에서 벗어나게 도와줘요. 전 너무 외롭게 자랐어요. 가족이 이렇게 늘어서 정말 든든하고 기뻐요. 엄마를 일으켜 세워 주세요.

전 사정을 했어요. 그런데 그러는 절 멀리서 지켜보고 있는 그림자가 보였어요. 키가 큰데 얼른 누굴까 짐작이 와닿지 않아요. 그가 가까이 오라고 손짓하네요.

오빠 언니들의 눈치를 살살 보며 그쪽으로 몸을 조금씩 가까이 움직였어요.

─다현아, 아빠를 몰라보는구나. 하긴 네가 철들기 전에 너무 일찍 너와 헤어지긴 했구나.

전 아빠에게 다가가서 안기고 싶었어요. 몸이 굳어 달려갈 수가 없어요. 몸뚱이가 말을 듣지 않아 멍하니 바라보고 서 있어요.

─네게 꽃길을 깔아주려고 노력했건만 내 힘으로 부족했던 이유를 알았다. 아마 엄마도 당시엔 어쩔 수 없었을 거야. 그런데 그게 얽히고 설켜 평생 너와 엄마를 따라다녔다니. 사사건건 상관하고 못되기를 부채질했다니. 엄마가 인생길 첫단추 끼우기를 잘못해서 고달프구나. 내가 해결 못 하고 일만 크게 저질러 놓고 떠나

온 일로도 평생 머리 아플 텐데. 네가 음주운전 사고 냈을 때도 내가 받아줘 그만했던 거란다. 내 능력은 거기까지였어.

전 공허하고 서운한 느낌이 있는 아빠의 표정에 마음이 뜨끔했어요. 달려가 품에 안겨 흐느껴 울고 싶었어요.

―아빠, 그렇게 살려주셨어도 정신 못 차린 건 저예요. 반성도 하지 않고 똑같이 살아갔어요. 그러다가 느닷없이 충격이 들이닥쳤고. 넘을 수 없는 지독한 병에 걸렸어요. 아빠 덕분에 엄마와 조금이라도 더 같이 있을 수 있었네요. 엄마의 참 마음을 알게 된 계기를 만들어줘서 고마워요.

전 차마 엄마에게 직접 못 전한 진심 어린 반성을 아빠에게 털어놓았어요.

―다 잊고 지내렴. 이곳은 이미 암흑이야. 어두움과 익숙해지면 편해질 거야.

그렇게 아빠의 허탈한 분위기에서 벗어나 다시 오빠 언니들에게 돌아갔는데요. 그들이 주고받는 말은 아직도 가시 돋친 말들뿐이었어요. 웅성거림 속에 둘째의 비위 거스르는 말투가 뾰로통하게 앞장서서 뒤통수를 세게 쳤어요.

―헤어지고 만난 남자야. 자라 보고 놀란 가슴 솥뚜껑 어쩐다더니. 주변 남자들 내치고 다가가지 못하더니. 물건을 골라도 꼴통을 골랐지? 가짜는 포장 기술이 좋아 정신 똑바로 안 차리면 속아 넘어가기 쉽지. 그쪽 세상도 참 재미있는 곳이야.

전 마음에 칼바람이 휘몰아쳐서 한량없이 고달팠어요.

─아빠 힐난하지 마세요. 아빠의 사업자금에 대한 빚보증을 서는 바람에 평생 써보지도 않은 빚덩이에 갇혀 지내는 엄마, 가련하지도 않나요?

제가 이제 할 말을 해야겠다 싶어 대들었어요.

─이미 다 알고 있는 사실이야. 구태여 우리에게 일러줄 필요 없어. 우리가 좀 장난을 쳤는데 그게 평생을 갈 줄 우리도 몰랐어. 조금은 미안하게 생각해. 용서 안 되는 엄마 처신에 쐐기를 박아야 했지. 제주도 등산하는 길에 상처 나게 만든 것도 우리야. 피부까지 공격했어도 늠름하잖아. 하긴 남자에 대한 흥미를 완전히 잃게 만드는 데는 성공했지. 씩씩하게 살면서 잘 견디니까. 끈기와 인내는 우리가 높이 사준다. 부러질 듯 부러지지 않는 엄마의 천성 말이야. 너도 눈 감고 쉬어. 내일 또 만나 이야기하자. 오늘 나쁜 면만 보여주었는데 우리에게도 좋은 점이 많다는 걸 알게 될 거야. 차차 적응하게 돼. 천년이든 만년이든 진정 원하는 우리의 세상을 기다려야 하니까.

첫째가 어른스럽게 여태까지의 소란을 종결하듯 말을 마치자마자 우린 휴식에 들어갔어요. 묵상하듯이 말을 아끼고 가만히 눈 감고 있는 거예요. 눈을 감았는데 캄캄한데 더 환히 보여요. 그렇게 목숨 걸고 싶었던 세상의 시선도 인심들도 시야에서 멀어지고 있어요. 이제 죽은 자들만의 질서로 버무린 세계가 가까이에서 손짓하네요. 오빠 언니들이 총명해진 이유가 그거였어요.

5장 덧칠

살아서 황홀하게 죽어서는 조촐하게
명치끝 생채기 불씨처럼 터트리니
영혼의 향기 온몸으로 퍼져나가네. (몽운 시 「봄날」 부분)

나비와 양귀비꽃 / 빈센트 반 고흐 / 몽운 모작

참다 참다 못 참고 명예퇴직을 했다. 온종일 방구석에 처박혀도 뭐랄 사람이 없다. 나른한 기분이 지속된다. 낱낱의 괴로움을 솔직하게 털어놓을 사람도 여동생 정순이 빼놓고는 없다.

남편의 가혹한 폭력에 시달리다 힘들게 이혼한 정순이는 그 이후 달라졌다. 아들은 학업을 어렵게 마치고 제 밥벌이를 하러 기술자로 해외에 나가 있다. 언니랑 살자고 해도 짐 되기 싫다고 거절이다. 보육교사로 생활을 꾸려간다. 온갖 궂은일을 겪으나 씩씩하다. 차가워 다가가지 못했던 부모와의 거리도 좁혀준다.

이해할 수 없는 게 딸에 대한 혹독한 처사다. 청소년기부터 겪은 일들 하나하나가 특별한 일뿐이다. 어렴풋이 부모의 특수한 관계를 눈치채고 있지만, 어머니의 몸을 빌려 태어난 정연이와 정순이는 승규보다 뒤다. 승규는 공부에 특출나면서 아버지의 사랑을 독차지한다. 어머니도 친딸들을 제치고 승규를 앞에 두었다. 아들 선호 사상에 뿌리를 둔 처사라도 받아들이기가 난처하다.

승규는 백일도 안 되어 가족의 일원이 되었다. 어머니는 막내아들 문규를 집 앞을 흐르는 수리조합 물에 신발을 건지려다가 발을 헛디뎌 빠져 허망하게 잃었다. 몇 발 떨어진 곳에서 어머니는 논두렁에 콩을 심고 있던 참이었다.

어머니가 생짜 같은 아들 잃은 상처를 달래려고 원적사 스님을 찾아다니며 막내아들 불공을 드렸다. 스님이 당부했다. 승규를 잘 키우면. 그래야 앞으로 부닥칠 더 큰 액운을 피한다고. 그 말이 효과가 있었나? 승규는 승승장구 공부 잘하는 그것으로 사회에서 가정에서 신임을 얻어 탄탄대로를 걸었다.

인규와 동규는? 똑같이 대해야 아들들 앞날도 좋다고 예언했건만. 두 아들은 도시에서 중고교를 다녔다. 그런데 눈부신 미래를 설계하지 못했다. 장남은 군산에서 이런저런 사업을 벌이고 접곤 한다. 차남은 기획부동산 농간에 빠져 사업을 폐업하고 부모의 재산을 축냈다. 부모가 논을 팔아 갚아주어서 교도소 신세를 면했다. 그런데도 또 빚보증을 서서 2차로 감당할 빚이 늘어나 신용불량자가 되었다. 늦게 철들었답시고 부모 곁에서 농사짓고 있다.

아버지를 빼닮은 동규는 나쁜 기질을 답습한다. 남의 시선을 의식하지 않는다. 기분에 따라 여자를 들이고 내치며 산다. 술과 허풍을 끼고 산다. 그래도 든든한 부모덕에 장남이든 차남이든 큰소리치며 산다. 잘못이 드러나도 절대 인정 안 하면서.

그에 비하면 정순이도 정연이 못지않게 팍팍한 일상을 걷고 있다. 딸이라는 꼬리표라 아예 재산 상속에서 멀찌감치 제외되었다. 장남 차남이 부모의 재산을 솔솔 빼먹고 축내도 남의 집 불구경도 못 해 보았다.

정연이는 평생 빚 갚음을 못 벗어난다. 정순이도 겨우 이혼하고 애쓰게 빠져나왔을 뿐 단돈 몇십만 원도 없어 쩔쩔매는 빈털터리다. 그렇다고 불쌍하니 부모가 도와줄 생각을 하는 게 아니다. 그저 이혼했다는 사실만이 남사스럽고 싫을 뿐이다.

직장에서 만난 사람들은 직장을 떠나면 인연이 끝난다. 마침[終]은 거기서 끝나는 게 아니다. 새로운 시작[始]으로 나아가는 출발점이다. 그들과는 직장에서의 만남이 끝났으니 그걸로 족하다. 관계를 지속하기가 성가신 사람이 정연이다. 새 술은 새 가죽 부대에 붓자는 심정이다. 그동안의 생활이 괜히 부산스럽기도 했기에 떠나면서 미련을 갖고 싶지 않았다.

견딜 수 없는 사건이 있다. 햇볕 내리쬐는 창가에 앉은 아이가 그녀의 눈에 맞추어 돋보기를 대고 있다. 오래도록 그 자세다. 교실 커튼이 내려져 있는 게 아니었다. 우중충한 하늘이 싫다고, 쨍쨍한 햇빛이 좋아 의자에 드러누운 채 일광욕을 즐기는 유럽인들의 자세를 연상시킨다. 적당히 따스하게 느껴지는 햇살이 유리창 밖에서 교실 안을 기웃거리고 있다.

햇살이 그녀 쪽으로 움직이고 있어도 옮겨 가며 설명하고 있기에 처음 작은 변화조차 파악하지 못했다. 그런데 날카로운 직사광선이 세차게 그녀의 눈을 향해 달음질치고 있다. 이상해서 곁눈으로 바라보니 천연스럽게 햇빛과 돋보기가 만나 스파크spark가 일어나는 실험을 유도하는 중이다.

햇살과 책상 위에 놓인 하얀 종이 한 장, 돋보기 초점과 그녀의 눈이 일직선으로 맞부딪쳐 불꽃이 번쩍 섬광으로 치솟으면 다음 장면은 상상하기 어렵지 않다. 만일 작업이 성공하면 그녀의 눈은 돋보기와 햇빛과 어우러진 불꽃으로 인해 실명이 되고 만다.

과학 시간에 배운 지식을 응용하는 실험인가? 철부지의 눈빛이 휘황하게 빛나고 있다. 과학 실험은 도덕적인 잣대는 무시하고 열중해도 된다? 아이는 그 실험이 재미있어 좋아죽을 지경이다. 하얀 종이와 돋보기를 번갈아 초점을 맞추려 햇빛을 향해 대고 있는 유들유들한 손가락과 유심히 관찰하느라 삼매경에 빠져 있는 눈빛이 현란하다. 그녀가 아이 가까이 다가가도 모르고 있다.

이론을 따라 실험해도 단번에 성공할 확률이 100%는 어림없다. 수많은 시행착오를 거쳐야 원하는 결과를 얻는다. 여러 번 되풀이되는 그 아이의 돋보기 장난에 정연이는 어이가 없다. 화를 내지 않고 조용히 타이르듯이 그러지 말라고 했다. 심각하게 받아들이지 않는지 잠깐 쉬다가 다시 돋보기를 햇살에 비추는 행동을 멈추지 않는다. 말이 통하지 않아 질려버렸다.

수업 시간에 책상 사이를 스쳐가는 그녀 옆에 들릴락 말락 '자위 해 보았어요?' 물어오는 아이의 잠꼬대는 그야말로 대박이었다. 사실 무슨 질문인가 갸우뚱했지만 한참 나중에 아이의 의도를 알아차렸다. 일부러 궁지에 몰아넣고 낄낄거리려는 가학적인 취미에 걸려들지 않아 다행이라는 자기 위안과 함께.

진작 떠나야 할 자리를 너무 오래 붙잡고 있었다. 철모르니 그러겠지. 아무리 접어 생각해도 서러움이 사무친다. 어른의 고통이 장난꾸러기 아이에게 희열이라면 악마의 유희가 아닌가. 이 시력을 얻기 위해 얼마나 험난한 풍파와 고난도의 미세하고 정밀한 솜씨[仁術]의 수술 과정을 겪어냈는지 아이가 알 턱이 없지.

숟가락을 던지듯 직장에서 떠나면서 휴! 안도의 한숨을 내쉬었다. 명예퇴직이라는 허울이 부끄럽기 짝이 없다. 반생을 직장이라는 울타리 안에 갑갑하게 갇혀 지냈다.

그 압박에서 놓여난 지 얼마 안 되어 박다현이 심한 두통으로 응급실에 입원했다는 소식을 듣고 놀라 달려갔다. 다현이는 엄마가 오길 꼬박 기다린 듯 오한에 떨면서도 자꾸 입술로 무슨 말인지 하려고 했다. 급성으로 뇌가 망가져 사흘을 못 버티고 세상을 떠나 앙금을 풀 시간도 없었다.

그저 붙잡고 싶어서 딸의 두 손을 꼭 쥐고 있을 수밖에. 떠나는 얼굴에 차마 눈물을 떨구지 못하고 바라볼 수밖에. 엄마는 딸이 마지막으로 하직 인사도 못 하고 가는 길을 막아설 수 없었다. 기다려달라 애걸한들 무슨 소용이랴? 뭉크의 '절규'의 상황이다. 앞을 보나 뒤를 보나 위를 보나 아래를 보나 먹구름이 휘감고 있다. 헤어 나올 기력이 말라버렸다. 잡아당길 끈도 없다.

정연이는 정신이 혼몽하여 누워만 지낸다. 다현이의 뇌에 침입한 급성 염증은 치명적이었다. 뇌압 상승으로 두통이 심하고 발열과 구토가 있어도 감기로 알았다니. 시간이 가면 낫겠지 내버려두어 치료 시기를 놓친 것이다. 다른 예방접종을 빼놓지 않고 했건만 뇌막염 접종까지는 미처 생각지 못한 탓이다. 예방접종을 했더라면 무사했을까? 다 지난 일이다.

그렇게 아프면서도 엄마에게 바로 연락하지 않았다. 응급실에 가서야 연락이 되었다. 그전에 분명 증상이 있어 힘들었을 텐데 엄마가 직장을 그만둔 사실도 알 텐데. 성인이라고 도도하게 내세운 이후 엄마의 쓸데없는 참견이 지겹다고 뇌이더니. 중요한 시간을 허비하여 손 쓸 기회마저 아예 차단해 버린 것이다.

스스로 해결할 수 있다고 착각했을 수 있다. 곁에 있든 떨어져 살든 다현이를 염려하는 마음은 변하지 않았는데. 이제 그조차도 사치가 되어버렸다. 혼자 덩그러니 남았으니 세월이 흐르는지 달아나는지 무심하다. 며칠이 지났는지 모른다.

배가 고파서 쪼르륵 소리가 나도 참다가 화장실에 갈 기운도 없이 바닥에 쓰러질 지경에 이르렀을 때 봉지로 만든 즉석식품即席食品을 전자레인지에 돌려 우적우적 먹었다. 물 마시고 졸리면 잠깐이라도 눈을 감는다. 자는지 깨어 있는지 의식이 흐리다. 그래도 목숨줄이 모질어 끊어지지 않고 살아있다니 기적이다.

한참 동안 다현이가 할 일을 챙겨주었다. 세상 떠나면서도 꼼꼼하게 엄마를 걱정하여 자신의 재산목록을 작성한 딸이다. 가슴이 미어진다. 서로 정에 굶주려 살면서도 맘을 툭 터놓지 못하고 살아온 날들이 새삼스럽게 주위에서 뱅뱅 돈다. 그동안 주고받은 막말이 지나쳐서 무소식이 희소식이라는 의식으로 바뀌었다. 궁금해도 물어보지 않기로. 잘 견디고 있을 것이니 안심하기로.

'할 수 있다면 너 내 뱃속에 다시 집어넣고 싶어. 세상 밖으로 안 나오게 말이야.'

정연이의 말은 이성을 잃고 감정에 악이 받쳐 나온 말이다.

'말도 참 이쁘게 하시네. 벽에 똥칠할 때까지 그렇게 사셔.'

박다현의 막말도 수준급이다. 살려고 아등바등 않는 엄마에게 추하게 명줄 붙잡고 살라고 악담하는 악취미도 대단하다. 기 싸움에 지는 사람도 이기는 사람도 없는 무승부. 정연이는 친정어머니와는 의사소통하려고 애써본 적이 없다. 끙끙 앓을 뿐이다. 대놓고 다현이처럼 불평을 터트린 적이 없다. 그냥 외면이었다.

다현이와 정연이는 감정을 서로 참지 못하고 으르렁거린다. 끝까지 쏟아낸다. 울화통이 터져 눈물이 방울방울 옷깃을 적실 때까지. 나중 뱉어놓은 말들을 돌이켜 보면 하나같이 하늘 향해 침 뱉기 수준. 그렇다고 공중으로 쏘아 올린 말을 주워 담을 수도 없다.

몇 번 그런 일을 겪고 나자 정연이는 입술을 닫았다. 만나지 말자는 결론에 도달했다.

생전에 제대로 먹지도 쓰지도 못하고 모았을 돈을 엄마에게 주려고 얼마나 허리띠를 졸라맸을까. 얼마나 굶주렸을까? 중학교 때 급식비를 아껴 점심을 거르며 엄마 옷을 사주던 딸의 지극한 천성이 그대로 되살아나 정연이는 목이 멘다.

다현이가 남긴 몇천만 원은 정연이에게 의미심장하다. 남편의 고향을 안 가 본 지 참 오래다. 추억이 서린 곳이라 마음이 시리다. 남편과 함께 다니면서 취도 뜯고 고사리순도 꺾었던 연비산燕飛山 자락을 떠올린다. 버려진 빈집이 있다면 오두막을 짓고 숨어버리고 싶다. 그녀를 아는 시선으로부터 최대한 멀리멀리 벗어나고 싶다.

딸이 남긴 유품을 정리하면서 그녀는 자꾸 멈칫거렸다. 뒤처리를 깔끔하게 마무리하기가 쉽지 않다. 딸의 체온이 스며있는 물건들을 과감히 버리자니 야속한 심정을 누를 길이 없다. 언제까지 그녀가 간직하다가 버렸던 배내옷과 천 기저귀, 보행기, 유모차 등등 아기용품들보다 딸의 주위를 지키고 있었던 물건들이다.

대학 시절 입었던 옷가지는 물론 태어났을 때부터 해외여행 중에 찍은 사진들, 구두, 양산, 모자, 즐겨 착용하던 액세서리 accessory, 무용 시간에 입었던 위와 아래가 딱 붙는 옷, 스타킹, 무용 신발. 소지품 하나하나와 영영 작별을 고해야 한다. 안 버리고 고이고이 서랍 안에 정리해서 간직해온 정성이 눈물겹다.

　며칠을 정리하면서 안아보고 쓸어보고 울다 지쳐 쓰러졌다가 일어나곤 했다. 그녀는 드디어 무너져버렸다. 할 일을 다시 챙겨야 하는데 할 일이 없다.

*

　그녀도 그렇게 하루를 시작하고 끝나면 돌아왔으면서 바쁘게 돌아다니는 모습이 낯설다. 절망을 삭히느라 멍을 때리면서 지낸다. 어떻게 알고 전공주가 전화를 했다. 처음엔 스팸인 줄 알고 안 받았다. 문자로 공주라 밝히면서 전화 받으라 한다. 성가실 정도로 입에 발린 위로라면 걸리적거리지만, 공주는 가족이나 마찬가지 아닌가.

　'늦었네. 소식 듣고 바로 연락했어야 했는데. 우정이 어디 가냐?'

　'그러게.'

　'재주 많고 이쁜 딸, 참 안됐어. 마음을 편하게 해주고 싶은데 고민만 했어. 연이야, 보고 싶어. 초등학교 동창들 잘 지내는지 궁금해지더라.'

　'그러겠네.'

　물에 술 탄 듯 술에 물 탄 듯 정연이의 대꾸는 성의가 없고 맹탕이다. 전공주는 만나 밥 먹자고 보채지만, 시기가 좋지 않다. 아무도 보고 싶지 않아서다.

그러나 정순이 전화는 반갑다. 어떻게 해! 살 사람은 살아야지. 나나 언니나 질경이보다 끈질기잖아. 우리 힘으로 잘 먹고 잘 커왔지? 일찍 떠나나 늦게 떠나나 마찬가지지. 진심 어린 위로와 타박이 아픔의 경계를 뛰어넘는다.

사람들의 시선이 껄끄럽다. 자동으로 정리된 사람들은 얼씬거리지 않는다. 이웃도 느낌이 수상할 텐데 담 너머 기웃거리지 않는다. 눈길을 마주쳐도 그쪽에서 고개를 돌린다. 군중 속의 고독이다. 적막감이 몰려온다. 돌이킬 수 없어서 남은 자의 그림자는 서늘하다. 한 발짝 뗄 기운도 없다. 무표정에 무정한 들숨과 날숨만이 아직 살아있음을 느낄 뿐이다.

초라한 영결식이었다. 만장도 상여도 없이 화장해서 물에 뿌리지도 못하고 나무 밑에도 못 내려놓고 남편 못자리와 최대한 가까운 곳에 있는 공원묘지 납골당 한 자리를 차지해서 마지막 자취를 남겨놓은 딸이다.

그런데 이제 할 일이 생길 모양이다. 여릿여릿한 여섯 살 아가로, 다현이의 부드러운 몸짓이 팔랑팔랑 하얀 나비로 날아와 안긴다. 반은 현실 같고 반은 꿈 같다. 눈을 뜨고 있는데 떠서 바라보는지, 눈을 감았는데 그 감은 눈 속을 헤치고 들어오는지 가늠이 되지 않는다. 너무 가냘프고 예뻐서 이승일 리가 없다.

꿈결에 살며시 들어온 다현이는 고사리손을 만세 부르듯 하늘로 올리며 나풀나풀 여릿여릿 팔다리를 흔들며 춤추고 있다. 제흥에 겨워 허공을 향한 몸짓이다.

'아아, 내 강아지, 다현아!'

이제 꿈인지 현실인지 중요하지 않다. 다현이가 어린 시절로 되돌아온 모습이 앙증맞다. 정연이는 연거푸 이름만 불러댄다. 생전에 정답게 불러 본 일 없는 것 같다. 아득히 멀어져 간 이름이다. 다현이는 엄마의 부름을 받자 생긋 웃음 짓는다. 하늘에서 내려온 날개 달린 선녀 같다. 엄마를 오리배 선착장 쪽으로 이끈다. 잠자코 따라간다.

갑자기 오리배 안으로 들어가는가 싶더니 다현이의 몸이 솟구친다. 하늘을 향해 날아오른다. 두 팔을 선녀처럼 벌리고 두둥실 올라간다. 하늘엔 별도 없고 달도 없다. 해도 없다. 먹장구름만 잔뜩 끼어 있다. 산도 들도 강도 계곡도 바다도 안 보인다.

'엄마를 위해 살아요. 지난 일 맘 상하지 말고. 오롯이 엄마만 챙겨요.'

다현이가 구름 속에 숨어서 손짓하고 있다. 틀린 말이 아니다. 자신을 위해 살아온 삶이 아니다. 남의 시선만을 피동적으로 의식한 상처투성이다.

'엄마 잘못이 아니에요. 사회 탓이지요. 오빠 언니들이 제게 불평하고, 끈질기게 따지고 들었을 때 얼얼했어요. 처음 영문을 몰랐으니까요.'

정연이는 놀랍다. 생전의 모습보다 밝고 천연덕스럽다. 다현이가 묻어둔 응어리를 풀어헤치고 있다. 말의 참뜻을 알아듣기 쉽지 않다. 그러다가 아차! 싶었다. 확실히 짚고 넘어가야 한다.

'아니, 오빠 언니들이라니?'

다현이가 묘한 표정을 짓는다. 얼버무리려던 태도를 고쳐 진지한 말투로 변했다.

'엄마가 생명을 잠깐 품었다가 버려진 태아들, 이름도 없어서 첫째, 둘째, 셋째, 넷째, 다섯째로 서로 불러요. 여섯째는 멀찍이 떨어져 혼자 놀더군요. 말 한마디도 거들지 않고요. 엄마가 이름도 지어주고 기도도 해줘요. 잠깐이나마 엄마 뱃속에 머물러 있었다는 걸 긍지로 삼고 지낼 수 있게 해요. 뱃속에 큰오빠는 14주 있었대요. 기억력이 비상해요. 자궁 안이 아늑하고 포근했대요. 그래서 원망이 깊은 거예요, 오빠 언니들은 천년이든 만 년이든 기다린대요. 사람으로 태어나고 싶대요. 뱃속에서 부서지지 않고 온전한 몸으로 태어나길 원해요. 전 좋은 추억만 간직할래요. 제 잘못 셀 수 없이 저질렀지만 잊어요. 엄마에게 보답은커녕 고생만 시켜드렸잖아요.'

다현이는 천천히 심호흡하면서 감정을 조절해가며 말한다. 말이 길어지면서 어린아이는 어느새 서른이 넘은 다현이의 담담한 세련된 목소리로 변해 있었다.

'아아, 그 애들을 만났니?'

정연이는 기억마저 흐리다. 오슬오슬한 한기에 저절로 한숨을 길게 내뿜는다.

'그럼요. 처음 막 혼냈거든요. 영문을 몰라 당하다가 금방 이해 했어요. 엄마가 원망스러웠대요. 일부러 일을 그르치게 만들곤 했 대요. 엄마가 근심 걱정 없이 사는 건 용서할 수 없었대요.'

다현이는 자꾸 알려주려고 애를 쓴다. 배배 꼬인 상황을 올바르 게 펼치려고 노력한다. 정연이는 천 길 폭포에서 낭떠러지로 몸뚱 이가 추락하는 느낌이다.

'내 몸에 생긴 혹이나 마찬가지니 맘대로 판단하고 처리하면 됐 지. 상황이 복잡했어. 준비가 안 됐는데. 구차한 변명거리로밖에 안 들리겠지만. 꽉 막힌 사고방식이지. 처녀가 임신이라니. 이슬 람에선 명예살인 당해도 처분을 달게 받는 치욕. 손가락질? 미혼 모라는 용어도 생소했고… 아무 때나 원하면 아이를 가질 수 있다 고 착각했어. 그래서 책임지라는 우주의 섭리를 거슬리게 됐겠지. 돌아갈 수 없으니 다시 되돌릴 수 없으니. 지금 심정으로는 열이 든 스물이든 낳아서 흥부 마누라처럼 애들이 거적때기를 두르고 화장실을 다닐지라도 줄줄이 낳아서 내 아이로 키우고 싶단다. 생 명을 무시한 벌은 빌어도 소용 없음을 알아. 그래서 피해 다녔어. 피해자는 나야. 체면이니 윤리의 협박을 걷어차지 못한 겁쟁이야. 방송에서 사회에서 종교계에서 떠들어도 공감이 되지 않아. 당한 사람은 숨죽이고 가만히 있는데. 소문이 퍼져나가 뒤통수를 후려

칠까 봐 살아있으나 죽은 목숨이나 마찬가지로 살아가는데. 그런 조바심을 당해본 적 없는 사람들이. 어찌구저찌구 이론으로만 목소리를 높이는 그들의 얄팍한 수작이 미웠어.'

그녀의 탄식은 바닥이 안 보이는 우물 속으로 빨려 들어가는 듯 깊어졌다.

'오빠 언니들이 꽉 닫고 마음을 안 열어서 엄마 주변을 서성이며 귀찮게 했대요. 제게도 어려운 일이 닥치게 했고요. 존재감을 드러내려고. 근데 엄마는 잘못을 인정하지도 오빠 언니들을 떠올리지도 않아 서운했대요.'

다현이는 꼼꼼하게 짚어가며 오빠 언니들의 불만을 알리려 애쓴다.

'그건 겉만 보고 판단한 애들의 잘못이야. 어찌 잊겠니? 그런 척만 한 걸 경험이 없으니 원망만 깊으니 본질을 볼 수가 없지.'

정연이는 오싹했던 순간들이 뼈가 시리게 아리다.

'나이 들어야 철든다는 말은 맞아요. 저도 엄마에게 또 다른 고통을 얹은 딸일 뿐이었으니까요. 먼저 손 내밀고 다가설 줄 모르고, 화해는 제 사전에도 없었네요. 그냥 답답하다고 벗어나려고만 발버둥쳤지요?'

다현이는 예전의 무조건 앙탈 부리던 모습이 떠오른 듯 부끄러워한다.

'아빠도 잘 계시지?'

그녀도 계면쩍어서 화제를 돌린다. 사소한 감정싸움에 목숨을 거는 습관은 그녀 역시 다현이 못지않음을 깨달은 까닭이다.

'오빠 언니들이 먼저 마중 나오는 바람에 아빠는 잠깐 멀리서 보고 인사만 나눴어요. 아빠가 절 먼저 알아보고 말을 건넸어요.'

다현이는 절대로 어렵게 꺼낸 이 화제를 멈출 수 없다.

'아, 잘들 있지?'

그녀는 몸둘 바를 모른다.

'엄마의 원망이 다 오빠 언니들과 연결된 끈이에요. 엄마를 일부러 간섭해왔대요. 이제 나아질 거예요. 절 만나고 나서 묵은 오해를 상당히 풀었으니까요.'

'다 내 탓이니라. 일부러 모른 체 등 돌리고 살아가니 오해를 살 수밖에.'

쉽게 잘못을 인정해버리는 말에 오히려 다현이는 힘이 빠진다.

'이제라도 엄마 사랑을 오빠 언니들에게 골고루 나눠줘요.'

다현이는 오빠 언니들을 화제로 끌어들여 간곡히 부탁하고 있다.

'단테의 신곡 지도를 따라가 보면 천국도 있고 연옥도 있어. 모습이 사뭇 다르던데 어떻게 다들 같은 곳애 있는 거지?'

정연이는 의아해서 혼잣말로 중얼거렸다.

'그곳이 연옥인지 천국인지 지옥인지 통 모르겠어요. 전 그런 거 따지고 싶지 않아요. 살아있을 때 극진하게 봉사하지 않았으면서, 죽어서 천국에 머물고 싶어 하다니 염치없는 욕심이잖아요. 전 그곳에서 오빠 언니들을 만나고 아빠를 잠깐 얼굴만이라도 뵙고 이야기 나눌 수 있어 만족해요.'

정연이는 자기도 모르게 또다시 긴 한숨을 내쉬었다.

'여기도 계층이 확연히 둘로 나뉘는데 부자와 가난한 자로. 그곳이라고 똑같은 세계겠니? 똑같길 바라는 게 오만이지.'

'엄마, 마음이 편해지도록 종교에 의지하세요. 힘들게 견디시잖아요. 양심이라는 돌덩이를 굴려버려요. 여행도 좋지만, 쫓기듯 사신 이유를 알 듯해요. 갈등을 풀기에 부족하지 않아요? 이제 갈게요. 오빠 언니들이 품은 지독한 앙심들이 풀리길 바라지요. 엄마를 향한 섭섭함이 다 흩어질 거예요. 담에 또 올게요.'

그렇게 다현이는 사라져갔다. 꿈인지 현실인지 구별이 되지 않을 정도로 생생한 장면이었다. 그녀는 누워있으면 안 되었다. 불끈 일어나야 했다. 찾아다녀야 했다.

정연이는 몇 날 며칠을 심신이 지쳐 누워만 지냈다. 그러다가 번갯불이 번쩍 시든 영혼을 내리쳤다. 몸을 일으켜 세웠다. 죽치고 있다고 인생이 끝나지 않는다. 걷는다. 참참하다. 칙칙하다. 내려앉은 심장의 고동이 가냘프게 신음을 내지른다. 걷다가 만난 성당 안으로 들어가 무릎을 꿇었다.

'제가 무지해서 저지른 죄를 고백하겠습니다. 견딜 수가 없어요. 낙인이 앙가슴을 막아 숨이 막혀요. 아무것도 몰랐어요. 의식

없이 분신의 숨을 여러 번 끊었습니다. 14주밖에 제 뱃속에 머물지 못한 채 칼질로 쫓겨났다고 태아들이 질러대는 아우성에 귀가 먹먹합니다. 채 피지도 못한 생명, 꽃을 꺾듯 꺾어버린 저에게 벌을 주세요. 갈 길 잃고 헤매는 어린 영혼들 영원한 안식 찾게 도와주세요. 뱃속 아기를 떼어버린 잘못, 깊이 뉘우칩니다. 낙태 당한 아가들이 울타리 밖에서 서성이며 울지 않았으면 합니다. 태아들에게 부담 주지 마세요. 제게 어떤 가혹한 형벌이든 다 주세요. 달게 받겠습니다. 대신 사랑의 빛으로 채워주세요. 제가 버린 영혼을 어둠 속에 버려두지 마세요. 여섯이나 되는 태아들입니다. 인공임신중절 다섯에 자연유산 하나, 하나 건져 올린 아기도 시집도 못 가 보고 세상을 떠났어요. 그 악몽을 잊으려고 노력해 왔어요. 순간순간 고통으로 얼룩진 삶에서 저도 벗어나지 못했습니다. 모두 제 탓입니다. 이제 저쪽 세계에서 한 가족이 다 모였답니다. 지금이라도 평안을 얻도록 이끌어주세요.'

그녀는 두 손을 모았다. 두서없이 참회하면서 무릎을 꿇었다. 참고 참았던 눈물이 주르르 뺨을 타고 흘러내린다. 메말랐으리라 여겼는데 앙금처럼 가라앉아 있던 텁텁한 슬픔이 무더기로 염치를 무릅쓰고 고개를 내민다. 고통을 무두질한다.

#

첫 번째 일기

난 내 태아들의 이름을 기억하여 여기에 적어두기로 한다. 염치 좋은 사람이 아니기에 너희 이름을 종교적인 세례명으로 만들어 주고 죄책감에서 벗어나는 게 위선자 같아 자연물의 이름으로 쓰기로 했다. 그게 너희에게도 내게도 합당하리라 믿는다.

첫째는 해, 둘째는 달, 셋째는 별, 넷째는 강, 다섯째는 산… 여섯째는 풀, 일곱째는 너 다현이야. 삼백예순 날 너희를 잊은 적 없어, 가식적으로 보였을지 몰라도 잊은 척 모르는 척 살았을 수는 있지만. 항상 기쁠 때나 슬플 때나 눈이 오나 바람이 부나 너희 존재의 그늘에서 벗어날 수 없었어.

삶과 죽음의 길이 그리 멀지 않다는 걸 알아. 종이 한 장 차이라고 쉽게 말하기도 하지. 다현이가 느닷없이 세상을 떠나니. 가혹한 현실이 원망스러웠지. 안타까웠어. 이제 멍하니 당하지 않고 준비도 하고 정리하려 한단다. 멍청하게 우왕좌왕 갈팡질팡 쩔쩔 매고 싶지 않아. 적어도 죽음만큼은 의미가 있어야겠지. 후회 없이 맞이하고 싶어. 뒷모습만이라도 청초한 모습으로 남기고 싶어. 모진 인생을 부대끼며 겪어내면서 깨닫게 된 거야. 경건히 옷깃을 여민다.

해[太陽] 첫째야, 한결같은 명심明心이다. 널 저버리면서 내 양심의 벽은 무너져내렸다. 아득하구나.

달[月] 둘째야, 월궁 선녀 항아를 빼닮은 청초한 얼굴이다.

별[星] 셋째야, 반짝반짝 빛나는 씩씩한 걸음마다.

강[江] 넷째야, 길고 부드러운 숨길에 쉬어가는 물줄기이다.

산[山] 다섯째야, 우뚝 솟은 땅덩이 위세가 넉넉한 기품이다.

풀[草] 여섯째야, 푸른 기쁨이 어우러질 여릿한 향기이다.

다현아! 마지막으로 널 부르지 않을 수가 없구나. 혼자 깊은 어둠 속에 숨겨두고 고이고이 간직해놓고 가슴앓이하느라 힘들었다. 네가 다 털어놓고 세상 밖으로 나서라고 일깨워주다니. 몸둘 바를 모르겠구나.

많이 늦었지만, 우리의 뜰에 너희 모두 초대하니 힘이 솟는다.

너희를 만나니 반드시 해야 할 일이 있다. 미룰 수 없는 일을, 해야 할 일을 하려고 나설 참이다. 다행이다. 보람이다. 에너지다.

『해리 포터』로 알려진 작가 조앤 롤링은 스코틀랜드 에든버러에서 싱글맘single mom으로 단칸방에서 어린 딸과 살았다. 정부로부터 주당 70파운드 생활보조금을 받아 우윳값을 해결하면서 글을 써 내려갔다. 경제적인 빈곤과 당당하게 맞섰다. 내가 그녀를 따라쟁이 할 수 없는 이유는 우리나라는 그런 여건이 갖춰져 있지 않아서다. 희생양에게 자행되는 비수같은 사회의 눈초리를 벗어날 수 없어서다.

기억이 닳아 없어질 정도로 늦었지만 이제 세상 밖으로 너희를 내보낸다. 너희 옆에 내가 다소곳이 두 손 가지런히 모으고 서 있다. 보고 있지? 치부를 드러내니 부끄러움에 몸 둘 바를 모르겠구

나. 두려워 꼭꼭 여미고 감추었다. 아무 잘못도 저지르지 않은 너희들에게 너무 부당한 대우였다. 늦었지만 지금이라도 용서를 빈다. 받아다오. 내게 힘을 실어다오. 미움을 거둬다오.

죽음 그 순간까지 의식이 있는 한 꿋꿋이 너희들과 함께 이 길을 헤쳐가련다. 너희를 의지할 것이니 우리 평화롭게 편안히 서로 손을 맞잡자. 응시하자.

#

두 번째 일기

해야, 달아, 별아, 강아, 산아, 풀아… 잘 지냈지? 다현이도 너희 곁에 있지? 너희들이 내게 부어주는 아낌없는 후원으로 내가 무기력증을 추스르고 깨어나고 있다. 고맙다. 그리운 아가들아. 이렇게 모여 있으니 안 외롭단다. 너희 가까이 있다는 느낌만으로 즐거움이 샘솟는구나. 둥근 탁자에 앉아 차를 마시고 있는 것 같아.

요즈음 젊은이 상당수가 경제 논리를 앞세우며 출산을 포기한단다. 사회의 차별과 무관심을 견디지 못해서 나처럼 미리 부모되기를 거부한단다. 인간의 이기심은 그럴싸한 변명거리로 포장하면서 날개를 달았구나. 여전히 상상할 수도 없는 사악한 불행이 곳곳에서 벌어지고 있다. 전쟁터 못지않은 아수라 장터다.

얼마나 많은 수의 낙태아들이 한 해에 몇 분 안에 생겨나서 버려지는지 영상을 보면서 알았다. 나도 그 가운데 한사람이라는 지울 수 없는 회한에 가슴이 미어졌다.

낙태는 생명을 미워하는 악마의 행위라고 한다. 내 생명이 소중하듯이 태아들의 생명도 똑같은 대접을 받아야 하는데 그 당시 그 사실을 깨닫지 못한 것이다. 천만번 미안하다.

태아가 6주만 되어도 이미 1cm 1g으로 자라고 있단다. 이미 어미와 함께 심장이 뛰고 있다고 하는구나. 뇌 발달도 활발해지고 하루에 1mm씩 자라난단다.

14주가 되면 8cm, 45g으로 자라 있단다. 엄지손가락을 빨고 표정을 짓고 신경계가 발달하여 고통을 느낀다고 한다. 난 얼마나 인류 앞에 큰 죄인인가.

오늘 꽃동네 태아 동산을 찾아갔다. 낙태된 아이들을 위한 기도에 동참했다. 내 아이들을 추모하는 마음으로 무관심 속에서 버려지는 다른 태아들과의 마음의 교류를 진심으로 원했으니까.

그곳에서 나와 똑같이 마음의 상처를 추스르지 못하는 아줌마를 만났단다. 검고 차양이 넓은 모자를 눌러 썼다. 얼굴을 가리고 있어 나이를 짐작할 수는 없었지만, 중년은 지나 보였다. 화장기 없는 맨살 그대로의 건조한 얼굴이었다. 창백하고 병색이 짙어 보였다. 게다가 검은 옷을 차려입은 품이 예사롭지 않았다. 몸가짐이 조용한 아줌마였다.

그 아줌마에게 아무에게도 털어놓지 못한 너희들 이야기를 시시콜콜 짚어가며 솔직하게 털어놓았단다. 그전에 지나가던 성당에 무심코 발을 들여놓은 적이 있었지. 아무도 없는 제단에 꿇어앉아 터트린 오열을 지금도 생생하게 기억한다. 아줌마 앞에서 나도 모르게 마음의 닫힌 문을 활짝 열어놓으니 먼저 염치없는 눈물이 앞을 가리더구나. 아줌마는 조용한 자세로 숨도 안 쉬는 듯이 듣고만 있었다. 그런데 이상한 일이 일어났어.

비겁하게도 울고 나니 꽁꽁 맺힌 한이 풀리듯, 엉킨 실타래가 제대로 제자리를 찾아가듯 속이 뻥 뚫리고 후련했어. 그렇게 목놓아 울어본 적이 없단다. 주눅 들어 살아와서 그런지 내 감정을 제대로 알알이 겉으로 드러낸 적 없어.

너희도 알잖아. 난 아직도 웬만해선 침묵하고 자신을 남들의 시선 앞에 내놓기 꺼린다. 그런데 그 아줌마도 덜하지 않았어. 그 아줌마도 사연이 복잡해.

내 이야기가 다 끝나기도 전에 기다렸다는 듯이 아줌마도 자기 사연을 털어놓기 시작했지. 이젠 그 아줌마의 낙태아들 때문에 봇물 터지듯 서로 두 손 부여잡고 실컷 엉엉 소리 내며 울게 되었다. 눈물이 콧물과 어우러져 냇물이 되고 강물이 되어 바다로 흘러들 때까지. 얼마나 울어댔던지 아줌마도 나도 얼굴이 퉁퉁 부었다. 콧물이 입술을 지나 목덜미로 줄줄 흘러내렸단다.

차마 아줌마와 나누었던 비밀스러운 대화를 여기 일기장임에도 선뜻 적지 못하겠구나. 아무래도 난 그 아줌마와 비교하여 보면 덜 개방 된 모양이다.

세월이 가면 그 아줌마처럼 터놓고 이야기 풀어낼 수 있을까? 진심이야 통했지만 아무래도 힘들지 모르겠다. 서로 환경이 다르고 처신이 다르니 말이다. 낙태아에 대한 끝없는 죄의식에서는 공감하면서도.

내가 웅크린 마음을 편하게 다림질하기 위해 그러는 게 아니란다. 너희들에게 지운 무모했던 잣대를 수습할 수 없어 안타깝단다. 할 수만 있다면 내가 너희들의 눈이 되고 귀가 되고 입이 되고 그 모든 것이 되고 싶다. 난 지쳐 바스러져도 아무렇지 않단다. 아니 그것을 난 간절히 바란단다.

수십 년에 걸쳐 의도했든 의도하지 않았든 난 몰염치한 사람이었다. 그로 인해 충분히 고통받았기에 조금도 두렵지 않다. 남은 시간 속죄가 될지 모르지만 내 참모습을 들여다볼 수 있는 시간을 갖고 싶어.

그렇게 해서 너희들이 상처받은 마음을 활짝 열어젖힐 수만 있다면. 너희에게 온전히 다가갈 수만 있다면. 부족한 나를 진심으로 받아줄 수 있다면.

이미 찢길 대로 찢긴 육신일망정 영혼만은 예전 모습을 그대로 간직하고 있단다. 이 돌이킬 수 없는 회한을 견디지 못해 울부짖는 본심만이라도 받아주렴.

#

세 번째 일기

해야, 달아, 별아, 강아, 산아, 풀아… 오늘도 잘 지내고 있지? 다현이도 물론 이젠 어둠의 세계에 적응이 되었을까?

임신해서 2달 후에 낙태되는 태아 숫자가 어마어마하다고 한다. 아, 부끄럽고 미안하게도 그 2달이라는 숫자가 내 미약한 가슴을 후려친다. 내가 부랴부랴 서둘러 저지른 일이 바로 그 숫자놀이를 기점으로 엇비슷하게 맞아떨어져서다.

예전에는 14주까지 뱃속에서 잘 자라다가 낙태아가 된 아이들이 대부분일 텐데. 요즈음은 세상이 발달해서 2주 안에 해결을 보는 미래의 산모들이 많아졌다니 놀랄 일이구나.

그런 일이 일어나지 말아야 하지만 한편으로는 다행이라고 생각도 한단다. 엄마 뱃속 태아가 오래 버티고 있을수록, 억지로 임신 중절 수술할수록 엄마의 건강은 쇠약해지고 미래가 불투명해지고 최악으로 치닫는다. 2주 안에 해결을 보면 산모의 건강은 그래도 좀 덜 망가질 수도 있겠거니 하는 이기심이 슬그머니 고개를 든다.

멍청한 엄마는 도무지 대비할 줄 몰라 2달 안에 해결된 적은 없구나. 그 기간을 훨씬 넘겼단다. 엄마의 몸뚱이도 너희들의 육신도 바스러지고 부스러뜨렸으니 너희도 힘들고 엄마도 심신이 하냥 고달팠다.

낙태아가 한 해 100만 명 넘게. 아, 또 그 숫자 이야기구나. 나도 그 숫자 보태기에 지대한 공헌을 했구나. 양심에 찔려 뭐라 덧붙일 말이 없다. 지금이라도 알게 되었으니 세상의 밝은 빛을 위해 내가 할 수 있는 일을 찾아 나서려 한다. 그 길만이 너희와 가까워지는 올바른 길이라 믿는다.

너희의 이름을 나무 십자가에 적은 다음 낙태아의 묘에 꽂아 기도하는 시간을 가졌다. 라헬의 땅 순례길을 걸을 때였다. 난 내 방식대로 해 달 별 강 산 풀로 나무 십자가에 쓰고 묘에 꽂았단다.

물론 그 아줌마도 같이 왔단다. 그녀는 가톨릭 이름을 써서 묘에 꽂더구나. 요한이니 마리아니 많이 들어 본 흔한 이름이었다. 십자가에 쓰는 것을 보니 마음이 숙연해졌다. 우린 서로의 태아들을 위해 묵상으로 기도를 오래 하고 나서 헤어졌단다.

사실 우리가 오늘 다시 여기에서 만나기로 무언으로 한 약속이 이루어진 것이지. 아줌마는 첫날 보았던 인상과 분위기를 바꾸지 않았다. 수녀처럼 검은 옷을 입었더구나. 저번과 똑같은 표정과 옷차림 그대로였다. 오늘은 아줌마의 사연을 알고 나서 그런지 경건해 보였단다.

빛깔 고운 색은 낙태아들에게 미안해서 못 입는다는 거야. 난 그런 의식도 없었으니 좋은 걸 깨닫게 해준 거 아니니? 빨강 노랑 파랑 등 원색이나 화려한 색을 피해서 옷을 입기는 했어도 검정으로 온통 가릴 생각은 못하고 지내 온 셈이지.

사람을 만나는 것, 같은 취미를 가진 사람과 교유하는 것은 좋은 거야. 같은 아픔을 가진 사람과 만나 같이 소탈하게 격의 없이 이야기 나누는 건 행운이야. 서로 다독이고 격려하다 보면 그곳에서 용기가 저절로 샘솟거든.

이 일기가 계속된다면 언젠가는 그 아줌마의 처절한 사연을 여기에 쓸지 몰라. 오늘도 준비가 안 되었어. 그냥 우리가 느낀 소소한 아픔 가운데 찾아오는 너희를 만나는 기쁨을 되새길 뿐이란다.

#

네 번째 일기

해야, 달아, 별아, 강아, 산아, 풀아… 다들 잘 지냈니? 다현이는 괜찮은지 염려가 된다. 요즈음에는 내 꿈에도 통 안 나타난다. 낮에도 안 보여. 그전의 내 버릇대로 무소식이 희소식이라 믿기에 다현이 걱정은 잠깐 멈추기로 한다.

망설이고 멈칫거린 이야기를 너희에게 하려고 한단다. 바로 수녀처럼 검정 옷을 차려입고 오늘 라헬의 땅을 다시 같이 순례한 아줌마의 통곡이 묻어나는 사연이란다.

이름은 오혜영吳慧英이야. 엄마보다 다섯 살 어려. 그런데 살아온 세월은 엄마보다 처절하구나. 아줌마는 27살에 3년간 사귀어

오던 남자와 결혼해서도 세무공무원을 그만둘 수 없었대.

오혜영의 친정이 가난해서 시집을 가서도 월급의 60%를 친정에 보내면서 살아야 했대. 친정에서 당연하다는 듯 그렇게 꼬박꼬박 오혜영의 월급을 욕심냈대. 키우고 가르쳤으니 보답을 원한다고. 남편은 이해하면서 아이를 서른 넘어 늦게 갖기로 했대. 처남들 뒷바라지에 인상을 쓴 적 없대. 짜증을 안 냈대.

그런데 남편이 교통사고로 갑자기 세상을 떠났대. 아이를 늦게 갖기로 했는데 사람 일이라는 게 원하는 대로 될 리가 없지 않니? 그때 태기가 있었는데 충격으로 그 아이가 유산이 되었다고 해.

세무공무원을 떠날 때까지 오혜영은 시집가기 전부터 했던 그대로 친정에 월급날이면 돈을 부쳤다고 했어. 큰딸은 살림 밑천이라 하거든. 남동생들이 자그마치 넷이야. 그 넷을 대학교까지 보내는데 부모는 한 뼘 정도의 땅 농사를 지어 겨우 먹고 사니. 학비를 제대로 댈 수 있겠어. 그런데 남동생들은 대학을 나와서도 시원찮게 직장을 다니다가 빈둥빈둥 장가도 안 가고 부모 옆에서 지낸다는 거야. 시집간 누나가 대들보 노릇을 자청해서 해오니 습관을 천성으로 여겼는지 모르지.

막내만 바로 직장도 다니고 결혼도 했대. 막내가 그랬대, 누나 덕에 편하게 먹고 살았다고. 이제 자기가 죽이 되든 밥이 되든 꾸려가겠다면서 그동안 누나 너무 수고했다고 인사를 했단다.

더 이상 친정에 희생하면 안 된다고 했대. 누나 인생을 찾아야 한다고 했대. 보란 듯이 살아야 하지 않겠느냐고 용기를 주었대. 돌아가신 매형은 잊고 새 출발 하라고. 가장 어른스럽게 충고를 했단다. 다 잊고 다 떠나 새출발하기엔 지난 세월이 너무 길어. 너무 늦어버렸지. 그 말이라도 들으니 그동안 서운했던 감정들이 스르르 녹아 없어지는 기분이 들었대, 의무감으로 이루어진 일들이 몸에서 떼어낼 수 없는 쇳덩이가 되었으니 말이지.

친정은 그렇게 잘 해결이 됐구나 안심이다 싶었어. 막내 남동생 덕분에 마음에 걸린 족쇄를 풀었으니 얼마나 다행이냐? 그 뒷소식을 남동생 이야기를 안 이어가는 걸 보면 다른 일이 생긴 거 같아.

한참 동안 친정 이야기에서만 머물렀으니까 말이지. 사실 친정 동생이 속을 썩였든 말든 관심사가 아니지 않겠니? 어느 가정이나 크고 작은 일들을 겪으면서 살아가는 건 당연하니 말이지.

다른 곳으로 전근 갔는데 술자리에서 눈이 맞아 상관인 과장과 연인 사이로 발전했대. 오랜 세월 혼자 지내다 이루어진 관계 맺기여서인지 심신이 일치되는 황홀경이랄까 뭐 그런 걸 맛보았다고 해. 상관은 바람둥이로 소문난 사람인데 말이지. 나중에 그걸 알았으니 후회한들 되돌릴 수 없지 않니.

불행은 여기서 시작되는 거야. 게다가 과장은 가정을 거느린 남자였으니까. 그런데 인력으로 통제가 안 되었대. 둘의 만남이 계속될수록 이상하게 전 남편과 잘 안 되던 임신이 과장과는 덜컥 임신이 되었대.

그러나 그녀는 그걸 숨겨야 했단다. 과장에게도 임신했다는 말을 차마 못 하고 떼어야 했대. 과장에게 불편을 주고 싶지 않아서. 과장을 사랑했는지 어떤지는 잘 모르지만, 당시는 최상의 선택이었대. 과장이 임신했다는 사실을 알자마자 곁을 떠날지 모른다는 불안감도 있었겠지. 과장이 없는 세상은 지옥이었대. 몸이 원하니까 다른 고통이나 불편은 참을 수가 있었대. 직장을 절대 그만둘 수 없는 처지 아니니. 스캔들을 만들어 세상을 떠들썩하게 추문으로 끌고 가긴 죽기보다 싫기도 했대.

　직장을 이동하면서 과장과 오혜영의 관계도 끝나긴 했지. 이건 아니다 하면서 겨우 마음을 정리했다 싶었는데. 머리가 비상하고 실력이 출중한 행정가를 새 직장에서 만났대. 널리 알려진 인물이라 이름만 대면 다 알 사람이래.

　오혜영은 그의 특출한 능력에 반해 묘하게 또 엮이게 되었대. 그는 예의가 바르고 실력도 있고 행정 능력도 뛰어났대. 그녀도 모르는 사이에 그와 깊은 사이로 발전하면서 남편도 과장도 잊고 새 출발을 하려고 단단히 마음을 벼르게 됐단다. 그녀도 제법 높은 지위에 올랐지. 꾸준히 직장을 다녔으니 말이지.

　그런데 그는 눈 깜짝할 새에 마음이 돌변해버렸대. 고급 음식점을 경영하는 얼굴이 인형처럼 귀엽고 반반한 여자에게 갑자기 마음을 뺏겼대. 이제나저제나 기약 없이 그가 프러포즈하기만 목이 빠지게 기다리는 그녀를 차버렸지. 그녀와 번갯불에 콩 구워 먹듯

재혼을 해버렸대.

자꾸 상대를 바꾸게 된 건 자기 의지가 아니었대. 그런데 이상 야릇하지? 믿은 남자에게 발등 찍힌 기분은 나도 알 것 같다. 진심으로 사랑하는 마음을 넘어서서 존경했던 그가 자기를 버린 데 대해 분노가 일었대. 왜냐하면 때마침 아이가 생겼기 때문이지. 그런데 방금 새장가 든 남자의 앞길을 막겠다고 아이를 낳아서 키울 수는 없다는 결론에 역시 그녀는 임신 중절 수술을 받고 말았어.

잘 나가던 그 남자는 뭐가 힘들었는지 모르겠대. 그녀는 어쩔 수 없어 힘든 결정을 하고 낙태를 했대. 그 얼마 뒤 몇 달도 안 되어 잘난 그 남자는 빌딩 옥상에서 뛰어내려 유언도 유서도 남기지 않고 자살을 해버렸단다. 신문에 먼저 보도되어 엄청 충격을 받고 놀랐대.

그녀는 왜 자기와 만나는 남자마다 하나같이 불행으로 끝나는지 알 수 없다고 했어. 인과관계가 있는지 우연인지 알 수 없지만, 상대방 남자들이 불행을 건너뛰지 못하는 현실이 암담했대. 직장 여성에 대한 배려는 실제로 몸에 밴 가식인데 말이지. 그녀는 순진해서 사랑받고 사랑한다고 착각했대. 외로웠던 그녀를 한달음에 휘어잡은 유부남 과장도 가정에선 행복하지 않다고 불평해댔다니까.

사실 천주교 신자는 하느님의 순명順命에 무조건 복종하는 게 기본생활이래. 따로따로 떨어진 것 같아도 끊임없이 이어진 처참하게 저질러진 일들이 수습하기 어렵다는 걸 알고 있대. 이제 어떤 불행이든 행운이든 떠안아 살려고 했는데 돌이킬 수 없고 극복할 수 없어 마음이 텅 비었다는 거야.

차라리 막판에 생긴 아이는 중절 수술하지 말고 과감하게 낳아 키웠다면 지금처럼 허망하지 않을 수도 있지 않았겠는가? 미혼모라는 굴레가 못 견딜 정도의 괴로움인가? 인습에 사로잡혀 여자의 인권을 돌아보지 않고 무조건 천시하는 계율이 그렇게도 아줌마의 인생 전반을 휘감고 놓아주지 않았다니 짠하지.

그 아이가 유치원도 다니고 초등학교도 다니는 모습을 지켜보면 흐뭇한 웃음을 짓지 않을까? 상상만으로 괴롭고 가슴이 미어진대. 이런저런 핑곗거리 만들어 직장을 그만두면 손가락질 직접 당할 리도 없는데. 짧은 소견머리가 원망스럽대. 무슨 체면이 그리 중했는지 후회스럽대. 때마침 막내 남동생이 사정도 모르면서 넘겨짚듯 누나 인생 찾으라고 간곡히 충고했건만.

예전보다는 미혼모에 대해 너그러워진 것은 사실이라 해도 아직도 수렁은 너무 깊어, 여자 혼자 아이 낳아 울타리도 없이 키우기 쉬운 세상은 아니란다. 그러면서도 오혜영은 마지막 아이(세 번째 낙태아)는 반드시 낳아 키웠어야 한다고 그게 인류에 대한 마지막 기회였다고 거듭 힘주어 말한단다.

그게 절통하다고 되풀이해서 울부짖고 눈물 흘렸어. 되돌릴 수 없고 버리지 못해 가슴에 품어 안고 사는 사연을 회상할수록 참고 살기가 힘들다는 거야. 무작정 그 시점에서 직장을 그만두었으면 그녀의 삶이 이 정도로 나빠지진 않았을 거라면서. 돌이킬 수 없지. 이미 저질러 놓은 악행이잖아. 속죄하는 맘이라도 있어야 편하다고 여러 곳을 찾아다니며 마음을 다스린다고 했어. 친정에서 놓여나고 직장을 떠나니 맘 붙일 곳이 없어졌대. 하늘도 땅도 쳐다보며 정처 없이 헤매게 된 이유지.

아가들아, 오혜영의 고민이 엄마와 상당히 다르긴 해도 큰 줄기에선 어쩔 수 없는 선택임을 알기에 존중한단다. 모성애가 없어서가 아니야. 그 상황에서 아이를 낳았을 때 부닥칠 엄청난 회오리바람을 헤쳐가려면 강단이 필요해. 지금도 웬만한 강심장이 아니곤 몰라서 당한 일이 아니곤 애를 낳아 키우겠다는 엄마 찾기 힘들지.

직장을 떠나니 친정에서 대놓고 손을 벌리지 않아서 좋대. 부모는 이젠 연로한 상태라 농사도 못 짓지. 막내 남동생이 가계를 꾸려가고 있으니 다행이지. 태어나지 못하게 막아버린 아이들 생각을 하면서 여생을 보낼 거라고 해.

아이를 입양해서 키우고 싶은데. 그게 가능할까? 요즈음은 새로운 고민이 생겼대. 일을 해결하는 적극적인 방식이라 축하해 주고 싶어. 경제적인 뒷받침이 있고 건강이 허락된다면 환영해야 하지 않니?

참, 그전에 말했지, 내가? 오혜영은 낙태아의 이름을 가톨릭 세례명으로 지어 나무 십자가에 써서 묘지에 꽂았다고. 여기에서 그 이름들을 모두 굳이 밝힐 필요는 없을 것 같아. 방문할 때마다 나무 십자가를 쓸어본단다. 아가의 뺨을 쓰다듬듯이. 나도 그녀와 같은 행동을 하고 있지만.

우리가 모르는 그 사람만의 어쩔 수 없는 사정이 있지 않겠니? 그녀가 남편을 교통사고로 잃은 뒤 맞닥뜨린 현실은 그녀의 의지와 다르게 흘러갔어. 본인이 결코 원하던 상황은 분명 아니었어. 피할 수 없는 운명의 불장난이었지. 오혜영의 갈가리 찢긴 심정이 정 붙일 곳 없어 떠돌던 젊은 시절 내 마음 같아.

우린 오래도록 손을 맞잡고 등받이 벤치에 앉아있었다. 노을이 하늘을 채울 때까지. 하염없이 앉아서. 새로이 맺어진 인연의 힘에 압도되었다. 무작정 같이 그렇게만 앉아있어도 서로에게 위안이 되어주더구나.

6장 회억 부스러기

철 지난 모래사장 흩날리는 눈발이
주홍빛 하늘 열려 주춤주춤 물러나니
풍경도 멈칫거리며 휘도는 겨울 강변. (몽운 시 「겨울 강변」 중에서)

오베르 우아즈의 강둑 / 빈센트 반 고흐 / 몽운 모작

나는 이수일李秀壹이다. 대학병원 근처 5층 건물 병원장이다. 빚더미로 시작한 병원을 운영하면서 아슬아슬했지만, 오뚝이로 잘 버텨냈다. 초기에 설립된 의대를 졸업해 개업이 쉬웠다. 무담보로 자금을 빌렸다. 금리는 최저수준이다. 병원을 신축하고 최신 의료기구를 설치하느라 바빴다. 전문의를 따자마자 군의관을 마치고 개업했으니 시대의 흐름이 도와준 셈이다.

주변에서 그 병원? 하면서 고개를 끄덕일 정도로 인지도가 높이 올라간 것도 피땀 흘려 노력한 결과다. 매스컴은 신경이 쓰이고 강의료도 적어 원하지 않는 활동이다. 그러나 부르기만 하면 방송에 열심히 출연해야 했다.

여동생들 교육비와 결혼자금 뒷바라지에 부모 노후대책은 밀렸다. 병원 직원 관리보다 해결해야 할 집안일이 우선이었다. 오빠한테 희생을 강요받은 여동생들에게 경제적인 보상으로나마 미안한 짐을 덜어야 했다.

대학교 다니겠다고 학비만 대달라고 뒤에서 앞에서 울고불고 난리를 쳤던 여동생들. 장남이라는 직책을 잊은 적 없다. 시간이 해결해 주는 법, 모두 시집을 갔다. 어깨의 짐이 가벼워지는 데는 평생이 걸리지 않았다.

어머니는 친구들과 산에서 함께 내려오다 접질려 고 관절이 부러졌다. 병원에 꼼짝없이 드러누워 지내다가 돌아가셨다. 아버지마저 어머니가 돌아가시고 몇 달을 못 버티고 세상을 떠났다.

장수 시대에 단명이라니 할 말이 없다. 조물주가 채워주지 않고 부족한 것을 남긴다더니 틀린 말이 아니다. 100세 인생이라는 말이 우리 가정을 비켜 가 의학의 힘으로도 어쩔 수 없다. 친척이 친구가 부러워할 정도로 '한강의 기적'에 버금가는 성과를 거머쥔들 함께 누려야 할 부모가 안 계시니 무슨 소용이랴. 등산이며 여행이며 운동이며 종교단체 봉사활동도 빠지지 않는 주위 노인들이 부럽다. 부모는 팔순도 못 누리고 떠났으니 말이다.

아내마저 시름시름 기운 없다더니 드러누웠다. 두통이 일상이더니 어지럼증도 있다더니 아직은 이른 나이에 파킨슨병이 시작된 듯하다. 매일 미사를 빠뜨리지 않고 무슨 일만 생기면 성당으로 달려가는 일을 거르지 않는 독실한 신자다. 집안 대소사에 목소리를 내지 않고 조용히 따라와 준 착한 내조자다. 그런데 지금은 활력을 잊고 매일 미사도 잘 걷지 못해 못 다니고 빈자리를 덕지덕지 주름살이 패인 얼굴로 메우고 지낸다. 집에 쉬려고 들어가면 웃으면서 맞이하는 건 외아들도 아니고 아내가 아니다. 빈 거실에서 혼자 돌아가는 텔레비전 소리뿐이다.

남은 가족은 피붙이 몇몇뿐이다. 그들에게 속내 이야길 다하고 사느냐? 그건 아니다. 부모님 제삿날은 반드시 모인다. 아내가 아파 누워있어도 집안 행사는 치러내야 한다. 명절은 자동으로 모이게 되어 있다. 시집간 여동생들이지만 부모 생전에 좋아했던 음식을 장만해 온다. 기특한 일이다. 가족 모임으로 몇 번은 집안이 떠들썩 홍청거린다.

나날을 정해진 틀에 따라 기계처럼 단순하게 보낸다. 사계절을 24절기를 산천을 찾아다니며 기웃거릴 시간도 없다. 수입과 지출의 대차대조표 맞추기를 건성으로 할 수 없다. 우선순위는 이윤 창출이다. 사무장이 있지만, 최종결정권자인 내 판단과 승인이 중요하다. 이 시점에서 내 삶에 만족하는가? 인생에 정답이 없지 않은가?

요트 타고 태양 아래 누워 오대양 육대주를 누비며 여가생활을 즐기고 싶은 청년 시절에 품었던 희망 사항은 머릿속에서만 진행 중이다. 낭만인지 로망인지. 쌓아온 공든 탑을 접어두면 이루지 못할 것도 없다. 몇 달이라도 페이닥터pay doctor를 쓰고 떠나면 가능할까? 병원이 헐겁게 돌아간들 어떠리. 밖으로 나가려고 마음을 먹으면 못할 것이 없다. 그런데, 아직도 걸림돌투성이다. 언제 그 꿈이 실현될지 감감소식이다.

알랭 드롱이 주연한 '태양은 가득히'를 보면서 온몸에 희열이 용솟음쳤다. 지중해 해변의 풍광을 꼭 품에 안으리라. 요트 여행의 대장정에 오르려면 천문학적인 자금과 시간의 여유가 동시에 필요하다. 아름다운 여인과 동행한다면 금빛 돛이 번쩍이는 날개를 펄럭이리라.

나의 여정 그 사치스러운 열망이 실현 가능할까? 목표를 멀리 설정했다. 세계 일주는 정해진 틀에 박혀 지내는 나에게 시기상조다.

$

가까운 곳에서부터 시작하자. 정연이와 속살을 비비면서 밤을 지새운 호숫가! 꿈속 어드메서 가끔 나타나 혼몽에 잠겼던 굶주린 갈망을 찾아가 보기로 작정한다.

마침 손 없는 날이다. 동창생 모임도 없고 가족 모임도 아니다. 휴일 운동도 쉬고 싶다. 온전히 나만의 시간이 늘어나고 있다. 좋은 건지 나쁜 건지 모르겠다.

누워있는 아내에게 잠깐 드라이브하고 오겠다고만 언질을 주었다. 원래도 꼬치꼬치 캐묻지 않는 성품이다. 아프니 소극적으로 변한 아내는 고개만 까딱 끄덕인다. 말로라도 잘 다녀오라는 인사가 생략된다.

주차장에서 차를 타고 밖으로 나왔다. 순종적이라 맘에 들어 결혼을 결심했다. 정연이와 입씨름에 지쳐 신물이 날 지경인데, 내 뜻이라면 지옥에라도 묵묵히 따라 나올 여자였다. 약혼하고서도 중절 수술을 받은 정연이의 처사가 괘씸했다. 처음엔 같이 가자고 해서 따라갔다. 다음부턴 웬지 혼자 일을 처리해버렸다.

심지어 약혼한 후도. 정연이는 나와의 관계가 껄끄러운지 도망치려고 발버둥을 치는 모습이 감각이 둔한 내 눈에도 잡혔다. 처음엔 독특해서 신선했고 정복욕에 불탔다.

매번 만나면 말싸움으로 번졌다. 진의가 의심스러웠다. 찰떡같은 믿음보다 의심을 부추기는 여자를 관리하기가 버겁다. 편히 쉴 여자가 필요했다. 부모와 여동생이 많은 내게 딱 맞는 아내의 무던한 성품! 결혼한 이후에도 목소리를 높이거나 특별히 속을 썩이지 않는 아내라는 점은 인정한다. 그러나 그게 만점이 아니라는 깨달음이 요즘 들어 부쩍 일어나니 내 문제인가 보다. 말을 사면 견마 잡히고 싶다던가?

여동생 문제, 부모 문제 먼저 처리해오다 보니 이상하게도 아내는 뒤로 밀린다. 나서지 않고 묵묵히 집안일을 거드는 아내의 조용한 행동이 수월해서 처신에 신경을 안 썼다. 사소한 감정까지 다치고 싶지 않다는 오기가 작동한 결과다.

죽 뻗은 넓은 도로를 따라 달리다가 지하도를 지나고 고가도로 밑을 지나 시골길을 달려간다. 길이 포장되고 확장되었지만. 산천은 옛날 모습을 어딘가 드러내고 있다.

이곳에 와보기를 그토록 꺼렸나? 양측 도로는 사찰에서 준비한 울긋불긋한 색으로 치장한 연등이 손짓한다. 부처님 오신 날이 코앞으로 다가와 있다. 부모님 마지막 가시는 길 호강하시라고 처음부터 절에 모셨다. 올해도 늦지 않게 직접 연등을 켜드려야겠다고 결심한다. 일요일이라 그런지 도로는 한가하다.

중 고 대학교 동창인 정진규丁陳奎 육촌 여동생 정연이를 의대 페스티벌 파트너로 만났을 때 친구들은 입방아를 찧었다. 둘 사이를 궁금해했다. 그녀가 다니는 캠퍼스와 내가 공부하는 건물이 떨어져 있었음에도 본부에서 진행하는 수업을 들으러 1주일마다 본부 캠퍼스에 대학교 스쿨버스school bus로 왕래하곤 했다.

혹시 만나려나 두리번거렸지만 한 번도 본부 교정에서 우연히 마주친 적이 없다. 서로의 수업 시간이 다르기 때문이다. 그런데 그날 돌아오는 스쿨버스 안으로 정연이가 떠나려는 차에 올라탔다. 가방을 오른쪽 어깨에 걸쳐 매긴 했는데 손안에 가득 대학노트와 교재를 든 차림이었다. 다른 친구들이 버스 안 좌석을 차지하고 농담 반 진담 반으로 떠들고 있었다.

정연이 들으라고 내 친구들이 주고받는 말소리에 이수일이라는 내 이름이 섞여 있었다. 다행히 다른 학생들이 밀려들고 버스는 곧바로 출발하여 엔진 소리에 묻혀버렸다. 그녀는 이상하다는 듯이 잠깐 눈을 뜨고 주위를 둘러보았다. 이내 호기심을 접은 듯 눈을 내리깔고 차창 밖을 무심코 응시하고 있었다.

난 창가에 앉아있던 자리에서 일어나 자리를 양보한다는 핑계로 그녀에게 다가갈 용기는 없었다. 그녀가 먼저 알아보았다손 치더라도 아는 체할 확률은 거의 없었다. 얼핏 풍기는 첫인상이 도도해서 다가가기 호락호락한 상대는 아니라 조심스러웠다.

딱히 만나기로 한 긴밀한 약속도 없었다. 페스티벌 이후 띄엄띄엄 만나긴 했다. 그녀가 틈을 보이지 않고 경계를 늦추지 않아 타인처럼 느껴지던 때였다.

그녀는 우리보다 두 정거장 앞에서 먼저 내렸다. 신호등 앞에 서서 무심한 시선으로 신호등만을 바라보고 있다. 그녀 옆에 바로 버스에서 함께 내린 여학생이 두어 명 같은 자세로 서서 신호가 바뀌기 기다리고 있다. 은근히 그녀의 뒤를 쫓는 내게 옆자리 동창생이 쿡쿡 찔러대며 심문 투로 물었다.

—아직도 그대로냐?

난 의도를 짐작하면서도 모르는 체 딴전을 피웠다.

—단 재미 빠져 있는 친구들 많아졌어. 네 파트너 역시 미인이야. 내버려 두다 임자 따로 만난다. 놓치기 싫으면 선점해버려. 안 그러면 너 루저loser야.

그의 소곤거림이 사탄의 달콤한 유혹처럼 들렸다. 나도 익히 여기저기서 이런저런 소문을 듣고 있었다. 같은 과일수록 요란히 티를 내고 붙어 다녀 주위 시선을 끌었다. 그러다 둘 사이가 냉랭해지고 깨지면 우리 앞에서도 눈치코치 안 보고 으르렁 소란을 피웠다. 한편 남의 일이라 우습기도 하고 안돼 보이기도 했다.

본부에 있는 여대생도 누가 누구와 이런저런 사이라는 둥 누구는 상대를 바꿔가며 사귄다는 둥. 관심을 끄는 여학생일수록 친구들의 입질은 사나웠다. 10대 여동생을 줄줄이 달고 사는 나는 원색적인 말이 비난인지 칭찬인지 혼란스러웠다. 내 여동생이 아니면 괜찮다는 얄팍한 사고는 단편적이라 위험을 초래할 수 있다.

여학생이 헤프다는 낙인을 찍어버리면 함부로 해도 된다, 또는 나도 한번 그 대열에 끼어보겠다는 호기심이 생기는 게 우리네 심사다. 나도 본능을 가진 남자다. 꽃을 거울 속의 그림처럼 멀찍이서 바라보기는, 만져보지도 못한다는 것은 고통이다.

친구들은 은근히 외설적인 농담을 주고받으며 그룹 스터디 group study 중간에 학업에 대한 스트레스를 풀었다. 예외 없이 정연이와의 진행 상황이 도마 위에 올랐다. 나는 긍정도 부정도 안 했다. 그들의 호기심을 내버려 두었다. 그러나 내 맘속으로 차곡차곡 계획을 세우고 있었다. 오늘 내 차로 운전하고 가는 그곳이었다.

수십 년이 흘러 예전의 도로는 찾아내기 어렵다. 천천히 운전하면서 기억을 더듬어 이곳 언저리라는 느낌이 들었다. 산 아래가 훤히 바라보이는 전망 좋은 정자 옆에 차를 세운다. 약간 굽은 도로라 주차하기도 널찍하다. 안내표지판이 있다. 탐방로도 확실하게 굵은 선으로 처리, 마실길 안내 1코스 2코스. 길을 잃을 염려가 없겠다.

실낱으로 흘러내리는 폭포 아래 합류 지점에 저수지가 있고 오른쪽 중간에 자연부락이 흩어져 있다. 저수지를 감싸고 있는 산이나 폭포를 굽어보는 양쪽으로 늘어선 능선들에 초록 물결이 싱그럽다. 반대편 차선으로 산기슭을 받쳐주는 보랏빛 등꽃들이 아롱다롱 늘어서서 눈요기하기 즐겁다.

정자 옆에 트럭이 상주해 있다. 안에 과자나 라면류와 여러 종류의 차가 차곡차곡 선반에 정리되어 있다. 차를 끓일 야외용 버너와 주전자 등 기구를 갖추었다. 40대쯤의 아주머니가 앞치마를 두르고 서성인다. 이동식 플라스틱 의자도 식탁도 두 팀이 앉을 수 있게 놓여있고 간이식 탁자나 의자가 접어진 채 한쪽에 치워져 있다.

남자 둘이 마주 앉아 환담을 주고받고 있다. 농사 관련 이야기인가 보다. 내쪽에 앉은 남자는 백발이고 반대편 남자는 젊어 보인다. 나는 지나가는 말처럼 물었다.

"여기 나룻배가 있을 텐데 없어졌나요? 요즘은 나룻배 안 드나드나요?"

흰머리를 짧게 깎은 나이 지긋한 남자가 먼저 내 말에 즉각 응수했다.

"아저씨는 어디서 왔길래 이곳 사정을 그리 판박이로 아시오?"

묻는 말에 대한 대답 대신 동문서답이다. 난 뜸을 들일 필요를 느껴 아줌마에게 칡차를 끓여달라고 주문 먼저 하고 남자를 건너다 본다.

"이 동네 오래 사셨나요?"

난 노인 옆 빈자리에 앉아 끈기를 가지고 다시 물었다.

"일흔 넘도록 태어나서 고향을 떠난 적 없소. 젊은이들 슬금슬금 돈 벌겠다고 마을을 등져버렸소. 늙은이들만 남아 마을 지키는 거 우리 동네뿐이 아니것지만."

딴청 부리는 노인네 앞에 앉은 젊은 남자가 말을 거들었다.

"도로가 새로 뚫려 나룻배 없어진 지 오래됐어요. 그전엔 종점에서 내려 나룻배를 타고 건너야 마을로 갈 수 있었지요."

젊은 남자의 친절한 설명에 내가 즉각 말을 받았다.

"아까 안내판 보고 생각났어요. 수만리! 물가 옆이라 전망 좋으니 모텔 지었죠?"

내 엉뚱한 호기심에 노인이 혀를 끌끌 찼다.

"낚시꾼이 모여들면 나룻배를 고깃배로 사용해요. 어디서나 모텔 지으면 영업 되나요? 동네 사람만 보고 장사 되겠소? 차 타고 더 달려요. 저수지 건너 반대쪽 화려한 다리 지나면 음식점도 있고 모텔도 있지요. 사람이 모여야 돈벌이가 짭짤한 거요. 수만리는 산 중턱을 깎아 새 도로 내면서 귀빠졌어요."

조용히 듣고만 있던 젊은 남자가 물었다.

"아저씨는 타관 사람 같은데 어떻게 옛날 일을 소상하게 알고
있나요?"

나는 좀 머뭇거리다가 그대로 다 고백하기로 작정해버렸다.

"70년대에 이곳에 온 적 있어요. 나룻배를 타고 와서 하룻밤 묵
었지요. 민박집이었어요. 당산나무가 집 앞에 있었지요. 시외버스
를 타고 종점에 내렸는데 그게 막차인 줄 몰라 놓쳤거든요."

나는 그때가 소상하게 떠올라 주문한 칡차를 탁자에 올려놓고
눈을 감는다.

우리는 그날 만나서 시외버스를 타고 종점에 내렸다. 그 앞은
저수지였다. 찰랑찰랑 푸른 물살이 산기슭을 휘돌아가며 일렁이
고 있다. 우리는 무작정 산길을 걸어 올라가서 저수지 아래를 굽
어보았다.

종점에서 잠시 쉬던 버스가 떠나는 모습이 보였다. 뛰어 내려가
도 늦었다. 저 멀리 달아나버렸다. 시외버스를 타면서부터 속으로
계획은 세웠다. 실현 가능성은 미지수였다. 즉흥적으로 다시 나룻
배가 매어진 선착장까지 걸었다. 시외버스가 머물던 공터는 멀어
졌다. 집에 돌아가려면 그 차를 도로 타야 하는데 정연이에게 묻
지도 않고 양해를 구하지도 않았다. 택시로 그곳을 빠져나올 여윳
돈이 없었다.

수만리라는 동네다. 나도 처음이지만 정연이도 낯선 곳일 텐데 좋다 싫다 반응이 없다. 저수지의 맑은 물을 보고 환호성을 지르지도 않는다.

뱃사공이 있어 나룻배 안으로 들어가 앉았다. 그리 넓은 호수는 아니었다. 그랬어도 30여 분을 호수처럼 맑은 물 위를 배 안에 앉아 흔들리다가 우리를 뱃사공은 마을 앞에 내려주고 떠났다. 당산나무 바로 앞 민박집에 평상이 있었다. 우리는 평상 위에 앉았다.

어느덧 날이 어두워져 있었다. 저녁밥을 시켜 먹고 우리는 마루에 걸터앉아 밤하늘에 총총히 뜬 은하수와 별 무리가 달빛 따라 움직이는 정경을 신기하다는 듯이 바라보았다. 공원 벤치에 앉아 떨어지는 잎들을 하염없이 바라보곤 했던 편안한 자세 그대로였다.

나는 남성으로서의 욕심을 채웠다. 어색하고 서툴지만 끓어오르던 욕망을 분출했다. 그러나 야수는 아니다. 그녀를 당겨 안으니 거부하지 않고 기다렸다는 듯이 스르르 따라왔으니까. 그대로 분위기에 따라 호흡을 조절했을 뿐이다. 하룻밤이면 만리성을 쌓는다던가? 수만리에서 우리는 만리성을 돈독히 쌓았다.

그러나 이것은 고뇌의 시작점이다. 누군가를 내 사람으로 여기고 내 분신으로 잡아당겨 친밀하게 몸 안으로 끌고 들어오고 나간다는 건 그 행위 자체로 끝날 수 없다. 부수적인 것들이 불쑥 목소리를 내밀며 경쟁을 한다.

잡다한 사건들이 어지럽게 흩날려 나는 자연의 숨결에서 쓰디쓴 입맛을 다신다. 저수지는 산 아래 검푸른 물결을 조종하면서 구불구불 얼굴을 나타냈다가 사라진다.

"밥값만 받고 공짜로 재워주었지요? 우리 동네 인심 좋아요. 그 시절 버스가 자주 안 오고 버스 종점과 마을이 멀었지요. 도시 일 보러 나가려면 큰맘 먹고 하루를 버려야 했지요. 도로도 뚫리고 자동차도 흔해져 도시와 가까워지니 오히려 다 버리고 떠났어요. 공기는 맑고 좋은데 그거로 못 산다고 아우성들이지요."

노인은 자신의 젊은 시절 회상에 잠긴다. 내가 꺼낸 이야기에 살을 붙인다.

난 아직도 생생한 장면들을 퍼 올리며 수심에 잠긴다. 두 남자와 이야기 나누는 자체가 매끄러운지 껄끄러운지 신경이 쓰이지 않는다. 상담도 돈을 버는 처지도 아닌 자유의지로 하는 대화니까 말이다. 노인이 스르르 눈을 감는다.

"아저씬 웬일로 이곳에서 옛일을 물어보나요? 같이 묵은 사람이 여자였나요?"

젊은 남자가 호기심을 참지 못하는 듯 넘겨짚고 불쑥 물었다.

"대학교 다닐 때 같이 놀러 온 여학생이었어요."

난 솔직하게 사실을 털어놓았다.

"여학생과 사랑을 속삭이려고 이 마을에 숨어들었군요, 그 여자와 결혼했나요?"

젊은 남자가 사연이 궁금한지 말을 계속하게 만든다.

"도중에 사정이 생겨 그러지 못했네요."

캐묻는다고 솔직하게 시시콜콜 답하는 것도 우습다. 일일이 설명 못하니 나도 모르게 가벼운 한숨을 내쉰다.

"아저씬 낭만이 남아 있군요. 추억 찾아 나들이왔군요? 서로 소식은 주고받나요?"

젊은 남자의 호기심은 사생활을 속속들이 알고 싶다는 듯 끝없이 이어진다.

"서로 바쁘다는 핑계로 싸우고 헤어져서 잊자 하니 잊었네요. 어떻게 원하는 대로 인생이 살아지던가요? 개울물도 만나고 흙탕물에 젖으면서 살아야 하지 않던가요?"

처음 만난 두 남자에게 앙금처럼 가라앉아 있던 이야기를 털어놓으니 얹혀있던 응어리가 내려가는 듯하다. 차양 모자를 쓰고 있어서 표정을 알 수 없지만. 앞치마에 연신 손을 닦으면서 아줌마는 듣고 있는지 한 귀로 흘리는지 무표정이다.

칡차를 천천히 음미하면서 마시는 나를 흘끔 눈여겨보더니 커피를 마시고 입맛을 다신 노인과 젊은 남자는 일어설 차비다. 난 말을 이어 감상적인 기분으로 끝맺었다.

"아련한 추억을 되새김할 수 있어서 나쁘지 않네요. 늦은 감 있지만. 늘 그리웠는데. 오늘에야 찾아오다니, 참으로 무심했지요."

나는 그들이 떠난 후 아줌마와 한담閑談을 주고받으며 여정을 마무리해야 했다. 차를 마시면서 오랜만에 속내 이야기를 풀어놓으니 후련하였다. 맺힌 무언가가 스르르 풀리는 느낌이었다.

집으로 돌아오는 마음은 가벼워졌다. 좀 더 있고 싶지만, 늦어지면 안 될 거 같다. 다음에 그 민박집을 찾아보리라 작정했다. 오늘은 잠깐 나갔다 온다고 했으니 증상이 점점 심각하게 병들어가는 아내 곁에 있어야 했다. 아내가 오해할 빌미를 주긴 싫다. 오래 기다리게 하는 게 거슬렸다.

$

자투리 시간은 취미로 때운다. 바둑도 장기도 한때 몰입해 본 적 있다. 병원에서 이익을 창출해야 하기에 머리가 아파 그 취미들은 접어두었다. 온몸이 사정없이 분초를 가리지 않고 필드를 움직이는 좋아하던 운동으로 때운다. 단순한 게 마음 다스리기에 효과적일 때가 있다.

선수로 축제 기간에 탁구 단식과 복식에 출전하기도 했다. 친구들조차 내 성격 어디에 강한 승부욕이 샘솟는지 모르겠다고 놀라워했다. 상대방이 서브에서조차 받지 못하고 우물쭈물하게 만드는 내 스핀볼 기술이 관중의 관전 포인트로 인기를 끌었다. 와아! 하는 함성이 지금도 귓가에 쟁쟁하다.

탁구공의 재빠른 움직임을 보면서 제갈량처럼 신출귀몰한 활약이 어디서 숨어 있다가 뛰쳐나왔느냐, 그 수법을 적재적소에 적용하는 게 대단하다고 같은 과 친구들이 응원하면서 탄복하던 때가 엊그제 같다.

이젠 시간 나면 테니스장으로 달려간다. 근육이 중고 때부터 운동으로 최적화되어 있다. 따로 준비운동이 필요 없다. 테니스와 탁구는 사촌이다. 오직 테니스공과 테니스 라켓만 나를 제대로 반겨 맞아 준다.

$

집에 돌아왔는데도 창문에 어렴풋이 옛 생각이 어린다. 한가한 시간도 아닌데 문득문득 비집고 들어와 떠오르는 얼굴이다. 물끄러미 나를 바라보는 얼굴이다. 원망도 미움도 지워진 밀랍 같은 초췌한 얼굴이다. 죽을 때까지 잊히지 않을 얼굴이다. 잊을 수 없는 얼굴이다. 인력으로 지우려 할수록 도리질하며 가슴을 파고든다. 근데 인상이 왜 달라졌을까? 야생마 같은 기질이 펄펄 날아다녔는데 풀이 죽어 있다. 의미심장하다.

정연이, 바로 그녀다. 고집쟁이에 외통수 성격을 가진 그녀. 극과 극을 달리는 여대생이었다. 그게 오히려 묘한 매력으로 다가왔던 불장난의 파편들. 그 회억에서 허우적거린다.

그녀는 페스티벌에서 내 파트너였다. 그녀는 신입생이었는데 정진규가 선뜻 여동생을 소개해 주었다. 사거리에 있는 '임금님다방'에서 차를 마시고 얼굴을 익히고 간단히 인사를 나눈 뒤 헤어졌다. 페스티벌 개최하는 날 오후 다섯시에 '황태자다방'에서 만나기로 약속이 되었다.

그런데 내 기억이 잘못 입력되어 처음 만났던 임금님다방으로 가서 기다리는데 그녀가 나오지 않았다. 분명 약속했는데 바람을 맞힐 참인가? 내가 못생겼나? 매력이 없나? 별별 방정맞은 생각을 하면서 무료하게 앉아있었다. 음악이 어찌나 귀청을 찢어대는지 정신이 오락가락했다.

나는 되도록 괴외시간을 늘리려고 했다. 용돈을 보충해야 했다. 의대 학비도 비싼데 용돈까지는 염치없는 노릇이다. 모아놓은 재산이 없는 부모는 기본 교육비도 쩔쩔맸다. 어머니 말을 그대로 인용하자면 없는 집 제사 돌아오듯 한다는 거였다.

밑으로 여동생이 여섯 명, 아들 하나를 더 낳으려는 노력이 결국 아들 하나로 끝나버린 가정이다. 자연 나는 어릴 때부터 책임감이 배어있다. 여동생은 고등학교를 졸업하면 바로 직업전선으로 나가야 한다. 대학은 감히 꿈도 못 꾼다. 그들의 강요된 희생으로 난 등록금이 비싸고 수업연한도 긴 의과대학에 다닐 수 있디. 그래서 여동생을 향한 미안함이 밑바닥에 깔려 있다.

가족의 분위기는 그랬다. 내가 우선이었다. 내가 중심을 잡아야 가정이 힘이 펴게 된다. 대가족을 이끌어야 한다는 결심이 어린 시절부터 싹 터 있었다. 초등학교부터 고등학교까지 줄줄이 연결된 여동생들의 학비도 만만찮았다.

여동생들은 개성이 강했다. 밥 먹을 때마다 누군가 농담을 시작해서 웃어대곤 했다. 텔레비전을 보면서도 항상 호호거리곤 했다. 여자들의 웃음소리에 길들여서 지내왔다.

여자들 천국인 우리 집에 머무는 게 안 좋다고 사내의 기를 다 뺏어간다고 안달이었다. 나를 자꾸 밖으로 내몰았다. 집 앞 탁구장을 단골 삼아 기웃거리면서 학창 시절을 보냈다. 대개 많이 걸었다. 시내버스를 타지 않고 자전거도 즐겨 타지 않았다. 걷는 게 취미가 돼버린 나. 걸으면서 미래를 설계하기 안성맞춤이다.

우리나라는 반도라는 지정학적으로 유리한 위치를 선점해서 나라 발전의 기틀을 다져야 했다. 그런데 해상왕 장보고의 쾌거를 잠깐 누렸을 뿐 광대한 대륙 밖으로 세력을 뻗어나가지 못했다. 오히려 열강의 무자비한 침탈로 쪼그라든 역사가 답답했다. 바다를 호령했던 이순신의 활약이 대대손손 전통으로 이어지지 못한 점도 아쉬웠다. 남북이 이념과 사상으로 꽉 가로막혀서 폐쇄된 문화와 문명을 답습하고 대륙 진출을 포기해버리는 풍토가 싫었다.

삼국지 중요 장면을 꿰고 있어서였는지 모른다. 광활한 대륙을 천리마 타고 달리고 싶었다. 이웃 중국과 러시아의 관계도 철통같은 공산주의 사상으로 장막을 친 암울한 시절, 허허벌판에서 야망을 펼치고 싶었다. 오대양으로 나가고 싶었다.

육지보다 항해가 유리했다. 항해사가 되어 세계 방방곡곡을 누벼야 했다. 그러려면 해군사관학교로 진학해야 했다. 부모의 결사반대로 그 꿈을 접었다. 아들을 멀리 보내기 싫고 곁에 두고 싶다고 했다. 바다를 동경했으면서 거역하지 못했다.

나는 수학을 잘했다. 과외 교사로 수학이 인기였다. 공식에 대입하여 문제를 푸는 요령이 있었다. 고등학교 수학을 가르치며 용돈을 벌었다. 그날도 오전 수업이 끝나자마자 재수생의 수학 과외를 마치고 온 참이었다. 그러다 보니 시간이 넉넉하지 않아 딴생각에 골몰하느라 임금님과 황태자를 혼동했을 가능성이 있다. 다방 안의 대부분을 차지하는 대학생들은 별 관심이 없는지 열심히 자기 목소리를 높여가며 떠들어댔다. 음악과 대화가 묻히고 섞이어 혼자 앉아있는 내 모습이 처량했다. 곰곰이 간추려 보니 만날 장소를 혼동하고 있는 게 분명했다.

다방 이름이 '임금님'과 '황태자'였고 그 둘은 같은 도로변에 있었다. 30분 지나 임금님의 명령 아래서는 꼼짝없이 따라야 하는 황태자로 건너갔더니 두 다방의 분위기가 엇비슷해서 구별이 안될 정도로 시끄러운 음악이 반가이 맞아 주었다. 그녀는 물그림자처럼 혼자 상념에 젖어있었다. 내가 다가가 그녀와 눈을 마주칠 때까지.

착각으로 늦었음을 변명하느라 진땀을 뺐다. 첫 만남에서 어리숙한 내 모습이 그녀에게서 신뢰감을 거두어들이면 안 되었다. 고백하지만 난 그녀의 야성적인 눈매에 얼얼했다. 감추려고 해도 저절로 드러나는 본성을 읽은 나는 얼떨떨했다. 친구들도 예쁜 여대생을 찾아냈다고 시샘이다. 첫인상에 대한 느낌은 틀리지 않는 모양이다.

그녀는 어깨까지 내려오는 생머리 차림이었다. 가르마를 타지 않았는데도 오른쪽으로 머리카락이 살짝 넘겨져 있었다. 이마가 짱구처럼 불거진 것도 아니면서 넓지도 좁지도 않았다. 시원하고 명석해 보이는 이마였다. 콧대는 곧고 적당히 높았다. 이마와 잘 어울리는 턱이다. 눈썹도 손질 안 한 티가 났다. 화장기는 없다. 서양적인 윤곽이 뚜렷한 이목구비는 날카로운 표정을 숨기지 못한다.

옷차림은 무릎을 살짝 덮는 진보라색 원피스였다. 서울에서 대학 다니던 막내 이모가 물려준 옷이라고 스스럼없이 말할 정도로 천진스럽기도 하다. 굽이 높지 않은 진갈색의 편한 구두를 신었다. 연갈색 스타킹을 신었다. 립글로스도 화장기도 없는 얼굴이다. 허리, 가슴의 선을 강조하지 않았어도 신입생 느낌이 있는 디자인이다.

나중 그녀가 약시 어쩌고 하면서 동의를 구했을 때도 시력이 유난히 좋아 걱정해 본 적 없는 나는 공감력이 없었다. 내 약점을 고백한답시고 심장이 오른쪽에 있어 친구들에게서 놀림을 받아왔다고. 고교앨범에 심장이 오른쪽에 있는 녀석이라고 추억의 낙서장에 쓴 낙서가 남아 있다고. 보통 사람과 반대 위치에 놓여있는 장기라 환갑을 넘기지 못할 거라고 장수長壽와는 담을 쌓은 듯 너스레를 떨었다. 젊은 우리가 오래 살고 싶어 할 리 없기에 그 말은 설득력이 없는 빈말이었다.

첫인상의 그녀는 꽃봉오리가 봉긋 올라오는 흑장미를 연상시켰다. 아침이슬 머금은 장미꽃 한 송이 그대로였다. 잇속도 가지런했다. 말 한마디 한마디 발음이 또렷했다. 낭랑하게 똑 부러진 당찬 성격을 뒷받침하고 있었다.

오해를 풀자 우리는 차를 간단히 마시고 페스티벌 장소로 이동하기 위해 같이 의대 캠퍼스 쪽 2차선 도로를 한쪽으로 비켜 가며 걸었다. 적당히 떨어져서 걷기가 어색하고 불편했다. 두어 발 앞서 그녀와 보조를 맞추며 천천히 걷는 모습이 꼭 방금 맞선 보고 결혼식을 마친 신혼부부 같았다.

페스티벌이 열리고 있는 후문 쪽에선 라이브 음악이 참가자들을 들뜨게 했다. 나는 본관 뒤 실험실 쪽으로 그녀를 이끌었다. 딱히 그녀에게 뭘 보여주어야겠다고 작정한 것은 아니었지만 의대생이 아니라면 호기심을 가지고 볼 만한 새로운 구경거리라 여겨졌다. 주위는 캄캄해지고 있었다. 다행히 실험실은 문이 열려 있었다.

그녀를 모르모트들이 오르락내리락 왕래하는 철망 앞으로 끌었다. 왜 하얀 쥐를 가지고 실험을 해야 하는지 이유를 설명해 주었다, 인간과 쥐의 DNA가 비슷해서 사람을 직접 대상으로 삼아 실험할 수 없기에 쥐로 실험을 할 수밖에 없다고 말했다.

그녀는 귀 기울여 듣고 있었다. 각각의 철망 속에서 쥐들은 우리의 이야기를 알아듣는지 마는지 열심히 달리기하는 녀석도 있고 잠자코 우리 안에서 자리를 지키고 얌전히 앉아있는 녀석들, 다른 쥐들과 뭐라고 속살거리는 녀석들로 제각각이었다.

우리는 쥐를 관찰하고 주변을 잠깐 거닐면서 오월의 밤을 즐기다가 페스티벌 대열에 합류했다. 어색함이 누그러져 있었다. 지인을 만난 것처럼 유쾌했다. 좀전의 다방에서의 실수는 내 우스갯소리 뒤로 묻혔다.

—공부만 했나 봐요? 대학교 입학까지 여러 등용문을 통과하기 힘든데.

1970년대는 입시가 예비고사, 본고사로 나뉘어 첫 번째 문을 거쳐야 둘째 문도 들어올 자격이 있으니 찬사로 운을 뗐다. 그녀의 대답은 한술 더 떠서 같이 웃자고 덤비는 꼴이었다.

—고3 때 학과 공부에 매달렸어요. '한 잔의 추억'을 몰라 친구들이 간첩이라고 놀렸다니까요.

우리는 네 명씩 앉을 수 있도록 교정 곳곳에 적당한 간격으로 팔을 벌리고 서 있는 나무 사이사이에 의자와 둥근 테이블이 차려진 빈 곳에 가서 앉아 라이브 음악에 발장단을 맞추고 있었다. 밥 먹을 시간을 놓친 학생들을 위해 음료수와 간단한 다과가 원형 탁자에 차려져 있었다. 그녀는 건강하고 씩씩하게 다과를 먹고 음료수도 건배 소리에 맞추어 마셨다. 살짝살짝 미소를 머금었는데 동화 속 알프스 소녀 같았다.

같이 걸어나와서 원을 그리면서 쌍쌍이 경쾌한 춤곡에 맞추어 손을 마주 잡았다. 빙빙 돌아가는 축제 음악과 현란한 불빛이 밤하늘을 수놓았다. 본관 건물 위로 떠 오른 달덩이는 휘영청 밝았다. 별빛이 놀라서 숨어버릴 정도로 환했다. 가로등이 밝은지 달빛이 밝은지 내기를 하고 있었다.

살로메가 떠올랐다. 니체의 마음을 휘감았던 여자다. 그 해박한 지성과 자유분방함으로 현인들의 마음을 사로잡아 상대방이 자살해도 끔쩍 안 한 여자가 아닌가? 그 냉철함 때문에 더욱 당대의 표적이 되기도 했던 살로메! 달빛과 불빛이 차례로 그녀 옆모습을 오버랩overlap해가며 지나간다.

우리는 내년을 기약하면서 성공리에 첫 번째로 개최한 페스티벌을 마치고 만면에 만족한 웃음을 지으며 뿔뿔이 각자 집을 향하여 멀어져 갔다. 우리들의 발길을 경쾌한 음악이 뒷받침하듯 마중하고 있었다. 그들의 무언의 축복을 받으며 나도 그녀와 함께 아쉬운 마음으로 교정을 나섰다. 그대로 헤어지기가 섭섭했다.

자취하는 집을 향해 우리는 교문에서 나와 왼쪽으로 걸었다. 황태자다방과는 반대쪽이다. 철길을 건너 앞으로 나아갔다. 그 길은 산자락과 연결되어 있다. 봉우리까지 숨을 조절해가면서 산책하듯이 올라갔다. 개 짖는 소리가 멀리서 들렸다. 한밤중이 가까워 져서인지 인적이 거의 끊어져 있었다.

내가 용기가 있었다면? 내 생애 최초로 그 황홀한 분위기에 휩 싸여 다짜고짜 그녀를 끌어안고 이마에든 코에든 눈썹에든 입맞 춤을 시도했을 것이다. 이제 좀 어색함이 풀렸다고는 해도 갈 길 은 멀고도 멀었다. 턱 안심을 하고 잠자코 따라오는 발자국과 숨 소리가 너무 생생해서 나는 숨이 턱턱 막히는 듯했다.

달빛 아래 산은 신비로운 자태로 우리를 굽어보면서 웃음 짓고 있었다. 밤기운이 차지도 덥지도 않았기에 흐뭇했다, 그녀는 철길 건널목에서 멀지 않은 곳에 방을 얻어 남동생과 자취하고 있다고 했다. 이제 헤어져야 한다. 내일을 기약할 수밖에 없다. 대문 앞에 서 그녀를 들여보내고 뒤돌아서 집 쪽을 향해 걸었다.

집까지는 꽤 먼 거리다. 걸음을 재촉해야 통금에 걸리지 않을 정도로 시간이 흘러 있었다. 땀이 날 정도로 걸었다, 흥분이 가라 앉았다. 조금 전까지의 첫 데이트가 꿈인지 생시인지 전신이 후들 거렸다.

그 뒤로 나는 그녀를 시간만 나면 만났다. 같이 차를 마시고 점 심도 먹고 저녁도 먹었다. 개봉하는 영화는 놓치지 않고 꼭 보러 영화관에 같이 갔다. 예쁜 여학생 앞에서 작업을 걸지 않는다는 건 남자에게 뭔가 부족하다는 걸 보여주는 것이다. 상식적으로 난 정상인이었고 그러면서도 숙맥이었다.

만나면 이야기가 길어지고 걷는 발걸음은 공원으로 옮아갔다. 만날수록 같이 있고 싶은 갈증은 커졌다. 같이 있으면 세상을 다 가진 듯 뿌듯했다. 솔직히 헤어지기 싫었다. 그녀의 팔 안에 잠들고 싶었다. 황당하고 지나친 욕심인가? 떡 줄 사람은 생각도 안 하는데 무슨 망발이냐? 그럴 형편이 아니었기에 꾹 참아내야 했다.

만남은 밀착되어갔다. 구름이 햇살이 우리의 만남을 감시하듯 잠자코 따라다니면서 은연중에 보호해주었다. 그런데도 항상 뭔가가 부족한 느낌이었다. 갈증이 심할수록 행동반경은 점점 넓어지고 만나는 시간의 길이도 길어졌다.

산장 같은 민박집에서 하룻밤을 꼬박 보낸 이후, 산을 같이 오르고 눈길에 푹푹 빠지면서 놀러 갔다. 쾌속정을 타고 밤배를 타고 유람하기도 했다. 시간이 바쁘다고 만날 시간이 없는 게 아니었다. 중요한 건 마음이었다. 마음만 먹으면 무심한 돌도 뚫을 것이니까.

아, 여기서 나는 말이 막힌다. 더 써나가기가 겁난다. 순수하지만, 도발적으로 보이면 움츠러들기도 했던 그녀를 적당한 거리에서 지켜보기가 그리 힘들었을까? 같이 밥 먹고 이야기 나누고 그것만으로는 부족했던 것인가? 장래를 약속하고 그에 대한 청사진을 짜기엔 기다려야 할 세월이 너무 길었던 까닭인가?

그녀의 생일에 큰맘 먹고 보안경으로 햇빛을 가릴 수 있는 선글라스를 사주었다. 안경을 안 쓸 때보다 쓸 때가 훨씬 예뻐 보였다.

그녀의 고마워 어쩔 줄 모르는 표정이며 행동에 도리어 내가 너무 소홀했구나 싶어 미안할 지경이었다.

구태여 끓는 젊음 어쩌고 하면서 일탈 행동을 합리화할 참인가? 결론적으로 말하면 그렇다. 한발씩 자꾸 앞으로 나아가게 되었는데 적당한 거리에서 마주 보며 다음을 기약했어야 했다. 그러지 못한 건 구차한 변명같이 들린다. 의지가 약해서는 아니다. 아마 그녀의 발랄함과 내 모험심이 상승 작용했을 것이다.

여동생이 많은 나는 망설였다. 다정한 눈빛을 주고받는 것으로 갈증이 풀리지 않는 게 남자의 몹쓸 욕망인지 몰랐다. 아마도 그녀가 강경하게 주장했다면 나아가지 않았을지도 모른다. 나는 그녀를 잃고 싶지 않았다. 원하지도 않는데, 나아갔다가 걷어차이고 싶지 않았다. 그녀는 내 청춘에서 가장 소중한 별빛 달빛 같은 존재였으니까.

아니 나아가지 않았어야 했다. 그 무모한 열정은 커다란 상처를 동반한다는 사실을 그녀도 나도 예측하지 못했으니까. 우리가 알 수 없는 미래를 위해 저지른 행위의 대가는 엄청났다. 그녀의 속살을 탐한 이후로 그녀는 돌변했다. 예전의 순수한 소녀의 모습이 아니고 때때로 앙탈을 부렸다. 이유를 몰랐다.

처음엔 그녀가 산부인과에 같이 가자고 했을 때 멋모르고 따라나섰다. 전신마취 후 인공중절 수술을 마친 후 그녀는 몹시 지쳐 보였다. 병원에서는 둘을 신혼부부로 여겼는지 이거저거 꼬치꼬치 묻지 않고 바로 일을 말끔히 처리해주었다.

그 병원에서는 미역국을 끓여왔다. 그녀는 우는지 웃는지 표정을 알 수 없게 꾸역꾸역 미역국을 밀어 넣었다. 임신인 줄 몰랐기에 까딱 잘못했다간 수술하다가 생명이 위험할 수도 있는 기간이었다. 좀 늦은 시기의 첫 중절 수술이라 그녀는 온갖 느낌을 받은 듯했다. 고통과 마음의 가책도 우리는 같이 겪었다.

그 후 그녀는 악착같이 나를 거부했다. 이제 만나지 말자, 헤어지자는 말이 단골 메뉴가 되었다. 먹기 싫은 안주로 등장했다. 나는 죽을 때까지 책임을 질 작정인데 그녀는 책임 어쩌고에 오히려 짜증스럽게 반응하여 신경을 곤두서게 했다.

친구들 소문으로 한번 몸을 허락하면 버릴까 봐 필사적으로 매달려 귀찮게 따라다니는 게 여자의 속성이라는데 그녀는 정반대였다. 그녀의 반발에 내 승부욕은 뜨겁게 타올랐다. 그럴수록 포기하기 싫었다. 아니 절대로 포기할 수 없었다. 어떻게 얻은 기회인데 허무하게 날려버릴 수는 없는 일이다.

그녀는 자조하듯이 일찍 죽을 건데 몸뚱이가 만신창이든 뭐든 무슨 소용이냐고 엉뚱한 말을 아무렇지 않게 내뱉었다. 난 뭐가 부족해서 그러나 남들이 부러워하는 대학생인데. 그녀가 자학적으로 자신을 비하할 때마다 심정적으로 병들었다는 사실에 대해 놀랍고 안타까웠다.

그녀의 레퍼토리가 계속될수록 내 레퍼토리도 똑같았다. 절대 헤어질 수 없다. 헤어지자는 말이 억울하여 나도 모르게 눈물이 흘러내렸다. 생이별은 없다. 사별은 어쩔 수 없다손 치지만. 끝까지 함께 가자는데 뭐가 불만이야. 내 진심을 갈기갈기 찢어놓기가 재미나니. 쓸데없는 걱정 마. 시각 장애인이 되더라도 버리지 않을 것이니. 대단한 도덕군자인 척 가증스러운 위선을 떨었다.

그녀의 집안이 시골에서 알아주는 부자라 안심해서인지 가끔 그녀가 데이트 비용을 대기도 했고 중절 수술비는 애초에 나에게 요구하지도 않았다. 그녀가 암암리에 처리했다. 그 부분에서도 나는 그러려니 미안한 느낌이 안 생겼다. 당연하게 받아들였다. 여자들 속에서 자랐다지만 그녀의 속을 속속들이 알아차릴 수 있겠는가?

줄다리기가 계속되면서 만남이 줄었다. 나는 의사고시 때문에 발등에 불이 떨어졌지만. 그녀는 학교를 졸업하고 시골로 직장을 얻어 떠나버린 뒤였다.

그녀는 남 말하듯 직장동료가 그녀에게 한 말을 그대로 옮겼다. '골키퍼 있다고 골 못 넣나?'더란다. 나 들으라고 하는 소리 같았다. 나는 본과 4학년이라 마음이 싱숭생숭했다. 잔잔한 호수에 돌을 던져 파문을 일으키며 내 반응을 즐기는 악취미를 가진 여자가 그녀였다. 그녀는 별로 나를 아쉬워하지도 기다리지도 않는 듯했다. 그럴수록 내 심리는 묘하게 반대로 작용했다. 그녀의 분방한 의식을 무슨 끈을 써서라도 바짝 조여 매야 했다.

놀라운 일은 또 있었다. 내가 공부하다가 머리를 식힐 겸 그녀와 약속도 안 잡았는데 느닷없이 버스를 타고 그녀의 자취방을 찾아갔다. 그녀는 바로 돌아올 참이었는지 문을 잠그지 않고 잠깐 외출했다. 그녀 자취방에 들어가 보니 그녀는 없고 쓰다만 일기장만 한쪽에 처박혀 있었다. 그곳에 쓴 일기를 훔쳐보며 기절초풍을 했다.

내가 얻은 건 무엇인가? 여러 번의 낙태 수술(지금까지 겪어온 세 번은 확실히 기억하는데 그 뒤론 세기 싫어질 것이다. 산수를 싫어하는 내 성격상) 끝에 얻는 피 같은 통한은 필수 불가결한 통과의례인가?

'토지'에서 귀녀는 신분 상승을 위해 최치수의 관심을 받아 그의 아기를 임신하게 해 달라고 사당에서 밤마다 몰래 들어가 빌지만 실패한다. 그 목적을 단념할 수 없는 그녀는 결국 최악의 다른 해결책을 모색한다.

김평산과의 관계에서 아이가 들어선다. 이 기회를 놓칠 수 없다. 마침 병으로 골골하던 최치수를 살해하고 그의 아이라고 당당하게 말했다가 사실이 발각되어 비참한 최후를 맞이한다. 그녀의 간절한 기도가 하늘에 닿지 않아 젊은 목숨과 맞바꾼 것이다.

그녀의 어수룩하지만 치열한 음모가 눈물 난다. 동정이 간다. 시력을 회복하고 싶다는 목적을 위해서라면 아까울 게 없는 나다.

헬렌 켈러가 3일의 빛을 달라 소망했듯이 단 며칠이라도 제대로 된 환한 세상을 멀리 보고 싶다. 그것을 위해서는 어떤 고난의 길이라도 기꺼이 가겠다. 어차피 오래 살 팔자(?)는 아닐 테니.

내 의도는 거기에서 출발했을 터. '좁은 문'의 알리사와 제롬처럼 플라토닉 러브에 대한 지극한 공경심으로 살아온 내가 단숨에 젊은 몸뚱이를 구렁텅이에 던졌다? 원인은 단 한 가지다. 초등학교 5학년 이전 정상 시력으로 되돌아가고 싶어서다.

원추각막 수술이 왜 어려운가? 생체 각막이 수술재료이기 때문이다. 내 생전에 이룰 수 없는 허망한 야망이 될 수밖에 없는 이유다. 몸만 흙탕물에 젖어버린 나. 남은 건 헝클어진 상념들과 부스러진 몸뚱이뿐이다. 전신마취가 안겨 준 기억력 쇠퇴. 느닷없이 밀려오는 허벅지 근육 통증으로 무너지는 나날들. 누구에게 하소연하리.

난 고등학교를 헛다닌 거나 마찬가지다. 영어단어 하나 외려고 힘을 기울이고 수학 공식에 대입하여 문제 하나 더 푼 게 요즘 와서 무슨 소용이냐? 성교육을 받은 적 없어 임신에 대한 기본소양도 없는 무식한 내 탓이다. 태산이든 심해든 내가 다 안고 가야 할 몫이다.

그는 인체를 다방면으로 전공하면서 피임법은 모른단 말인가? 피임을 왜 안 한단 말인가? 왜 노력도 안 한단 말인가? 왜 물어보지도 않는단 말인가?

나중 임신 주기가 있다는 걸 알았다. 그게 만사가 아니다. 혼자 노력으로 해결될 사안이 아니라는 건 이미 여러 번의 결과로 입증된 사실이다.

자기 몸뚱이 아니라고 나를 소홀히 여기는 탓이다. 날 정말로 아끼려는 마음이라면 절대 이런 상태로 날 내버려 두지 않는다.

일기는 여기서 끝나 있었다. 난 그때 그녀가 왜 그렇게도 날 떠나려고 발버둥을 쳤는지 실마리를 찾은 것 같았다. 지성인에게 미혼 상태에서 혼외자 출생이라니 사회에서 용납되지 않는 질타의 대상이다.

조금만 기다리면 우리는 원하지 않는 임신에 대한 공포감에서 벗어날 수 있다. 조금만 기다려 다오. 내가 자립할 때까지만. 그때 내게 든 생각은 쾌씸함이 아니라 미안함이었다. 나도 그녀에게 고백을 여러 번 한 적이 있다.

―아마 오래 못 살 거야. 명이 짧을 거야.

그녀의 의견에 무작정 동의하기 위한 말은 절대 아니다. 명이 짧을 테니 그전에 실컷 쾌락을 누리고 싶었느냐고 추궁당한다 한들 할 말이 없다. 진실이든 아니든 그때의 내 심정은 그녀 못지않게 집안일로 복잡했으니까.

―명마는 주인을 알아본다는 말이 있잖아.

이 말도 심심찮게 그녀 앞에서 거론한 말이다. 그녀는 명마가 되고 난 그 주인이 되는 밝은 미래를 상상하면서 말이다.

나는 주인도 없는 방에 들어와 일기를 훔쳐보고 복잡한 감정을 달래려고 이불을 깔고 누워있다가 깜박 잠들었다. 그녀가 돌아와서 잠자고 있는 나를 보더니, 눈을 휘둥그렇게 떴다. 웬일인가 의아해하는 눈치였다.

일기장을 보았노라고 고백할 수 없어서 그냥 두리뭉실하게 넘어갔다. 어딜 갔다 왔느냐 누굴 만나러 다녀왔기에 이리 방문도 열어놓고 다니느냐고 시시콜콜 물어볼 수 없었다.

그 뒤로도 그녀의 태도는 냉담해져 가는 듯했다. 난 더 적극적으로 그녀를 붙잡아야 했다. 처음처럼 맹렬하게 반항하지 못했다. 전투적인 자세가 조금은 약해져 있었다. 난 그걸로 우선 만족했다.

그러다가 인턴을 하면서 약혼을 주변 친척들만 간단히 모시고 했다. 약혼은 하지 말았어야 했다. 죽이 되든 밥이 되든 바로 결혼으로 나아갔어야 했다. 그러나 나는 이제 사회초년생. 그것도 인턴이라 그녀를 곰살궂게 신경 쓸 겨를이 없었다. 붙잡아두려는 목적이 가장 컸다.

약혼 기간에도 그녀는 임신 중절을 자행했다. 아무렇지도 않은 듯이 표시를 내지 않았는데 친정 식구들이 알아채고 왜 약혼했으면 결혼이나 마찬가진데 낳지 않고 지웠느냐고 성화였다.

나도 놀랐다. 그녀는 다른 곳에 가 있고 그러니 만남의 시간도 짧고 몇 번 만나지도 않았는데 덜컥 임신했다는 것이다. 그녀는 분명 임신 잘 되는 기계를 몸 안에 품고 다니는 모양이었다.

여기서부터 우리의 대화는 겉돌았다. 난 부모와 같이 살아야 했기 때문이다. 그녀는 그동안 직장에서 모은 돈으로 새살림을 꾸릴 수 있으니 단점이 많은 자신의 활동 반경에 어울렁더울렁 살 수 없다고 반기를 들었다. 시누이 시부모에게 트집 잡히고 눈치꾸러기가 될 거라며 같이 살 수 없다고 버티었다.

나는 해사도 포기한 마당에 부모의 소원을 무시할 수가 없었다. 우리 집 형편을 저울질하면서 분가해서 살 수 없다고 강하게 밀어붙였다. 싸움이 언쟁을 높이고 그녀는 나를 하염없이 힘 빠지게 했다. 나도 서운하긴 마찬가지였다. 아무리 엄마라는 권리와 자유의지를 내세워 처리한 일이지만 한 마디 상의도 없이 산부인과로 달려가다니 이젠 어엿한 직장인인데. 레지던트가 되어서도 우리의 싸움은 평행선이었다.

그러다가 직장동료와 결혼을 강행하게 되었다. 그녀를 절대 포기 못 한다고 노래 부르고 다닌 건 나였다. 그러나 그 약속을 확실하게 깬 것도 나다. 말다툼이 쌓이니 심각한 의견 충돌은 양보를 모르는 의지의 충돌로 발전했다. 매번 다투기만 하다가는 언제 해가 질지 몰랐다.

난 장남이다. 그녀는 절대 같이 살 수 없다고 버틴다. 그건 감정이나 자존심의 문제가 아니었다. 생존방식의 문제였다.

그녀에게 눈이 안 보이더라도 같이 살겠다고 큰소리를 쳤지만 한번도 그 문제를 심각하게 고려해 보지 않았다. 빈말이었다. 그녀에게 절실한 문제와 내 절실한 문제가 충돌이 심해진 탓이다. 그녀의 자학적인 속마음을 긁느라고 성격을 뜯어고쳐 살겠다고 그녀의 내면을 공격했다. 그녀가 눈에 너무 집착하는 게 그러나보다 하면서도 지겨워졌다. 그것도 심각한 부적응이 염려되는 이상 성격이다. 보편적이고 정상적인 사고방식이 아니다.

첫 만남에서 도발적이고 당당한 태도가 맘에 들더니 내게 모두 부담으로 되돌아왔다. 사사건건 부딪치는 이유가 그 때문이다. 그녀는 절대 양보를 몰랐다. 큰일이건 작은 일이건 자기가 옳다는 생각에서 한발도 물러나지 않았다. 여자에게 겸손의 미덕도 필요한데 그녀에겐 그게 점점 부족했다. 내 통제력의 한계를 벗어난 것이다.

은하수다방에서 만났다. 조용한 시간이라 이야기에 방해꾼은 없었다. 내 일방적인 파혼 통보에 그녀의 눈이 휘둥그레졌다. 그때처럼 그녀가 무섭게 느껴진 적은 없었다. 어서 이 난국을 벗어나야 한다는 생각만이 앞섰다. 나는 다방을 나와 총총 걸었다. 뒤를 그녀가 따라오고 있다.

처음 만나 페스티벌에 갈 때 걷던 그 길은 아니다. 그 반대편 주변이다. 그러나 나는 마음이 바쁘기 한량없다. 충동적인 그녀는 그다음 어떤 행보를 할지 짐작하기 어렵지 않다. 소리를 지르거나 아니면 무엇이든 눈에 띄는 걸 던질 수도 있다. 그녀의 물불 안 가리는 성격이 왜 그렇게 두려운지 도망치고만 싶었다. 가능하다면 그녀의 시야에서 영원히.

내 발걸음이 도망치는 범법자처럼 빨라지자 그녀는 발길을 멈추고 멍하니 바라다보았다. 그 뒤로 우리의 관계는 끝났다. 밀고 당기기의 팽팽한 줄이 한달음에 끝맺음에서 툭 튕겨 떨어져 나갔다. 세상은 제 모습을 겉으로만 바꿀 뿐 속은 바뀌지 않는다. 제 갈 길을 묵묵히 가고 있다.

$

몇십 년을 뛰어넘어 지난 일을 돌이켜본다. 친구 정진규와는 서먹한 사이가 되고 말았다. 대놓고 왜 그랬느냐고는 안 했다. 예전의 우정은 금이 가버렸다.

짧게 사귀고 결혼한 아내는 순하고 성질도 안 부린다. 아내감으로 잘 골랐다. 내 처지에 최상이다. 누구의 잘못인지 아이가 오래도록 생기지 않았다. 연애할 땐 원치 않는 임신 때문에 성화를 부리더니 씨가 말랐나 보다. 병원을 운영하고 여동생들 하나씩 결혼시키느라고 바쁜 나날을 보내니 걱정할 시간도 없었다. 오히려 신경 쓸 일이 줄었으니 다행이었다.

늦게 얻은 아들 녀석 부모 말씀에 순종하는 모범생이 아니다.

사사건건 말썽을 부리고 다닌다. 지금도 밖에서 친구들과 컴퓨터 게임 하면서 노느라 돌아올 생각을 안 하고 있다. 인생은 밝음과 어둠의 양면을 가지고 있다. 얻는 게 있으면 잃는 게 있다. 항상 균형을 맞추려고 노력하는 저울추처럼.

스티브 잡스가 생전에 생모를 찾아가 생명을 지우지 않고 태어나게 해줘서 고맙다고 말했다는 기사를 읽었다. 먹먹했다. 정연이가 아이를 지우지 않고 출산했다면 그 뒤의 우리의 삶은 어떻게 변해왔을까? 그때 지워진 아이들은 건강했을 텐데. 20대 출산은 미래가 찬란하다. 부모도 자식도 그만큼 좋을 수가 없다.

그 아이 중 우리나라를 짊어질 참일꾼으로 자라지 말란 법은 없지 않은가? 인구 절벽 시대에 살면서 뼈저리게 깨달은 게 있다. 아무 때나 원하면 얻을 수 있다고 자만했던 출산 문제가 결혼해서 쉽지 않았다. 인간의 의지를 간섭하는 우주의 묘한 기운을 느낀다. 무궁한 가능성을 없애다니. 수포水泡로 끝나다니.

나중 소식이 흘러들어왔다. 정연이도 맘고생 심했을 것이다. 남편도 일찍 세상을 떠났고 빚만 남겨 힘들다고 한다. 최근엔 딸마저 갑자기 세상을 떠났다는 소식이 들어와 기분이 묘하게 이지러졌다. 꽃봉오리 생명을 파리처럼 쓸어버린 대가가 그녀를 덮쳤을지 모른다는 방정맞은 의심이 들었다. 잘됐다 하는 억하심정이 아니었다. 가슴 한구석이 쓰라리고 갑갑했다.

$

오늘 또다시 수만리 행을 재촉하게 했다. 이번은 더듬더듬 물어 물어 가는 터덕거리는 길이 아니다. 자동차는 예전 그 자리에 그대로 주차했다. 아줌마도 그대로 그 자리에서 차를 팔고 있다. 안면 있다고 눈인사를 건넨다. 달라진 게 하나도 없다.

아래로 걸어 내려갔다. 동네 아저씨의 도움도 필요 없다. 과거의 불빛이 환하게 불을 밝혀주어 어렵지 않게 그 민박집을 찾아냈다. 지붕개량을 했지만, 모양을 그대로 두어 변한 게 없다. 집 앞 당산나무에도 이파리가 파랗게 달려 있다. 내 사연을 속속들이 알고 있다는 듯 눈웃음치면서 맞이한다.

같이 앉아 별을 바라보았던 평상도 그대로다. 열려 있는 문틈으로 방을 들여다보다가 후다닥 놀라 고개를 돌렸다. 주인은 밖에 나갔는지 너무 조용해서 빈집 같았다. 살림이 그대로 있어 인기척을 내어 집주인을 만날까 하다가 그만두길 잘했다.

민박집 주인이 살아 있어 설령 만나 이야기를 나눈들 우리를 기억이나 하고 있을까? 특별히 공감할 부분이 없다는 사실이 과거의 추억 안으로 비집고 들어서고 싶은 발길을 묶어버렸다.

7장 소용돌이

푸른 가을 물살이 소용돌이로 부서질 때
얼굴이사 짓찧어도 볕살 따라 천만리 길
자갈밭 피할 수 없어 어룽어룽 주저앉았네. (몽운 시 「회귀본능」 1연)

폭풍이 몰아치는 스헤베닝겐 해안 / 빈센트 반 고흐 / 몽운 모작

아가의 손바닥 크기의 앙증맞은 마당이지만 햇살이 쏟아지는 쪽을 향해 새봄이 성큼 돌아왔다. 골목에 면한 바람벽을 한발 비켜서서 쑥이 주변을 돌아본다. 노란 민들레도 햇볕 아래 생글거린다. 보랏빛 제비꽃도 웅성웅성 잎새끼리 수런거린다. 분갈이 안 한 화분에는 냉이가 겨울잠을 툭툭 털고 일어나 흙냄새를 즐기고 있다.

자연은 의연하게 어김없이 봄마다 다채롭게 단장하고 손님 맞을 준비에 한창이다. 강남 갔던 제비가 허위허위 고향 찾아 돌아오듯이. 그런데, 대자연의 일부인 인간은 왜 한번 떠나면 다시 오지 못하는가? 제철이 돌아왔다고 종알거리던 풀잎도 단비를 맞아 불끈 일어선다. 생명력이 잔인할 정도로 억세서 눈물겹다.

남편은 정 붙일 새도 없이 총총히 떠나버린 사람이라 미움이든 한탄이든 아쉬움이든 담아놓을 그릇이 없다. 예상하지 못한 엉뚱한 일들이 불어닥쳐 하염없이 억울했지만 어찌하리, 업보로 받아들여야 했다. 그의 유산이 평생의 족쇄라 해도. 선업善業이든 악업惡業이든 숙명이다. 화살은 시위를 떠나 주위를 맴돈다.

그녀의 청춘을 송두리째 좀먹었던 무시무시한 피해망상!!!!! '심청전'의 심 봉사가 되어 머지않아 더듬더듬 문고리를 잡을 처지에 빠지리라는. 암흑과 어둠과 친구가 되리라는. 세상의 빛과 멀어져 살아야 한다면 불행을 미리 거절하고 차단하려 했던 무시무시한 자학! 드디어 그 악몽을 떼어냈으니 천만다행이다.

평생에 실현되리라고 꿈도 꾸지 못하고 어둠 속 절망을 짚으며 살아왔던 약시의 설움, 생체 각막이 필요한 이식수술에 대한 무자비한 집착이 실현된 것만도 그녀는 살아야 할 가치가 충분하다.

그녀는 현대 의학 문명의 이기를 제대로 받은 수혜자 중 하나다. 비록 기대치에 도달하지 못했다 하더라도 순응하고 받아들여야 할 그녀의 몫이다. 불평하고 징징댈 필요가 없다. 상황이 달라진 게 의사의 잘못도 그녀의 잘못도 아니지 않은가. 그녀가 알고 있던 생체 각막이식에 대한 성공률 100%, 그것은 이론으로 들어맞는 수치다. 적용과정에서 생기는 뜻밖의 거부반응이라든지 다른 변수까지 완벽한 꿈의 조합인 확률에 책임 전가하는 건 난센스nonsense다. 이식수술이 신장, 심장 등 모든 장기에 걸쳐 진행되고, 환자들이 이식수술을 통해 생명을 연장하고 있음을 보도를 통해 확인하면서 절망이 희망으로 탈바꿈되는 기적에 박수를 보내곤 했다.

원하는 만큼의 시력을 얻진 못했어도 꿈은 이루어진 것이다. 진행이 빨라져 각막 천공으로 나아갔으면 시각장애인으로 남은 인생을 살아야 하는데, 그러느니 차라리 죽겠다고 지레 걱정 근심으로 생난리를 쳐댔는데. 첨단으로 발전한 의학 발달의 혜택을 입었으니 천운天運이다. 시신 기증에 서약했다. 평생소원을 이룬 데 대한 사소한 보답이다. 죽은 뒤 이루어질 동참이 부끄럽다.

수술 이후 삶이 변화를 겪었다. 타인의 각막에 의지해야 하니 새로운 불편감에 시달리지만. 시력검사표 글자 4도 못 봐 가까이 다가가야 했던 열패감… 눈알 전체를 덮는 콘택트렌즈를 끼면서 부대꼈던 이물감, 통증, 충혈. 죽고 싶을 정도로 견딜 수 없는 동통 고비마다 눈물 콧물 한숨을 이겨낸 게 장하다.

20대에 농약을 마시고 제 성질 못 이겨 죽었더라면 물 건너갔을 성취감. 날마다 겪었던 눈의 통증과 싸운 끈기. 세상과 타협하지 못하면서 끝내 불타오르던 투지. 턱없이 지혜가 모자라고 인품도 부족하지만, 그것만으로 살아야 할 이유다.

그러나 외동딸인 박다현은 사뭇 달라진다. 자살인지 자연사인지 규명하기 어려운 상태로 세상을 떠나갔다. 유언도 빛바랜 흑백 사진같이 흐릿하다. 제대로 정리 못 하고 남겨놓은 유품들만이 숨어있다가 불쑥 나타난다. 버리고 없앴다고 생각했는데 아니었다.

끝난 게 아니다. 어딘가에 섞여 있다가 여기 있다고 나타난다. 마음을 후빈다. 날개를 달고 허공을 맴돌면서 세상을 넘나든다.

정연이는 혼잣소리를 중얼거린다. 입버릇을 들이니 심심하지 않다. 시간의 흐름을 건너뛴다. 차마 버리지 못한 소지품을 전시하듯 죽 늘어놓으니 하루가 지루하지 않다. 곁에서 그대로 느낀다. 비록 숨 쉬는 것도 볼 수 없고, 만져 볼 수 없지만, 영혼은 또렷하게 그녀의 의식 안에 가슴 안에 남아 따스하다.

다현이와 생뚱해져 버린 관계를 멀리서 바라다본다. 앙금을 풀지 못한 채 다현이는 저세상으로 날아갔다. 괘씸죄의 산물이다. 최선을 다해 살고 있다고 자기최면을 걸면서 사는 그녀와 호강에 겨운 여자들을 비교 대상으로 내세우다니. 엄마의 진면목眞面目을 모르고 역린을 건드리고 부채질한 결과다.

스승의 날 용돈과 급식비를 아껴 엄마 옷을 사준 순수한 다현이는 온데간데없다. 세속에 물들어 모든 가치를 물질에 귀속시킨다. 초라한 자신이 싫었겠다. 아무리 그래도 말을 함부로 내뱉으면 안 되는 거였다.

옹졸한 엄마다. 이렇게 빨리 다현이의 삶이 끝나리라고 예상 못 했기 때문이다. 자신의 게으름, 무능이 자꾸 미워진다. 흘러간 시간을 되돌릴 수 없음을 뼈저리게 인식하면서 채찍질한다. 부모와 자식 사이에 무슨 애꿎은 자존심 경쟁인가? 그녀가 다 내려놓고 무조건 받아들였더라면 다현이는 마지막 길에 들어서지 않아도 되지 않았을까?

비감에 사로잡힌다. 엄마란 존재가 뒤에 캥겼다면, 쉽게 이승을 떠나지 못했다. 상처는 상처로 다독여야 하는데 홀로 상처를 안고 자폭했다. 저체온증을 체질적으로 갖고 있어 물을 조심해야 하는데 반항하듯이 수영강사를 하며 수영장을 일터로 삼았을 때 말렸어야 했다.

수강생들이 만든 술자리도 사양해야 했다. 동료들이 한결같이 기억하는 다현이의 모습은 충격이다. 권하는 술은 물리친 적이 없다고 했다. 보호자 없이 물가에 서성이는 아이다. 떠내려가는 신발을 잡으러 무작정 뛰어든 막내 남동생 동규와 닮았다.

이미 징조는 있었다. 수영강습 끝나고 물에서 나오다가 느닷없이 바닥에 쓰러져 의식 불명 상태에 빠졌다고 했다. 장난인 줄 알고 멀찍이 바라보다가 팀원들이 우르르 몰려들어 주무르고 요란을 떨어서야 따뜻한 체온으로 돌아왔다는 것이다. 응급실에 가자고 해도 괜찮다고 아무렇지 않은 듯 옷을 툭툭 털고 돌아갔다는 것이다.

음주운전 교통사고로 혼이 나고서도 술을 끊지 못했다. 술을 마시면 체온이 상승하고 기분이 좋아지기에. 떼어낼 수 없는 유혹이었을 거다. 술을 안 마시면 뜬눈으로 밤을 보낸다는 이야기를 듣고서도 나이가 팔팔한데 설마 하면서 남의 일로 넘겨버렸다. 잠들지 못한다는 하소연이 절박하게 들리지 않았다.

그 말을 낚아채서 해결점을 찾아야 하는데 떨어져 살고 있으니 심각함이 느껴지지 않았다. 값이 싼 술에 의지해 하루하루를 연명해온 것이다. 사태를 악화시킨 데에는 일 처리가 꼼꼼하지 못하고 건성인, 대충 때우기식 그녀의 성격 탓일지 몰랐다.

술 마시는 모습을 엄마 앞에서 보이면 반드시 돌아오는 잔소리가 싫다는 자존심이 가로놓여 있다. 대학생 때 된통 혼낸 기억이 트라우마로 작용한 것이다. 엄마라면 당연히 해야 할 충고 아닌가. 몸을 흐느적거리는 건 예사고 혀도 비틀려 꼬인 모습을 지켜보면서 꿀 먹은 벙어리가 되라니.

알코올 중독자가 중독을 벗어나려면 뼈를 깎는 자기 성찰과 실천으로 옮길 의지가 필요하다. 처량한 인생 아닌가. 몸을 못 가눌 정도로 집에 들어오면서 싸늘한 달의 눈초리를 몰랐을까? 비척거리는 모습이 감춰질 리 없을 텐데.

봄꽃놀이 갔다가 렌즈를 잃어버려 황당함을 당한 이후 아무리 고달파도 술에 의지하지 않는 정연이와는 사뭇 다른 생활 태도다. 시력이 원상태로 회복은 안 되었지만, 평생소원이 이루어졌다. 힘들게 얻은 시력을 술을 마셔서 도로아미타불로 만들 수 없다. 아무리 향기가 좋은 술이라 유혹해도 입에서 끊어버린 이유다.

다현이도 폭주하듯 물 마시듯 들이킨 음주 습관이 건강을 해친 주범이다. 처음엔 호기심으로 술과 가까워졌겠지만, 차츰 술이 외로움에서 해방감을 주었겠지만. 하늘에 둥둥 떠 있는 듯한 아릿한 쾌감도 놓칠 수 없겠지. 애인보다 사랑스러우니 끊기 어려워 가깝게 대했겠지.

애주가가 되고 술이 인생을 좌우하면서 이성을 마비시키고, 먹어버리는 경지에 이른다. 정서적 안정감을 줄지 몰라도. 청춘이기에 위험이 코앞으로 다가오기 전까지는 감성에 따라가기 마련이다. 그 독성을 피하지 못한다.

거기에 어린이에게 들러붙는 급성 뇌막염에 찾아왔으니 제대로 먹지도 않으면서 술은 늘었고 몸은 망가졌으니. 젊은 몸이라지만 총체적인 영양부족 상태에서 버틸 힘이 생기겠는가. 음주운전으로 법석을 떤 뒤 그녀는 다현이를 걱정하는 마음이 늘었다. 집으로 돌아와 같이 살자고 하고 싶었으나 거절할까 봐 두려웠다.

─보통 엄마는 엄마처럼 말하거나 행동하지 않아. 초등학교 친구 엄마도 대학교 언니 엄마도 참 포근한데. 엄마의 뾰족한 신경세포 비위 맞추기 벅차. 단순하게 살면 안 돼? 작은 일조차 민감하게 반응하니 내가 설 자리를 잃어.

다른 엄마와 비교하는 다현이의 말에 기가 질렸다. 눈꼬리를 내려버렸다. 그 뒤로 다현이를 똑바로 바라보지 않았다. 논쟁을 거두었다. 으르렁대느니 타인처럼 적당한 거리를 두고 사는 게 낫다는 깨달음이다.

─다 인정할게. 훌륭한 그들에게 엄마, 엄마 하면서 양엄마든 새엄마든 아양 부리고 살아. 사랑도 받고 지내. 난 그들처럼 될 수

없어. 못난이로 태어나서 그래.

 ─엄마는 모든 걸 부정하지. 같이 살다 명 재촉하겠어. 엄마의 간섭만 당연하지. 내 자유의지는 무조건 안 되지?

 다현이의 말대꾸다. 떨어져 그리워하는 게 낫다. 말싸움이 잦아지면 입씨름은 기하급수적으로 거세졌다. 상대방을 능멸하는 비수 같은 말이 거르지도 않고 튀어나왔다.

 단점까지도 온전히 끌어안아야 하는데 한계점이다. 성인군자가 애초에 될 재목이 아닌 정연이에게 기대는 부담감? 자신의 시선에 맞추어 상처를 주자고 덤비는데 이길 장사가 없다. 정연이의 단점을 꼬치꼬치 거론하고 비판에 날을 세우는데. 무조건 옳다고 승복하고 고개를 까닥거릴까?

 정연이의 버팀목을 깨부수는 한마디. 안락하게 누릴 것 즐길 것 다 채우고 사는 엄마들과 단순 비교하며 엄마가 왜 비뚤어져 있느냐? 현명하지 못하다고 대놓고 성토한 것이다. 그 엄마와 닮으라고 조롱한 것이다.

 살아오면서 견디기 힘든 게 비교당하는 거였다. 독특한 환경 아래 내팽개쳐져 자라오다 보니. 가지치기 안 한 생나무 신세가 정연이다. 정원에서 온갖 사랑과 보살핌을 받으며 자라온 온실 속의 화초가 아니다. 야생마, 인정한다. 그러니 말도 거세고 행동 또한 거칠다. 여성적인 순종이나 부드러움만을 요구한다면 그녀는 낙제점이다. 아무도 가르쳐주지 않아 까닭도 모른 채 비슷한 상황에 놓이면 쩔쩔맸다.

순수한지 불순한지 모르지만, 청춘 시절 몇 년에 걸쳐 줄다리기에서 약혼자에게 버림받은 이유도 설득에 실패했기 때문이다. 남 보기엔 하찮고 기 싸움에 밀렸다고 가볍게 치부 당할 사안일지도 모르니까. 그게 바로 비교당한 데 대한 분풀이에서 야기된 자기 파멸이다.

인어아가씨의 신체적 통증과 정연이를 견주는 것은 적극 환영이다. 그러나 정상궤도를 달리는 건강한 부모의 애정 속에서 살아온 여자와 결핍에 허우적거리는 정연이를 단순 비교하면, 그녀의 뇌는 분노에 활활 탄다.

막 태어난 어린아이와 첫 돌 지난 아이의 걸음마를 따지면 누가 잘 걸을까 비교 대상 자체가 잘못이다. 정상인에게 기대기 싫어 전력을 다해 버텨온 그녀를 정상인과 같이 행동하라고? 그 말 하나로도 트라우마의 덩어리를 건드린 상황이라 상대방과 적대관계로 돌변해버리는 것이다.

다 컸으니 할 수 있다고 하고 싶은 말이라 떠벌이는 다현이를 무슨 재주로 코를 꿰어 집으로 데려오나? 음주운전 교통사고로 면허정지가 된 이래 자전거를 타고 먼 거리를 출퇴근한다니 안타까웠다. 그러다 아차! 공포에 사로잡혔다. 20대에 저지른 무모한 행동이 다현이를 방해하고 시기하고 훼방하는 게 아닐까?

'엄마 될 준비가 안 된 채 아일 낳으면 아이는 얼마나 더 고통스

러워질까.'

어린 시절 무관심 속에 커 온 경험은 판단에 제약으로 되돌아왔다. 본인이 당하는 고통 못지않게 부수적으로 닥칠 아이의 암담한 미래를 생각만 해도 소름이다.

본인의 아이디어나 판단의 기발함을 일찍 터득한 스티브 잡스의 기이한 말과 행동은 사람들의 입에 오르내린다. 상대방의 처지를 헤아리지 않고 밀어붙이기로 유명한 스티브 잡스는 친모에게만은 정중하게 낙태 수술을 하지 않고 생명을 태어나게 해준 용기에 고맙다고 인사했다고 한다.

놀랍게도 친부에게는 다정하지 않았다. 다니던 단골식당이 친부가 사장임을 알자마자 발길을 끊었다. 나중 친부가 사실을 알고 반가워 찾아왔어도 만나주지 않았다. 모성애와 부성애는 다른 것일까? 어머니와 아버지의 형질이 만나야 이루어지는 생명임에도 생부 생모에 대한 사랑의 표현은 다르다니 놀랍다.

베토벤도 선천성 매독 환자였다. 우생학적으로 히틀러의 인종에 대한 지독한 편견이 적용되었다면, 태어나지 말았어야 할 열등 유전자였다. 그러나 그는 악조건에서 출생하여 귀에 장애가 겹치는 신체적 고뇌 속에서 죽을 때까지 불후의 곡을 작곡했다. 누가 생명에 대한 가치를 함부로 논하는가? 선택의 기준은 명확한가?

사생아 나부랭이 걱정하려면 그런 빌미를 만들지 말아야 할 일이다. 폐쇄적이고 체면을 중시하는 사회라도 혼외출생자가 많다.

르네상스를 주름잡았던 토스카냐의 레오나르도 다빈치도 사생아다. 그림 음악 조각 건축 과학에 천재적 재능을 가졌던 그가 생모 신분 때문에 따라다닌 사생아 취급. 그는 귀족 아버지의 직함을 이어받을 수 없었다. 재산상속도 마찬가지다. 그 시절 신분 사회에서 받았을 철저한 냉대가 눈에 선하다. 이 세상에 널리 퍼져 있는 사생아들의 반란! 그게 다빈치의 모습이고 잡스의 모습이다. 주눅 들고 숨어지내기보다 신분을 초월하려고 애쓴다.

세상의 편견과 싸운다는 건 쉬운 일이 아니다. 세상이 변해도 기본 패턴pattern은 그대로다. 권력자의 입맛에 맞게 만들어진 법률이란 올가미도 그렇다. 보이듯 보이지 않게 혈통으로 빚어지는 암투들, 왕위 계승을 위해, 작위를 얻기 위해, 재산을 독차지하기 위해. 명분이 다르지만, 인간의 천박한 욕망을 대변한다.

세상살이에서 부모의 형질과 환경을 무시하고 살기란 불가능하다. 옥토에 떨어졌는지 가시밭에 떨어졌는지 중요한 삶의 밑천이다. 금수저나 흙수저가 유행어가 된 것도 피할 수 없는 사회현상이다. 오죽하면 정승 집 개 팔자를 부러워하랴. 노비로 태어난 인생보다 팔자가 늘어졌다는 우스갯말이 떠돌아다닐까.

그런데, 그 생명 탄생 기회마저 박탈할 권리가 엄마에게 있는가? 아들만을 원했던 엄마들은 어쩔 수 없이 낳은 딸들을 호되게 굴어 뱃속에서 지운 것 못지않게 핍박한 이야기를 들어 알고 있다. 낳자마자 아예 숨을 못 쉬게 엎어놓는 딸부잣집 아낙네의 해결법이다. 갓난아이가 울지도 못하고 생을 마감하면 땅에 곱게 묻어주기나 했을까? 가슴 한편이 시리기라도 했을까?

그에 비하면 '흥부전'에 나오는 아이들은 방목하는 동물처럼 원시적이고 인간적이다. 옷가지가 없어 거적을 씌워놓고 화장실에 갈 때도 줄줄이 따라가야 할 절대빈곤의 늪에 빠져 있지만. 흥부는 절대로 아이들을 핍박하지는 않았다.

―아이는 하늘의 축복이다.

여건이 안된다고 지레 겁을 먹는 예비 부모들은 원치 않는 임신 앞에서 어떻게 대처하는가? 임신한 여자의 선택에 따라서 생사가 결정되는 권한인가? 아기는 아빠 아닌 엄마의 소유물인가?

정연이는 그런 기사를 볼 때마다 죄의식의 나락에 떨어진다. 무슨 권리로 생명을 빼앗았는지 그 시절의 자신이 싫다. 그러면서도 그 암담한 시절 자신에게 너무 많은 걸 원하지 마라, 충분히 고통받은 인생이라고 자기최면을 건다.

살아남은 자가 감당해야 할 몫이다. 수치심을 안고 아직도 익숙해지지 않는 인생길을 혼자 걷는다. 부모가 형제자매가 있어도 정작 위험에 처하면 도움이 되지 않는 현실이 서글프다. 대신 살아줄 수 없지 않은가? 대신 울어 줄 수 없지 않은가?

다현이를 잃은 슬픔을 부모든 친구든 친척인들 어찌 똑같이 느끼랴. 돌을 맘껏 던져라. 우울이라는 선글라스를 벗지 못하고 살아온 가련한 인생이다.

자살을 입에 달고 산 여자가 외동딸까지 책임질 능력이 어디에서 생기겠니? 살 만큼 살았다. 후회스러운 과거, 참혹한 현실. 암담한 미래…

자살의 원인은 절망감이다. 희망이 안 보여 자살을 종착지終着地로 받아들인다. 다현이의 심정을 헤아릴수록 무모했던 자살 충동으로 되돌아간다. 눈 수술로 시각 장애를 극복했으니 열심히 살자던 맹세는 어디로 가버렸는가? 따라가고 싶다. 다 부려서 남은 것도 없지만 닿을 수만 있다면 망설일 이유가 없다.

그곳에 가면 새로운 모습의 다현이를 만날 것 같다.

그곳에 가면 어린 시절의 관계를 회복할 것 같다.

그곳에 가면 모든 것이 똑같아질 거 같다.

찬란한 빛으로 하늘에 떠서 손짓하는 별이 될 것 같다.

서먹하지 않으니 맑은 영혼으로 만나 거리낄 것이 없겠다.

암담한 심정을 추스르지 못하는데 어디서 소식을 들었는지 동창 전공주는 전화를 걸어 만나자고 한다. 정연이는 거절한다. 마음이 진정되면 전화하겠다고 날짜를 미룬다. 절실한 심정은 친구 만나는 것도 욕되기 때문이다.

낙태의 상처를 자신이 통째로 짊어지는 게 태어난 아기가 차별로 고통받는 거보다 낫다는 한결같은 마음으로 살아온 정연이는 눈시울이 붉어진다. 다현이가 엄마 대신 죄 닦음을 위해 저세상으로 떠났다는 죄의식에 사로잡혀서다.

식목일 무렵 다현이와 등산하고 내려오면서 절 경내에서 마주쳤던 진달래 화전 잔치! 구수한 냄새와 어우러진 소박한 웃음들. 사람인지 꽃 무더기인지. 절집 마당에 어우러진 풍경에 넋을 잃었던 돌아갈 수 없는 화사한 시절이 어른거린다.

'다현아! 물 맑고 경치 그윽한 고을에 다시 인간으로 태어나라. 엄마처럼 까다롭지 않고 자애 가득한 부모 밑에서 사랑받으며 사는 모습 보고 싶구나!'

슬그머니 눈을 감았는데 오랜만에 다현이가 나타났다. 생전의 모습 그대로다.

'엄마, 오빠 언니들 더 신경 써요. 오빠 언니들은 엄마가 조금씩 변화하는 모습에 노기가 많이 풀렸어요. 제게도 따뜻하게 대해요. 마음을 열고 있어요.'

정연이는 다현이의 말에 풀린 눈까풀을 스르르 내려놓는다. 몰래 묻은 태아들이 달빛에 하얗게 정체를 슬며시 드러낸다.

'만장도 요령도 없이 떠나는 상여처럼 해가 되고 달이 되고 별이 되고 강이 되고 산이 되고 풀 되어. 형체도 불완전한 태아들. 탄식밖에 없어. 바람처럼 사라졌어!'

'너희를 품에 안아보고 싶어 목놓아 부른다. 너희가 잠깐 머물고 간 몸속에서는 반란이 끊임없이 일어나 날 흔들었는데 영문 몰라 헤매기만 했구나. 황량하게 버려두고 모르는 체했구나.'

'해[太陽]는 첫째다. 제일 아픈 기억이야. 서러운 첫사랑 첫 아이야. 그 빈 자리가 항상 공허했어. 멈칫거렸으면 넌 세상에 나올 수 있었을까. 그다음에 이루어진 속도가 빨라진 그 연속적인 속살을 찢기는 아픔들이 숨을 죽였을까? 용서해라. 용기 없는 엄마를.'

'달[月]은 두 번째 부닥친 어려움과 놀라움이 독으로 퍼졌구나. 별[星]아, 강江아, 산山아, 풀[草]아!!!!'

'만신창이로 무너졌지만 받아주렴. 너희의 배려와 온기가 필요해. 너희는 살아가면서 붙잡고 놓지 말아야 할 의미다.'

'막다른 골목에서 무모하게 저지른 일이다. 원하지도 않는데 몸속에 자꾸 들어와 걸리적거리는 임신 증세를 생명이라고 진지하게 여긴 적 없다. 무식하니 용감했어.'

이미 저질러졌고 되돌릴 수 없다. 그로 인해 평안을 버렸다. 몸안에서 머물다 간 태아에 대한 회한을 피하며 살았다. 임시방편일지 몰라도 굴레를 벗어나야 했다. 정작 같이 일을 저질러놓고 몰매는 여자에게만 쏟아진다. 엇갈리고 꼬이고 곤혹스럽다. 세월이 지났는데 심정이 그대로다.

피부가 왜 망가져야 했는지 이해 불가다. 시력이 나빠진 것과 마찬가지로 한 가지만 똑똑히 기억한다. 여름 방학 때 제주도로 여행을 갔다. 갈 때 여관비를 아끼려고 그랬던지 등산 장비를 갖추고 배를 탔다. 든든한 경호원이 있으니, 걱정 없다.

그는 남편으로서 경제적인 생활 능력도 무시한다. 그러면서도 한번 그녀를 알고 나자 끈질기게 그녀 뒤를 졸졸 따라다닌다. 찰떡처럼 엿처럼 찰싹 붙어 여간해선 떨어지지 않는다. 매사에 의욕을 잃은 정연이는 거머리든 고슴도치든 떼어낼 능력이 없다. 기력도 없다. 맘에 들든 안 들든 한 구석을 덩그러니 차지하고 있는 가구처럼 내버려 둔다. 그때는 그저 세상이 무뎌지기만 바랐으니까.

그는 남자로서의 상징만 갖고 있을 뿐 직장을 다니지 않는다. 사업을 한답시고 그녀에게 큰 손해를 끼치고 떠난 남자다. 빈껍데기만 남은 그를 발견하고 그가 한 거짓말과 과대포장을 알았지만 때늦은 후회다.

정연이는 침묵으로 대한다. 그렇다고 잡초처럼 무조건 뽑아버릴 수도 없는 피조물이다. 그는 처음 번드레한 말솜씨로 포장한 자신감이 허풍이었음이 드러나자 스스로 무릎을 꿇듯 그녀 앞에서 설설 기었다. 자세를 낮추는 재주는 군대에서 상관 비위 맞추며 터득한 처세술일 것이다. 그녀는 희망도 절망도 모조리 녹여버리고 버무려 버렸다. 그저 숨 쉴 뿐 신기함도 없는 날들이었다.

제주도에 대비 없이 놀러 간 게 말썽의 단서가 되었다. 바닷가에서 하룻밤 텐트를 치고 야영을 했다. 성판악을 거쳐 한라산 정상에 오르는데 구멍이 뺑뺑 뚫린 날카로운 돌멩이가 그녀를 공격하리라곤 미처 몰랐다.

시원찮게 무릎이 나오는 반바지를 입은 그녀는 등산화를 신은 것도 무릎 보호대를 한 것도 아니었다. 차양 모자도 안 썼다. 선크림도 바르지 않았다. 로션조차 휴대하지 않았다. 스틱도 손에 쥐지 않았다. 아직은 젊은 몸을 철석같이 믿고 위풍당당하게 피부를 그대로 드러낸 채다. 한라산 땡볕 아래 맨살로 된 종아리를 노출한 채 평지 걷듯 산을 올랐다. 땀이 나도 손바닥으로 쓱 문지르면 되니 손수건도 없다.

올라가다가 연회색 물감을 점점이 뿌려놓은 등산로가 구멍이 숭숭 뚫리고 모양이 불규칙한 돌들이 가려져 있는 평원을 지날 때였다. 뾰족한 돌멩이 모서리가 그녀의 맨살을 할퀴었다. 왼쪽 무릎 아래 정강이뼈 종아리 쪽이 따끔하게 찔렸다. 쓰라림이 전신을 훑었다.

그녀는 그런 하찮은 생채기로 병원에 가지 않기 때문에 시간이 가면 저절로 낫는다. 살성이 좋아서 자연치유가 빠르다. 구태여 빨간 약을 바르고 연고를 바르고 설칠 필요가 없는 것이다.

자전거를 배우면서 시멘트 담벼락에 손가락매듭이 긁혀 피가 나고 나중에 흉터가 생겼어도, 빨래터 아래 냇가로 돌진해 시멘트에 허벅지가 피멍이 들고 긁혔어도, 냇가 물에 풍덩 빠져 몸에 여러 가지 크고 작은 상처가 났어도, 뼈가 부러진 것은 아니었기에 병원 갈 생각을 애초에 하지도 않았다. 이번도 마찬가지로 처신한 것이다. 내버려 두면 시간이 가면 저절로 낫게 되리라.

그게 아니었다. 건선이라는 균이 몸에 침입한 걸 모르고 방치했다. 종아리 쪽 정강이뼈 있는 흉터가 낫지 않고 질질 끌며 오래 갔다. 직원 여행으로 수안보온천에 갔을 때 습관대로 박박 때를 문질러댄 후 온몸으로 번져버린 것이다.

알칼리성 물이 좋기로 유명해서 피부병으로 고생이 심했던 세조가 자주 찾아 병을 고쳤다는 일화가 전해내려 와 그것을 믿었던 탓일까? 아무리 좋은 명약이나 처방이라도 그녀에게는 해당이 안 된다는 걸 깨달았으나 이미 늦은 후였다.

불행은 혼자 오지 않는다. 항상 친구를 데리고 다닌다. 시력으로 고통받는 하나로는 부족했던 모양이다. 또 하나의 건선이라는 새로운 친구가 찰싹 달라붙었다. 기꺼이. 평생토록.

공부하는 기계로만 학생 키우는 나라. 실생활에 필요한 학문은 외면하고 암기만 필요한 나라. 수학 공식 하나 영어단어 하나 더 외워야 대학가는 나라. 종이에 불과한 간판(대학 졸업장)이 씨앗을 젖혀놓는 나라. 그 간판의 수혜를 입어 불행과 영원히 뗄 수 없는 친구 사이가 되다니. 그까짓 수학 공식이 뭐라고, 영어단어가 뭐라고 줄줄 암기 잘한 능력이 부끄럽다.

'불사조는 죽었다가 500년이 지나 다시 태어난다. 일생을 곡식이나 풀을 먹지 않고 오로지 유향과 발삼의 진액만 먹고 살다가 몰약과 계피로 제 몸을 감싸며 죽는다. 해야, 달아, 별아, 강아, 산아, 풀아. 단 한 번만이라도 가슴에 안아보고 싶은 아가들아, 상처는 치유된단다. 너희도 새 살이 돋아 아물기를 바란다. 파가니니를 좋아해서 너희를 그리워하며 이 노래를 부른다. 너희도 같이 부르지 않으런?'

나 너희만 생각해 내 사랑

넘실대는 바닷물에 태양 빛 부실 때

나 너희만 생각해 내 사랑

고요한 호숫가에 달빛이 은은할 때 오 내 사랑

길 먼지만 일어도 너희 모습 어른거려

길 가는 저 나그네 너희 발자국 같아

깊은 어둠이 깔리고 적막한 밤이 되어도

나 너희만을 느껴 내 사랑

어둠을 뚫고 지나가는 너희의 황홀한 느낌

무거운 침묵 속에 나 어디로 가야 하나

고요한 숲속으로 발길을 옮겨보네

손도 닿을 수 없는 이리 먼 곳이건만

내 곁에 들리는 건 너희의 숨소리뿐

그 사랑은 여기에 내 가슴속에

　

-「악마의 바이올린」 중에서(파가니니 아리아)

　

꽃을 피우고, 새싹으로 고개를 내밀고, 미풍微風에 풀잎이 일어선다. 뜰 안에서 풍기는 파릇한 풀잎 향기는 태아들이 뿜어내는 진솔한 향내다. 날개를 펴고 오므리고 그녀의 가냘픈 목소리에 몸짓이 따라온다. 태아들이 곁에 있다.

　가까이 있음에 희열이 온다. 말을 건넨다. 살랑살랑 흔들거리는 이파리가 아양을 떠는 손가락 발가락 같다. 길게, 둥글게, 세모로, 네모로 오각형 육각형으로 다각형으로 안에서 퇴로를 찾아 나간다. 정신 똑바로 차리고 새로운 일을 찾아 나선다.

*

'교차로' 광고를 보고 전화를 걸어 월세 계약을 맺었다. 집주인 여자는 철물점 가게에서 몸을 빠져나올 수 없어 놀러 다닐 시간이 없다고 엄살이다. 짐을 최소한으로 줄여 이사할 때 여주인 백선주를 다시 만났다. 그녀보다 세 살 어리다.

'자취 살림 같네요, 웬 책이 그리 많아요? 난 책만 보면 잠이 오는 사람인데.'

밉지 않게 농을 건넨다.

'독서가 취미니 다른 건 버려도 책 버리기가 쉽지 않아 늘어나네요.'

정연이의 대답도 지나가는 햇살같이 거리낌이 없다.

'옆 층 살지만, 대문 같이 쓰는 아저씨와 가끔 얼굴 마주칠 일 있어요. 밤일하고 새벽에 돌아와 잔다고 소음에 신경을 쓰지 않게 해달라고 부탁하네요.'

'위층 사는 할아버지가 담배 문제로 말썽이었어요. 옆집 아줌마가 위층 할아버지 담배꽁초를 자기 집 담장 너머로 함부로 던진다

고 어찌나 성화를 부리던지 싸우지 않으려 혼났네요.'

이웃들에 대해 정보를 준답시고 수다 늘어놓는 주인의 말을 잠자코 듣고 있다.

'강남이든 강북이든 접근이 편해요. 밤늦게 떠들고 다니거나 동네가 시끄럽게 싸우는 모습 보기 힘들어요. 노인들이 대부분이라 골목 귀퉁이마다 사철 꽃을 가꾸더라구요.'

대도시로 거처를 옮기니 차라리 낫다. 모르는 사람들과 부대끼니 친한 척 안 해도 된다. 물이 물고기를 만난 모양새다. 눈물 콧물 흘릴 시간이 줄어 다행이다. 서울 각 지역에 흩어져 있는 평생교육 강의실을 찾아다닌다. 코로나19 초기엔 잠잠해지기를 기다리다가 줌zoom으로 수업하는 곳에 동참한다.

광화문 교보문고를 가는 길도 경쾌한 발걸음이다. 고개를 천천히 걸어 내려와 서울로를 산책하듯 지나간다. 남대문 시장 골목을 지나 시청을 오른쪽으로 끼고 올라가는 탁 트인 광화문의 넓은 길을 따라 걸어가면서 바라보는 여러 갈래로 이어진 철길들, 가로수들, 예전의 고가도로에 다양하게 장식된 커다란 꽃 화분들.

자태를 뽐내는 나무며 꽃들과 반가이 눈인사를 주고받는다. 자연이 뿜어내는 숨결이 청량해서 걸음걸음이 날렵하다. 사뿐사뿐 걸어간다. 몸이 가벼워진다. 책을 사고 돌아올 때도 반대 방향으로 걷는다. 웬만한 짐은 배낭에 가지고 다니기에 걷는 데 불편 없다. 길가에 가꾼 꽃송이 하나 나무 하나에도 눈길을 준다.

오늘 남대문 시장으로 발길을 돌린다. 정원을 탐색하듯이 걸어간다. 수목과 일일이 눈인사한다. 시장 안으로 신호등 건너 한들한들 걸어간다. 시장통 끄트머리에 줄 서서 기다리는 호떡집.

부지런히 움직이는 사람 냄새가 정겹다. 포장마차에서 듬뿍 기름을 두른 프라이팬에서 굴린 호떡이 먹음직스럽다. 팬에서 이쪽저쪽 둥글리다가 꺼내 종이컵에 담아 주는 당근보다 당면이 듬뿍 들어있는 호떡을 받아든다.

배고픈 것도 아니면서 곁에 둘러서서 먹고 있는 사람들을 그대로 흉내 낸다. 호호 불어가며 먹는 맛은 일품이다. 최고의 거리 음식이다. 잘 꾸며진 식탁 위에 놓인 정갈한 음식보다 건강한 노동이 배어있다.

음식 부스러기가 떨어지길 기다리며 고개를 까닥거리는 비둘기를 바라보면서 종이컵과 화장지로 감싸서 건네준 호떡을 조금씩 베어 먹는다. 시장을 천천히 걸으며 가판대에 쌓아놓은 옷들을 눈여겨본다.

시장 냄새다. 사람들 발길도 고만고만하다. 적은 돈으로 실컷 호사를 누릴 수 있는 곳이다. 오천 원, 만 원짜리 물건들이 즐비하다. 그녀는 물건 사려고 서성이는 사람들의 대열에 끼어 물건을 고른다. 셔츠도 사고 치마도 사고 바지도 사고 양말도 산다.

배낭에 가득 담은 옷들이 호탕한 웃음을 짓는다. 옷을 산 소비자도 만족스럽고 가판대에서 쓸쓸히 손님을 기다리는 판매자도 현금을 쥐니 부자가 된 느낌인 모양이다. 상대적인 빈곤감에 가위 눌릴 겨를이 없다. 그녀는 물건을 팔고 사는 행위를 통해 이루어지는 공감대에 뿌듯하다.

그때 전화벨이 울린다. 전공주 목소리다. 만나자는 말은 쏙 빼고 목소리 들으니 반갑다는 느낌을 실어준다.

'연이야, 잘 지내고 있지? 소식 궁금했는데 어쩌다 늦었네.'

활달한 초등학교 친구는 정연이 걱정이 먼저다.

'응. 괜찮아졌어. 공주 넌 어때? 손주들 잘 크지?'

정연이는 넘겨짚고 묻는다.

'중학교 다녀. 예전보다 편해졌지만. 시집간 딸이 직장을 다니니 내가 안봐 줄 수 없어서. 가까이 사니 맨날 딸네 집으로 출근하기 일쑤지 뭐.'

그녀는 전공주에게서 알뜰한 삶을 본다. 모든 것을 잃었지만 좌절감에 주저앉기는 이르다. 일어서서 똑바로 걷자. 평생 부끄러움이나 후회에 매달릴 수 없다. 남편도 떠나고 외동딸도 떠났다. 그러나 하늘이 무너진 것은 아니다. 한숨만 짓다가 일어섰다. 달라져야 한다. 그래야 했다.

이대로 무너질 순 없다. 눈은 노안으로 기울어가 어른거리니 불안하다. 피부는 날마다 그녀의 정신을 갉아먹는다. 반절의 연금에 고마워해야 한다. 사글세를 꼬박꼬박 낼 수 있으니까. 쪼들리는 사람들은 모두 발악하며 사는 것 같다.

그녀는 집으로 돌아가는 고갯길에서 태아들의 이름을 다정하게 부르며 말을 건다. 해야, 달아, 별아, 강아, 산아, 풀아, 다현아! 너희들이 지켜볼 것이기에 외롭지 않다. 코로나 시작 전 어버이날 카네이션 만들기 봉사활동에 참석했지. 그때 젊은 엄마가 중학교 딸을 데리고 같이 와 있었어. 몸집이 제법 우람했어. 그 자리엔 외할머니도 있었어. 중학생 딸이 얼마나 야무진 말을 하던지 귓가에 맴도는구나.

'제가 얼른 커서 돈 벌어 엄마에게 맹도견을 사드려야겠어요. 엄마는 겸손하셔서 괜찮다고 사양하셔요. 제가 도와주지 않으면 잘 다치시고 넘어지시면서도요. 세상에서 가장 착하고 고마우신 울 엄마예요. 엄마는 행복하셔야 해요. 그동안 저 키우시느라 고생 엄청 많이 하셨어요.'

중학생은 솔직하게 엄마가 시각장애인으로 불편한 점이 많다고 카네이션 만들기 봉사팀에 낀 우리에게 알려주었어. 힘들게 하루를 버티는 젊은 엄마가 안타까우면서도 딸을 의젓하게 잘 키웠구나 존경스럽더구나. 엄마를 창피하게 여기지 않는 비단결 같은 마음씨! 엄마의 손을 잡고 토닥거리는 손길에 정다움이 묻어났어.

세상에서 중요한 건 재산이 아니야. 가식이 아닌 진심으로 우러난 정성이었어. 난 여윳돈이 있다면 맹도견을 사주고 싶을 지경으로 감동했단다. 엄마와 딸의 끈끈한 정이 부러워 죽을 지경이었단다. 불행히도 마음뿐이라니 서글프구나.

*

고개를 내려간다. 마음이 바빠도 빨리 걷지 못한다. 빗줄기가 연하게 내리고 있어 보도가 미끄럽다. 우산을 쓰고 배낭을 맨 차림이다. 걸음 한걸음이 살얼음판이다. 보폭을 줄인다. 운동화 밑창이 반들거리진 않아도 실수로 넘어지면 다칠 건 뻔하다.

유화 도구를 배낭 안에 챙겨 조금 무겁지만, 도서관까지 걸어가기로 작정한다. 이번 한 달을 수입 한도에 맞추어 아끼면 좋을 성싶다.

버스비를 줄이자. 간단한 실천을 하는데 궂은 날씨가 도와주지 않는다. 걸으면 건강에 좋지만, 도서관 가는 길은 애로사항이 많다. 작업실에 캔버스를 놓고 왔으니 물감과 붓 등 소소한 물건만 챙겨 그나마 배낭의 부피가 가볍다. 그래서 걸어갈 자신감이 생긴 것이다.

오르막이 제법 가파르다. 신호등도 복잡하다. 땀이 나면 이제 가지고 다니는 손수건으로 닦는다. 차양 모자도 썼다. 마스크도 끼었다. 도서관에서 유화를 그린 후 집으로 올 때도 걸으리라 작정한다. 고단하게 움직여서 잡념을 몰아내자는 저의도 깔려 있다. 환승센터를 지나 반질반질한 대리석 포장도로를 조심하며 신호등 앞에 섰다.

골목을 빠져나오는데 옆집 할머니가 말이 하고 싶은 눈치다. 새로 이사 온 3층 남자 때문에 잠을 설친다고 담장에 오토바이를 세우는 게 시끄러워 큰 화분을 여러 개 갖다 놓았다고 심술부린 걸 기억하고 있다. 그 화분을 손질하다가 멈추고 반갑게 어디 가느냐고 묻는다. 그림 그리러 간다고 말하지 않고 얼버무리며 인사에 대신한다.

직장 다녀 자금을 마련한 뒤 트로이 유적을 발견한 슐리만을 떠올린다. 그녀도 그림을 그려야겠다. 아이들을 품 안에 꼭 껴안기 위해서 그들의 입김을 떠올려야겠다. 사연을 모르는 남들에게 생뚱맞을지 몰라도 그녀에겐 전부인 삶의 궤적들이다.

해-달-별-강-산-풀 그리고 다현이. 그녀를 일으켜 세우는 원초적인 힘이다. 절망을 유화 물감으로 두텁게 칠해가며 묻었다. 그녀의 의지가 굳건하니 쓸데없는 고민에 날을 세울 필요는 없다. 추상화든 구상화든 원근, 구도, 명암의 기법을 뛰어넘어야 그림에서 나타내고자 하는 주제가 선명히 드러날 것이다.

선생님은 빛이 어디서 오는지 그것부터 물었다. 그 빛이 만들어내는 명암을 표현하는 일이 그림의 기본이란다. 사진과 그림은 다르다. 똑같은 풍경인데 그려진 대상은 그리는 사람의 솜씨와 각도에 따라 느낌부터 달라지니까.

온 정신을 쏟아 그린다. 얼마나 진지한지 입시생 같다고 서로 격려하면서. 유화 물감 도구를 사고 이젤 캔버스 여타 따라오는 재료들이 많다. 어설프게 붓질을 시작하자 시간은 뜀박질하듯 달려간다. 처음 사진을 보고 그릴 때 어디서부터 붓질을 해야 할지 색을 어떻게 버무려야 할지 아득하기만 했다. 바위산과 나무 묘사가 힘들었다. 햇살이 비치는 각도, 구도와 채색 그 어느 한 가지도 눈에 확연히 잡히지 않는다. 바위산과 나무를 묘사한 작품을 꼬박 두 달에 걸쳐 완성하고 사인까지 마친 뒤로 자신감이 생겼다.

풍경화에서 정물화로 옮겨가기 전에 그려야 할 그림이 있다. 해─달─별─강─산─풀. 그 자연의 품속에서 그들을 지켜보는 여섯 살 공원에서 춤추던 다현이. 이 두 번째 작품은 구도 원근 명암을 무시한다. 상상화다. 추상화 같은 구상화다. 그녀의 꿈속에서 헤엄치는 영상을 재현한다. 태아들이 뿜어내는 개성적인 동작을 캔버스에 꼼꼼히 담아내야 한다. 화기애애하게 뛰노는 운동장이 연상되면 성공이다.

그 캔버스를 작업실에서 완성한 뒤에 집으로 정성스럽게 싸서 돌아오는 발걸음은 비장하기까지 하다. 같이 그림 그리는 사람들이 한 마디씩 특이한 그림이라고 의미를 물었지만 명확한 답을 말하기가 어려웠다. 자연이 좋아 자연을 하나로 뭉뚱그려 표현해보았다는 답이 고작이었다.

구절초가 피어 있는 들판, 화려한 양귀비가 무더기로 핀 화분을 이어서 그렸다. 담장 울타리를 둘러싼 덩굴장미를 그린 뒤 해바라기로 옮겨갈 것이다. 자연의 에너지가 뿜어내는 치유와 복원의 힘은 눈부시다. 얼마나 오랜만에 진정으로 느끼는 법열의 순간이냐!

*

마음이 바빠 돌아올 때는 버스를 탔다. 정순이가 보낸 택배 문자를 받아서다. 택배가 문 앞에 놓여있다. 이혼의 아픔을 딛고 보육 교사로 근무하는 여동생이다. 잠자는 시간 쉬는 시간을 줄여가며 손수 음식을 장만해서 보낸 동생에게 감동한다.

널찍한 도서관에서 책을 읽으며 쉬다가 해가 설풋 넘어갈 때쯤 돌아오려고 했다. 갑자기 핸드폰에 택배의 전갈이 떠서 서둘러 반납하고 내려온 참이었다. 그런데 택배 안에 편지 한 장이 툭 떨어진다. 전화로 이야기해도 되는데 웬일이지? 하면서 편지를 읽어 내려간다.

'언니, 기가 막혀. 전화로 말 못 하겠어. 인규 오빠와 동규가 재판 중이래. 아버지가 재판을 걸었고 동규가 아마 대리로 처리하고 다니겠지? 우리도 들었잖아? 종중 땅이 어떻고저떻고. 그 땅에 무슨 일이 생겼나 봐. 능청스럽게 숨겨서 몰랐는데. 동네 사람과 내가 같이 어린이집에서 근무하거든. 그가 전화하면서 떠드는데 바로 우리 집 이야기야. 나 들으라는 소리처럼 꼬시다! 비아냥거리더라고. 창피하니까 우리에게 감추었겠지.

빚을 져도 부모가 다 갚아주니 두 다리 쭉 뻗고, 편히 먹고 산

게 누구 덕인지 알 사람은 다 아는데. 며느리들 기세 대단하지? 첩
꼴 보면서도 동생댁이 잘 참아 무던하다 칭찬했더니 엉큼하지. 화
상으로 죽네사네하자 동규 농기구 다 팔았잖아. 건조장 팔고 트
랙터 팔고 재산이 아직도 숨어있나? 동규 술 마시면 동네 사람 붙
잡고 돈 자랑 하니 누가 좋아해. 살아난 것도 신기하지만. 이건 맞
는 건지 원. 원적사 스님이 했다는 말 생각나지? 승규 엄마 해코
지 피하려면 승규에게 잘해라, 그 말대로야. 동규가 죽을 고비 이
겨내는 게 그 공덕이지. 몇 번이나 음주 운전하다가 차가 뒤집히
고 논바닥에 구르고 했어도 살아났잖아. 스님은 막내 문규 목숨을
앗아간 대신 개차반으로 사는 동규의 명줄은 보장해준 거야. 어떻
게든 살아나 활개 치는 거 보면 대단해. 귀신이 참 현명한 거 같지
않아? 죽을 고비에서 목숨은 살리지만, 그 대신 어려움을 겪게 하
잖아. 딸로 태어난 우리만 찬밥신세지. 웬걸 터질 건 터지게 돼 있
지? 두 아들 늘그막에 추잡하게 부모 돈 갖고 재산싸움이래? 염치
도 좋아.

왜 아들에겐 한량없이 돈에 너그러운지. 배다른 아들까지. 대
단한 아들 선호지? 어머니는 바보가 된 모양이야. 딸들에게도 논
한 필지씩 주어야 한다고 입버릇처럼 말한 게 다야. 지금은 치매
가 심해서 그 말 안 한 지 오래야. 딸에겐 시늉도 안 하면서 끼지도
못하게 엄포 놓으면서 두 눈 뜨고 지켜보라네. 아들이라는 벼슬살
이 할 만하겠네.

인규 동규 두 아들 친정 박살 내려고 작정한 사람들이지. 아버지가 저축해 놓은 현금이 얼마인지 알고 있는 사람은 아들들뿐이잖아? 동규가 1억 원 화상 병원비 내달라고 요구했대. 나중에 농사지어 갚겠다고. 늘 하는 수법이지. 화상 환자는 수술비도 비싸. 의료보험도 안 되지. 피부이식 수술 등 성형외과 항목이 많대. 병원비 감당 못했으면 죽었을 동규가 바락바락 살아나서 집안을 또한 번 휘저을 모양이야.

그나저나 언니, 서울로 거처 옮긴 건 잘한 일이야. 언니가 기운 차리고 열심히 사는 모습 보기 좋아. 스피노자가 그랬담서. 내일 세계 종말이 오더라도 오늘 한 그루 사과나무를 심겠다. 그게 진짜 내가 보아온 언니거든.

우린 자빠지면 끝이야. 거꾸러지면 벼랑 끝이라. 인문학 공부 좋다더니. 그림도 그리다니 대단해. 그 불굴의 에너지 내게 반만 줘. 항상 건강한 마음으로 지내다가 만나게.'

방금 담은 김치와 고추 멸치 조림 등 꼼꼼하게 비닐에 넣어 챙겨 보낸 동생의 쏨쏨이에 정연이는 한숨을 푹 내쉬었다. 서울에서 사 먹어도 되는데 구태여 고달픈 언니를 위해 기꺼이 쉬는 날 요리해서 보내는 동생의 부지런함이 푸근하다.

태풍이 몰아쳐도 끈끈한 가족이 있으면 반드시 일어선다. 정연이는 믿고 있다. 그녀가 못하는 일을 타박하지 않고 있는 그대로 받아주는 가족. 아, 어머니, 아버지가 건강하게 살아 있음이 축복

이어야 하는데. 정순이 말마따나 부모가 처량해 보인다.

서운함은 바뀔 기회를 주지 않았다. 늙어가는 부모의 주름진 눈시울에서도 아들에게 향한 동정과 안타까움만 묻어났다. 마음 한 구석에 찌르르 찬물이 흘러갔다. 어렸을 때부터 차별은 깊었다. 먹장구름이 지나간다.

입버릇처럼 들은 말, 딸은 출가외인이다. 그래도 너희를 초등교육으로 끝내지 않고 고등교육시켜 준 것은 아버지가 개화된 사람이라 그런 거다. 부모 재산 욕심내지 말아라. 아들이 많고 손자가 많아서 조상을 위해 할 일이 많다. 딸들에게는 내가 죽으면 천만 원씩 현금으로 주라고 내가 유언장 써놓았다.

초상집에서 곡을 할 사람이 필요하겠지? 초성 좋은 딸들이 머리 풀어 헤치고 곡을 하면 조상들이 기쁘게 받아들이나? 초상집 분위기가 살아나나?

친정에서는 한갓 쓸모없이 버려지는 폐기물이 아니었나! 상실에 대한 몸부림은 폭풍처럼 몰아치고 있다. 상혼이 고개를 냉큼 쳐든다. 거기엔 청춘도 녹아있고, 온몸으로 견뎌야 할 다현이를 잃은 빈자리가 설움과 함께 움푹 패어있다. 도망칠 수 없다. 그러나 죽음이 다가오면 안 된다고 마음을 다잡는다.

8장 잿더미

치열한 열정에 오롯이 몰두하며
가녀린 가난한 초상화 위로해도
겨울 서리 씹는 맛 웅어리로 남아 쓸쓸하다. (몽운 시 「쓸쓸한 슬픔」 끝연)

울고 있는 노인 / 빈센트 반 고흐 / 몽운 모작

정일섭은 가문을 신줏단지[神主]로 섬긴다. 6대째 외아들로 자손을 이어 온 족보다. 도박으로 가산을 탕진한 형은 가족을 이끌고 서울로 떠났다. 어머니와 정일섭은 남았다. 정일섭은 공고에 진학한 후 새벽에 일어나 뛰어가서 열차로 통학한다. 그러다가 학교 가까운 병원에서 일하면서 학교 다닐 일자리가 생겼다. 병원 허드렛일이다. 병원장 부인은 성격이 고슴도치처럼 까칠했다. 새벽 댓바람부터 '일섭아!' 마당 쓸라고 호령이다. 다음 날부터 부르기 전에 반들반들 쓸었다. 상머슴 부리듯 부르는 소리가 거슬렸다. 얼른 대답하고 마당을 쓸었다고 씩씩하게 말했다.

어깨 너머로 주사 놓는 법을 익혔다. 병원 문턱이 높아 가족이 아프면 살림이 거덜 나는 시절이었다. 돌팔이지만 젊어서 손이 재빨랐다. 가방 안에 의료기구를 넣고 다녔다.

김상술 집에 놀러 왔더니 친구 어머니가 누워있었다. 625 동란 때 공산당에 가입한 머슴들이 동네 유지들을 모정 앞에 모아놓고 인민재판을 했다. 그 자리에 윤미례와 김상술 아버지가 끼었다. 물 한 모금 안 주고 찌는 듯 무더운 8월에 들어갈 묘를 삽으로 직접 파고 들어가 매 맞아 죽었다.

친구 어머니는 병들었다. 장모는 목숨 살려달라 애걸하다가 왼쪽 팔목이 금 간 채 살아야 했다. 인민재판이라고 떠들썩했지만 구실이었다. 미운 사람 목숨줄 조여 매는 무시무시한 엿 먹이기였다.

정일섭은 친구 어머니를 극진히 보살폈다. 혼사를 주선한 것은 김상술이다. 장모도 정일섭을 촉망 있는 인재로 여겨 환영했다. 처가는 일곱 필지의 논이 있어 살림이 윤기가 돌았다. 정일섭은 오죽했으면 병원 머슴살이로 학교 다녔을까?

윤미례 아버지는 때깔 고운 두루마기 한복을 차려 입고 헛기침으로 동네 고샅을 걷는 모습이 일상이었다. 장모는 베틀에서 무명 베를 짜면서 아들 없어 대가 끊어진다는 타박을 떠안았다. 소실과 같이 산 이유다. 소실은 남편이 죽자 낳은 딸을 데리고 마을을 떠났다.

장모는 딸 셋과 덩그러니 남았다. 인심이 흉흉하던 시절이라 딸 단속을 해야 했다. 50호가 넘는 동네에 개간한 논들이 사방으로 바둑판처럼 펼쳐있다. 추수를 끝낸 논에서 이삭만 주워도 주린 배를 채웠다. 난리 통에 먹을거리 찾아오는 사람들이 늘었다. 딸들이 밖으로 얼굴을 내밀고 나가려 하면, 공연히 마음이 쓰였다. 방안 문고리를 꼭 잠그라 단단히 일렀다. 딸들은 살랑살랑 봄바람의 유혹을 견디지 못했다. 밖으로 나가 봄나물 봄 향기 맡고 싶어 안달이었다.

큰딸 윤미례가 혼인했다. 신식교육 받고 병원에서 고학하며 의료기술을 익힌 사위다. 구두를 반짝반짝 닦아 신고 신사복을 차려입은 정일섭은 비명에 간 남편을 대신해서 집안의 대소사를 해결해줄 큰사위로 분에 넘쳤다. 막 물이 오른 청년이다.

윤미례는 봉덕리로 시집을 갔다. 숟가락조차 꽂을 데 없는 척박한 살림이다. 동네 논밭을 찾아 손과 발이 부르트도록 일해야 했다. 전답이 있어야 먹을 것이 생기는 까닭이다. 아들도 바로 들어섰다. 정인규丁仁圭라 이름 지었다. 인규가 돌이 다가오는 때였다. 남편이 여자를 데리고 왔다. 남편이 여자와 소곤거렸다. 눈꼴시었다. 오래 사귀어 온 사이인지 거리낌 없이 여자는 사르르 눈웃음친다. 일이 손에서 헛돌았다. 곁에 시어머니가 같이 살면서 모르쇠다. 아들이 하는 일은 무조건 옳아 애초에 훈계할 리 만무다.

이렇게 평생 살아야 하나 아득했다. 남편에게 뭘 잘못했느냐 따져야 하는데 입술이 얼어붙었다. 저녁밥을 지어 먹고 보따리 짐을 싸고 돌잡이 아들을 업었다. 자리를 비켜주리라. 친정아버지도 돌아가시기 전까지 소실을 집으로 데려왔다. 친정어머니는 밥상을 차려 주고 이불도 챙겨주었다. 자연히 같이 살았다. 그 판박이다. 대를 잇겠다는 거창한 핑곗거리라면, 당치도 않다. 그녀는 떡두꺼비 같은 아들을 두었다. 길을 나섰다. 달이 휘영청 솟아올라 환하게 비추니 속이 뒤집힌다. 윤미례는 넋두리하면서 친정 동네를 향해 걸었다. 등에 업힌 인규는 숨소리도 가늘게 쉰다.

친정 대문을 흔들면서 '어머니. 저 돌아왔어요.'하고 소리하자 어머니가 놀라 달려 나왔다. 두 여동생도 자다가 부스스 일어나 앉았다. 윤미례는 시댁에서 겪었던 일을 미주알고주알 풀어놓는다. 보따리 싸 들고 친정으로 돌아온 하소연이다.

남편 앞에선 주눅이 들었는데 어머니와 여동생들 앞에서 설움이 강을 이룬다. 한밤중 복받치는 감정이 담장 밖으로 넘어가도 조절이 안 된다. 겪은 일들이 새록새록 되살아나 콧물이 입술에서 목까지 타고 흘렀다. 눈물범벅이다.

'아이고, 불쌍한 내 새끼. 어쩔끄나. 다 잊고 나랑 살자.'

어머니는 어깨를 토닥이다가 큰딸의 손을 잡고 같이 눈물을 훔쳤다.

딱 한 달이 지나 정일섭이 윤미례를 데리러 왔다. 여자가 떠났으니 가자고 이끈다. 미안해하는 기색이 없다. 남자 입장에 그 정도야 당연하다. 기생집도 드나드는데 허물이 아니다. 윤미례는 뻔뻔하게 찾아온 남편 얼굴이 보기 싫어 어머니 등 뒤에 숨었다. 시댁으로 돌아가고 싶지 않았다. 고개를 자꾸 흔들었다.

—정서방, 딸은 여기서 나랑 살고 싶다네. 전달에 내가 쌀계[米契]를 탔어. 여섯 마지기 논이 마침 나와 딸 이름으로 샀네.

정일섭은 눈을 동그랗게 떴다. 논 한 뼘 없어 고단한 자기 처지가 비굴해 보였다. 쉽게 논을 사는 장모의 수완이 대단했다.

그 뒤로 윤미례는 시댁에 돌아가지 않았다. 동네 길목에 있는 논을 사서 터를 다지고 집을 지었다. 어머니 논을 관리만 해도 수십 섬 벌기는 식은 죽 먹기다. 친정 동네에 사니 아이가 생겨도 알뜰살뜰 거두었다. 정인규는 풍채가 돋보였다. 정연이, 정순이 두 손주는 함박꽃이었다.

어머니는 인공 때의 아픔을 삭인 채 손자와 손주 재롱에 시름도 잊었다. 둘째 동규도 쑥쑥 자랐다. 막내 손자 문규가 세 돌 되기 전 수리조합 물에 발을 헛디뎌 죽기 전까지 평온한 날이었다.

마당도 타작마당으로 쓸 정도로 넓다. 텃밭도 가꾼다. 외양간에 누렁소를 키우고, 작두도 묻어 물도 동네 우물에서 길어올 필요가 없다. 벼와 보리를 심고 텃밭에 채소를 골고루 심었다. 땅이 기름지고 퇴비를 잘 섞어 쓰니 먹을거리가 지천이다. 호박, 가지, 오이, 상추, 시금치, 생강, 당근, 고추, 마늘… 장독대 앞에는 포도나무를 심었다. 칙간 옆에 헛간을 짓고 맞은 편으로 닭장을 만들어 닭과 오리와 거위를 친다. 논에 뽕나무를 심어 누에를 친다.

부지런함은 재산목록 1호다. 일마다 복덩이가 굴러왔다. 목돈이 쉽게 만들어졌다. 친정으로 돌아온 지 얼마 안 되어 부자가 되었다. 정일섭의 바람기가 이젠 드러내놓고 날개를 달았다. 도박에 손대지 않았지만, 윤미례의 가슴에 피멍이 들었다.

─겉보리 서 말만 있어도 처가 신세 안 진다!

이 말을 입바르게 떠드는 정일섭이건만 농사에서 얻어지는 수확을 따라잡을 수 없다. 그럴지언정 나름대로 전문지식이 필요한 일을 하려고 열심히 찾아다녔다. 정일섭은 고교 중퇴를 만회하려고 독학으로 한지약사限地藥師 약종상 자격증을 땄다.

6·25가 일어나 가족을 부양한다며 징집을 차일피일 미루다 막바지에 군대에 갔다. 가장도 소용없이 장정들은 무조건 소집되었다. 개인 사정을 봐줄 국가 상황이 아니었다. 상관은 늦게 들어왔다고 엄청나게 두들겨 팼다. 위생병으로 근무하여 약종상에 보탬은 되었지만. 군대 봉급을 꼬박꼬박 저축했다. 사업 밑천 마련하려 허리띠를 졸라맸다. 배급 담배도 팔고 매혈도 했다. 제대했을 때 목돈을 쥐었다.

군대 여군 하사와 가까워졌다. 그녀는 전역하자마자 처가 주변으로 이사 왔다. 그때 정연이가 태어났다. 여군 하사는 면장 외아들에게 시집을 가버렸다. 그녀는 얼마 지나지 않아 아들을 낳았고 감쪽같이 그의 아들로 입적시켰다. 그 아들은 정일섭의 아이일 수 있었다. 야릇한 소문은 솔솔 김이 났다.

소문이 사실이냐며 윤미례는 다그쳤다. 돌부처도 돌아앉는다며 그만 살자고 덤볐다. 정일섭은 소원대로 해주마고 윤미례 도장

을 파서 서류상 이혼했다. 매서운 추궁에 오만 정이 달아났다. 그
틈을 비집고 고학할 때 눈인사로 정든 신여성을 다시 만났다. 승
규 어머니다.

윤미례는 딸들을 등한시했다. 아들을 낳으면 얼굴에 화색이 돌
았다. 정연이. 정순이는 생모의 보살핌보다 바람과 햇빛의 품 안
에서 무럭무럭 자랐다. 농사 전문 윤미례는 자잘한 신경 쓸 겨를
이 없다. 딸들의 꼼지락거리는 재롱에 기쁨이 쏟아져야 하련만.
정승규는 이슬 먹고 자란 풀처럼 몰래 태어났다.

윤미례는 시댁에 데려온 그 여자가 약방에서 승규를 낳고 죽었
다니 놀랍다. 약방 사환인 줄 알고 관심 안 둔 잘못이다. 승규를
떠맡아 쌍둥이처럼 키워야 했다.

약방에서 살림을 차린 여자는 정일섭의 첫사랑 격이다. 고학하
며 병원에 일할 때 병원장 부인과 이웃처럼 지내며 드나들던 친지
의 딸이다. 여학생과 눈을 마주쳤지만, 눈길을 돌려야 했다.

암암리에 부탁받은 대로 왕진 다니던 길에 환자의 친구로 놀러
온 그녀와 다시 만났다. 지난 일들이 떠올라 헤어지지 못하고 집
에 데려와 윤미례가 인규를 업고 친정으로 가버린 일의 단서가 된
여자! 사귀던 대학생 남자에게 바람맞고 헤매던 얼빠진 여자가 정
일섭 주변에서 얼쩡거리다가 약방 사환이란 허울을 쓰고 살림 차
려 들어앉은 것이다.

세월이 흘러 정승규를 낳으면서 여자는 정식 결혼을 요구했다.

정인규 정연이, 정순이 3남매를 둔 유부남인 줄 알면서 꼬리친 여자다. 그녀는 주위의 따가운 시선은 아랑곳하지 않았다. 아들의 우렁찬 울음소리에 신바람이 났다.

윤미례의 손끝에서 불어나는 쏠쏠한 재산을 쌈짓돈처럼 쓰는 재미에 정일섭은 윤미례를 포기할 수 없다. 가을이면 넝쿨째 들어오는 목돈으로 형님도 도와주고 어머니 용돈도 챙기는 그는 씀씀이가 수월찮았다. 약방은 어림없었다. 남자의 정은 신여성에게 쏟으면서 윤미례를 소홀히 할 수 없어 두 집 살림을 자연스럽게 이어갔다.

농사일 중독에 빠져든 윤미례는 정일섭의 일탈을 눈치채지 못했다. 원래부터 부부간의 살뜰한 정이 있는 것도 아니다. 윤미례는 연년생으로 얻은 딸들 뒤로 얻은 아들 동규를 출산한 지 얼마 안 된 몸인데도 농사일에만 열심이었다. 벼농사는 일손이 많이 갔다. 일꾼이 그녀 성에 차지 않았다. 동네 사람들이 수군거렸다. 윤미례는 정일섭 단독으로 처리한 일로 자식을 두고 이혼당했다. 그녀는 동거하던 여자가 급살 맞아 죽을 때까지 까맣게 모르고 있었다. 상일꾼으로 벼농사에만 힘을 쏟았기에.

정일섭은 큰 위기를 맞았다. 여자는 산후조리용으로 장대 물고기를 미역국을 끓이기도 하고 쪄서도 즐겨 먹었다. 저녁을 같이 먹다가 그 장대(양태)라는 생선 가시가 목구멍 깊이 걸려 갑작스럽게 숨 막혀 죽었다. 유언을 남길 틈도 없었다. 숨을 거둔 엄마

곁에서 젖먹이 승규는 칭얼거렸다.

정일섭이 양쪽 여자 집을 왔다 갔다 해서 아들이 한해에 열흘 차이로 태어났다. 입소문은 윤미례 질투가 심해 죽였을 것이라 수군댔다. 실제는 엄연히 달랐지만, 악역을 윤미례가 도맡았다. 모함에도 정일섭은 윤미례 편이 아니었다.

잠잠히 있던 여자의 친정 식구들이 떼로 몰려들었다. 친정 오빠인 경찰은 진상조사를 하겠다며 정일섭을 숫제 범죄인 취급이었다. 혼인 빙자 간음죄로 감옥에 집어넣으리라 불호령이었다. 법적으로 정일섭은 홀아비이다. 윤미례의 강짜에 맞추어 저지른 호적 정리가 위험을 모면하기에 아귀가 딱 맞았다. 정연이 출생부터 호적이 정리되지 않아 깔끔했다. 윤미례는 이혼녀로 친정에 호적이 돌아갔다. 정일섭 앞으로 인규만 올라가 있으니. 요모조모 따져봤자 혼인 빙자 간음은 성립이 안 되었다.

윤미례는 정일섭과 돈 문제 가지고 날카롭게 충돌했다. 어머니 생활비를 대고 형 뒤치다꺼리에 조카들 학비까지 챙기자 금싸라기재산을 축낸다고 소리를 질렀다. 정일섭은 호적을 정리하고도 죄의식 없이 드나들었다. 정일섭은 개미같이 움직이는 일꾼 윤미례의 생활력은 아까워 버릴 수 없었으니까.

여자 오빠가 아연실색했다. 서슬 퍼렇던 기세가 호적을 떼어보고 단박에 물러섰다. 부모끼리 약속한 혼사도 아니고 저희끼리 좋아서 살다가 아이를 낳고 말 한마디 못 하고 죽은 여동생만 불쌍했다. 자식을 두고 이혼한 홀아비다.

정일섭은 닦달하는 오빠 경찰을 붙잡고 통사정했다. 정식 결혼을 할 참이었노라고. 공교롭게 산후조리용으로 사서 조리한 장대 가시가 목을 찌를 줄 몰랐다고. 용서해 달라고 손이 발이 되게 싹싹 빌었다. 취조는 가혹했다. 6·25로 늦게 군대에 마지못해 끌려가 당한 고초보다 지독한 인격모독을 당했다. 장대 가시가 목구멍에 걸려 숨이 막혀 죽으니 눈앞이 캄캄하다. 같이 밥을 먹고 있었지만 손쓸 수 없었다. 화가 풀릴 때까지 고개를 조아렸다. 서슬 퍼렇던 경찰 오빠는 승규를 외가로 데려가지 않았다. 잘 키워달라는 인사도 없이 싱겁게 떠나버렸다.

4남매와 농사일에 허우적거리는 윤미례에게 젖먹이가 혹으로 붙었다. 승규보다 열흘 늦게 태어난 동규도 젖이 적어 빼빼 말라가는데, 똥오줌도 못 가리는 아이를 덤으로 받았다. 시어머니에게 거두어달라고 부탁했지만 거절했다. 돈 타러 아들 보러와서 몰래 수군거리긴 잘하는데 아들이 저지른 일에 고개를 도리질했다.

승규는 4남매 등쌀에 끼어 불행한 어린 시절을 보냈다. 자손이 흔하니 대접은 노비 취급이다. 제일 벅찬 상대는 같은 나이의 동규다. 동규는 승규를 대놓고 주워 온 아이라고 깔보고 동네 아이들 앞에서 주먹을 내질렀다. 승규는 쥐구멍 찾아 숨어야 했다. 삼년 후 막내 문규가 태어나 농로를 따라 연결된 수리조합 물 다리 밑에서 놀다가 신발이 빠져 건지려다가 실수로 발을 헛디뎌 숨이

멎을 때까지.

정일섭은 장대 가시가 걸려 죽은 사건으로 소문이 흉흉했어도 폐업하지 않고 약방을 건성으로 유지했다. 힘들게 딴 약종상 허가 자격증을 포기할 수 없었다. 경찰에게 어찌나 혼이 났던지 드러내 놓고 여자를 들이지 못할 뿐이다.

윤미례를 따라 농사일을 거드는 체했다. 고학하면서 받았던 설움 탓일까? 마당이 더러운 것을 참지 못해 정일섭은 싸리 빗자루로 마당을 쓰는 일엔 지극 정성이었다. 쟁기질, 써레질, 등짐 지기, 소 구르마 끌기 등등. 농사일이 마음 한구석에 도사리고 있는 뼈대 있는 양반 체면을 구긴다는 인식과 충돌했다.

농사일이 손에 익지 않고 맞지도 않아 일손을 돕는 둥 마는 둥 어정거리는 찰나 학교 앞에 정미소 자리가 났다. 정미소를 사서 허드레 일꾼을 두었다. 윤미례가 상주하며 일을 도맡아 처리해나 간다. 농사도 거뜬히 지어야 하니 일거리만 늘었다. 바쁘게 몸을 부린다. 정미소는 일꾼이 기계에 걸려 손이 부러지는 사고를 당하자 남에게 맡겼다가 5년 만에 사업을 접었다. 일 하나가 줄어 윤미례에겐 다행이었다.

인규는 일찍 학교에 들어갔으나 공부에 취미가 없었다. 학교를 건성으로 다녔다. 게으른 학생이었다. 책만 붙들면 생머리가 아팠다. 의대만 가라고 하니 죽을 맛이었다. 군대 갔고 제대해서는 장가를 들었다. 정일섭이 시골에 거저 줍다시피 만들어놓은 재산을 지키라고 억지로 몰아넣었다. 인규의 의사는 중요하지 않다. 시키면 무조건 따라야 하는 정일섭의 명령이다.

간척지 땅은 소금물을 먹어 벼농사가 잘되지 않았다. 경작하기 좋은 논보다 턱없이 싼 값이다. 해마다 정일섭은 간척지 땅을 사들였다. 인규, 동규, 승규 이름으로 본인 이름으로 마구 사들였다. 딸들과 윤미례는 당연히 배제되었다. 논바닥에서 쌀을 얻는 수고로움을 당연시한 정일섭은 수확한 쌀을 맘대로 처분할 권리를 누렸다.

윤미례는 막내 문규를 눈앞에서 허망하게 잃어버린 뒤로 기가 꺾였다. 사랑스러운 막내아들을 지키지 못했다. 농사일은 끝이 없어 문규를 보살필 여유가 없었다. 엄마 옆에서 윤미례가 논두렁콩을 심느라 정신을 팔고 있을 때 놀다가 수리조합 물에 신발이 한 짝 빠지니 그 신발 구하려고 물속으로 미끄러져 들어갔다가 당한 익사였다. 일이 얽히느라 어머니는 막내딸을 보러 갔고 일꾼들은 자기 일에 바빴을 뿐 문규의 움직임에 신경 쓰는 사람은 없었다. 다른 아이들은 모두 학교에 가고 없었다.

정신이 꼬여버린 윤미례는 용하다는 만적사 스님을 찾아나섰다. 그 스님의 엄포에 기를 눅였다. 문규가 액땜해준 거다. 마음을 열어라. 죽은 뒤 후회하면 늦다. 자리 뺏긴 귀신 해코지 피할 방법은 승규를 문규 대신으로 알고 키워야 원혼 달랜다. 그 말이 씨가 되어 승규는 조금은 활발하게 지내게 되었다. 따갑던 눈총을 거두자 승규가 윤미례 눈에 문규처럼 보였다.

정일섭은 학교 앞 정미소를 처분한 후 얼마 지나지 않아 양조장을 인수했다. 뭉뚱그려 추산하면 손꼽는 부자다. 부자 소원을 단숨에 이루었다. 양조장도 끄떡없이 운영되었다. 쌓아놓은 낟가리가 푸짐했다.

조상 덕으로 부자가 되었다고 말끝마다 조상을 달고 살았다. 재실을 공들여 짓는 자금 마련에 박차를 가했다. 윤미례의 손발이 닳고 뼈가 으스러지도록 일한 공로를 염두에 둘 자리가 없다. 명예나 권력은 비켜 갔지만 재산을 불렸다. 죽어서 가져가지 못할 토지가 아까웠다. 봉분이라도 높이기를 바랐다.

장남을 전령사로 내세워 가문의 기틀을 다져야 했다. 손자는 5명으로 늘었다. 논을 종중으로 묶으면 절대로 팔아먹지 못한다. 재실을 짓고 족보를 정리하고 본인을 시조로 명시해 놓으니 그의 핏줄은 영원히 번성하리라. 가족법이 해체되고 호주법도 유명무실하다지만 족보는 조상들의 염력과 혈연이 엉긴 생명 자체다. 조상을 똑바로 모셔야 흥한다.

그런데, 믿었던 장남이 종중 땅을 교묘하게 돌려놓은 것을 알게 되었다. 종중 땅 대표로 정일섭을 밀어내고 장남이 그 자리를 차지했다. 가 등기로 오천만 원을 정일섭 앞으로 근저당권 설정을 마친 상태라 10필지 종중 땅은 장남의 온전한 차지다. 이제 정일섭은 종중 땅 대표도 아니고 빚진 채무자이다. 1/10씩 아들들과 손자들에게 똑같이 나누도록 설계된 지분 나머지 5/10는 이미 장남에게 등기이전되었다.

차남이 등기권리증을 떼어 와서 손으로 짚어가며 일러 준 뒤 속만 끓이며 밥도 못 먹고 잠도 이룰 수 없다. 허깨비 같은 육신은 일어나 걸을 기운이 없어 픽픽 쓰러졌다. 그동안 장남이 말아먹은 땅이야 양조장이야 거덜 냈어도 이렇게 서운하지 않았다. 유일한 꿈마저 장남이 무너뜨리니 말을 잃었다.

어떤 상황에서도 정일섭은 윤미례의 공로를 인정하기 싫다. 초기에 종잣돈이 되었던 장모가 곗돈으로 사 준 논이 차남의 빚 갚기에 제일 먼저 팔렸다. 이제 윤미례 앞으로는 은행 통장 하나 땅문서 하나 없다. 윤미례는 딸들에게도 논 한 필지씩 주어야 한다고 논 타령이다. 농사일에 손 떼면서, 뺏긴 주도권을 되찾을 리 없다. 죽은 뒤 천만 원씩 주라고 유서로 남겨놓았으니 상관 말라고 윽박질렀다.

곁에서 농사일로 잔뼈가 굵어가는 차남이 재판하면 되돌릴 수 있다고 장담했다. 변호사가 자신 있게 이긴다니 기운이 났다. 장남에게 전화해서 자초지종을 추궁하자 대뜸 욕부터 돌아왔다. 시키는 대로 다 했는데 노망들었냐고 핀잔이었다. 같이 법무사에 가서 사인도 하고 인감도장도 찍지 않았느냐고 도리어 짜증이었다.

정일섭은 지난 일을 떠올리며 한숨지었다. 고학하면서 병원에서 일한 경험과 군대에서 위생병이라 약업사 허가증을 받아 약점에서 약포를 거쳐 한지 약방을 차리기까지 숱한 고비를 넘어왔다. 장남은 양조장에서 술 만들기가 중노동이라고 온갖 엄살을 떨더니 채 몇 년을 못 버텼다. 그러면서 아버지 인감 도장을 빌려 재산을 자기 앞으로 명의를 바꾸어가며 전답과 양조장을 허락도 없이 팔아 다른 곳에 사업한다고 요란을 떨었다. 벌기는 어려워도 모으기 힘들어도 쓰기로 맘먹으면 한달음에 달아나는 게 재산이다. 본인의 노동으로 모은 돈이 아니면 씀씀이가 헤프다. 해명을 안 하니 정일섭은 미루어 짐작할 뿐이었다.

장남을 종중 대표로 바꾸고 가 등기를 해 놓은 사실은 오랫동안 겉으로 드러나지 않았다. 장남이 철저히 숨긴 탓이다. 법으로 가야 한다. 재판을 피할 수 없다. 여태 쌓아 온 부자관계父子關係는 하루아침에 무너질 모래성이었다.

#

장남은 나이를 먹어가는 아버지가 무섭지 않다. 인감도장을 달라고 해서 재산을 자기 이름으로 돌려놓고 팔았다. 많은 전답이 장남의 손에서 날아갔다. 농촌 인구가 줄고 농사일이 기계화되면서 막걸리 인기가 시들해졌다. 막걸리 판매량이 줄고 막걸리를 만드는 과정에서 필요한 인력이 달려 일손을 구할 수가 없었다. 장남과 며느리가 직접 막걸리를 빚는 공장장 일까지 전담해가며 술을 만들어 동네를 돌아다니며 팔아야 했다.

양조장을 몇 년 아슬아슬하게 운영해 보니 명색이 부자로 소문
난 사장은 허울뿐이다. 젊은 삭신이 노글노글해지도록 힘들고 궂
은일만 하다가 병만 늘었다. 허리 아파, 다리 아파 병원을 들락거
려도 아무도 애쓴다고 알아주는 사람이 없다.

비참해서 견딜 수 없다. 양조장 영업권을 다른 사람에게 넘겼
다. 건물마저 팔고 건물에 이웃해 있는 땅도 팔았다. 물론 아버지
와 상의 없이 이루어져 판 금액을 아버지에게 돌려주지도 알리지
도 않았다. 정일섭이 내출혈로 뇌혈관이 터져 생사의 고비를 넘
긴 후부터 점진적으로 벌어진 일이다. 팔순을 넘기면서 장남의 일
탈은 도를 넘어 대담해졌다. 구순 지나니 아버지를 속이기 쉬워졌
다. 허수아비나 마찬가지다.

이제 아버지가 살아있는 게 걸리적거렸다. 세상을 떠야 남은 아
버지 재산을 송두리째 자기 쪽으로 당겨올 수 있다. 그 일을 완벽
하게 처리할 궁리만 했다. 그동안 동생들에겐 하늘에서 점지된 장
남임을 세뇌했다. 아버지의 재산은 동산이든 부동산이든 선점하
고 있는 장남 몫이니 손대지 말라고 엄포를 놓았다.

장남 입장으로 아버지가 생존해 있어 종중 땅 명의만 바꾸었을
뿐 권리행사는커녕 건강보험료만 터무니없이 많이 낸다. 아버지
가 술 마시면 입에 침을 튀겨가며 자신이 조상 잘 모신 덕분이라
자랑해도 내색 안 한다. 갑자기 전화해서 종중 땅 열 필지를 추궁

하다니 장남은 아버지의 반발이 의외다. 얼마 안 지나 법원 소환장이 장남의 집으로 날아들었다. 재판하겠다고 구순 지난 아버지가 변호사에게 사건을 의뢰하다니 부글부글 속을 끓였다.

일요일 아침 8시 반경이었다. 장남은 까만 비닐을 손에 들었다. 마당 안으로 들어오면서 좌우를 살핀다. 현관문을 열면서 거실 소파에 앉아 TV를 보고 있는 정일섭에게 꾸벅 인사를 한다.

'시킨 대로 안 하고 서류를 조작해? 발걸음도 마. 개새끼. 낯짝 보기 싫다, 꺼져.'

정일섭은 장남을 보자마자 울화가 폭발했다. 삭이지 못하고 속에서 나오는 말을 있는 대로 쏟아낸다. 자연히 입이 거칠어지면서 욕설이 거르지 않고 튀어나왔다.

'내가 개새끼면 당신은 개요?'

아버지라는 호칭마저 생략하고 장남은 불길이 확 일었다. 음식이 담겨 있는 비닐을 복도 유리창 쪽에 팽개치고 신발을 신은 채 응접실로 올라섰다. 오른쪽 소파에 앉아있는 정일섭의 옷깃을 양손으로 다부지게 틀어쥐었다. 복도 쪽 화장실 쪽으로 잡아끌었다.

얼마 전 구순을 바라보는 이모부가 화장실에서 넘어져 그대로 돌아가셨다. 나이 들면 화장실을 조심해야 한다. 뇌졸중 전조증상을 느끼기도 전에 사망에 이르는 건 화장실이다. 장남은 손뼉을 쳤다. 감쪽같은 꾀가 떠오른 것이다. 아버지도 화장실 안으로 밀어 넣어놓고 스스로 넘어져 숨을 거둔 듯 꾸미면 된다. 구순이 넘은 할아버지이니 혼자 넘어진 듯 주변을 정돈하면 일은 끝난다. 그런데 정일섭의 무의식적인 반항이 의외로 치열했다. 뒤통수를 복도에 두어 번 찧었다.

TV는 혼자 계속 떠들고 있다. 정일섭은 화장실 안으로 들여놓기도 전에 뒤통수를 마룻바닥에 찧은 충격으로 축 늘어졌다. 복도 바닥에 피가 흐른다. 정일섭의 멱살을 바짝 거머쥐었다. 곧 일은 끝난다. 다행히 아무도 곁에 없다. 마당을 들어오면서 살폈다. 어머니도 마실 나가고 없다. 기회는 이때뿐이다. 화장실 안으로 들이기 전 여기서 끝내고 옮기면 된다. 바쁘기 한량없는데 몸이 마음대로 움직여주지 않고 터덕거린다. 멱살을 강하게 잡아당기려는 찰나 불쑥 생뚱맞은 반말이 날아들었다.

'이 새꺄! 뭔 짓이냐?'

천장에서 내려왔는지 방바닥에서 불쑥 솟아났는지 차남이 현관문을 열고 장남 쪽으로 성큼 달려온다. 장남은 홱 머리를 들었다. 멱살을 풀고 일어서서 다짜고짜 다가오는 차남을 향해 주먹을 날렸다. 주먹은 차남 어깨를 정통으로 쳤다. 차남이 움찔하더니 뒤돌아 화장실 문과 반대쪽으로 몸을 돌린다.

차남이 현관문을 열고 들어와 이 새꺄! 호통치기 전까지 정일섭 배 위에 걸터앉아 장남은 목 조르기 자세였다. 의식 잃은 아버지 숨을 끊어 화장실에 옮기면 돌아가신 이모부와 똑같다. 그 생각에 사로잡혀 있는데 복병이 튀어나오니 분해서 눈알이 빨개진 장남은 씩씩거렸다.

씨름선수 못지않게 힘 좋은 차남은 화상으로 장애를 입기 전까지 형이 두렵지 않았다. 이젠 힘이 달려 마당으로 달아나야 한다. 일격을 당한 어깨가 얼얼하다.

'한번 붙어볼래? 덤벼. 형을 우습게 아는 놈.'

차남은 금방 숨이 넘어갈 지경이다. 도망치려고 이리저리 용쓰다가 화상 후유증의 하나인 가르랑거리는 목에 끼워 넣은 스턴트(호흡을 돕는 의료기구)가 빠져 복도바닥에 뒹굴었다. 차남은 있는 힘을 다해 장남을 밀치고 현관문 밖으로 내달아 마당 한가운데 섰다. 장남은 엉겁결에 주먹을 휘두르며 현관문을 열고 따라 나왔다. 차남이 마당에서 약을 올린다.

'비겁한 놈, 왜 아버지를 못살게 구냐? 같이 늙어가면서?'

차남의 비웃음 섞인 힐난이 귀에 모기처럼 앵앵거렸다.

'어디서 굴러먹은 말 뼉따구냐. 하늘에서 점지된 장남이다. 어쩔래. 새까맣게 어린놈이 어른과 아이도 몰라? 형이 안 보여?'

차남은 좁은 복도에서 어깨를 얻어맞고 정신이 번쩍 들었다. 호흡용 스턴트가 빠져나간 줄도 몰랐다. 열 살 이상 나이 차이가 나는 형임에도 힘에 부쳤다. 마당에서 차남은 헉헉거리며 약을 올렸다. '점지'란 말을 들먹이면서.

'어이, 점지? 애먼 사람 잡지 말고 날 잡아 봐. 닥치고. 점지! 종

중 땅 독차지하니 기분 째졌지???'

차남의 외침이 빈 마당에 쩌렁쩌렁 울려 퍼졌다. 화상을 입은 후로 호흡도 힘들고 말도 어눌하지만, 무모하게 힘쓰던 버릇은 남아 있다. 뒤란 텃밭에 주저앉아 풀을 매고 있던 윤미례가 고함에 놀라 비척비척 마당으로 걸어 나왔다.

'정신 바짝 들게 맞아볼래? 부모 재산 거덜 내고도 모자라 신용 불량자 된 놈이 입은 시퍼렇게 살아 주둥이만 나불대는구나.'

장남은 마룻바닥에 쓰러져 정신을 잃은 정일섭을 버려두고 밖으로 따라 나와 차남을 향해 악다구니를 퍼부었다.

'누가 할 소리? 사돈 남 말 하네.'

장남의 기세가 꺾이지 않으니 차남은 초조했다. 장남은 광 옆에 세워놓은 삽을 불끈 들어 차남의 조롱에 삽을 던졌다. 차남은 날아오는 삽을 피했다. 삽이 차남의 오른편 어깨를 비켜 떨어지면서 시멘트 마당에 쨍그랑 소리를 냈다. 그 옆에 한 자루의 삽이 눈에 띄자 실수하지 않겠다는 듯 가슴을 향해 직구로 던졌다. 두 번째 던진 삽자루는 마당 옆에 일군 텃밭으로 떨어졌다. 흙이 이리저리 흩어지며 튀었다.

차남은 마당을 벗어나 쏜살같이 대문 밖으로 도망쳤다. 벼포기가 진초록으로 제 살을 찌우고 있는 텃논으로 들어갔다. 논물이 찰방찰방 맨살을 적셨다.

'이리 들어와. 여기서 담판하자.'

차남은 화상 후유증으로 몸의 기력이 쇠하지만 여기서 몸싸움하며 뒹굴면 벼포기가 응원할 것이다. 이곳에서는 승산이 있다. 그동안 윤미례가 장남을 타박하고 있었다.

'뭔 짓들여?'

윤미례의 꾸중은 뜻밖의 사태 수습에 쩔쩔매고 있는 장남의 화를 돋우었다.

'어디 숨었다 인제 나타나 상관여?'

손에 잡히는 벽돌을 집어 윤미례에게 던졌다. 빗나갔다. 치매가 심한 윤미례지만 놀라서 입이 다물어지지 않았다. 두 번째 네모난 벽돌도 빗나갔다. 또 던졌다. 세 번을 던져도 벽돌은 윤미례를 정통으로 맞추지 못했다. 분명히 삼신할미는 윤미례를 지켜 줄 마음이 아직 남아 있는 것이다.

'이 새꺄, 비겁하게 나이 든 부모 괴롭히지 마. 얼른 논으로 들어와. 일대일로 맞붙자. 부모 돈 맘대로 꿀꺽한 건 니가 더했지. 내가 백석이면 넌 천석 움켜쥐었다는 거. 세상이 다 아는데. 꼭 내가 더럽게 밝혀야 알아 듣겠냐?'

장남은 논바닥으로 들어가고 싶지 않았다. 윤미례에게 대들었어도 화가 풀린 건 아니었다. 씩씩거리며 논 안에서 개구리처럼 첨벙거리는 차남을 노려보았다.

죽 곧은 신작로를 따라 마을 입구로 들어오는 첫 집인데도 마을 회관이 별로 떨어져 있지 않아 회관에 있던 동네 노인들이 소란에 놀라 멀찍이 구경하다가 슬그머니 다가왔다. 장남은 동네 노인인 이장을 붙잡고 본인이 얼마나 그동안 부모에게 정성을 쏟았는지 구구절절 침을 튀기며 호소한다.

'제가 부모님 드리려고 오늘도 반찬을 준비해서 가져왔어요. 여기 들를 때마다 좋아하시는 것 사다 드리고 말벗도 해드리고 시키는 잔심부름 다 해드리며 살았어요. 어머니 가끔 요양병원 입원하실 때마다 제가 아무리 바쁜 일 있어도 뒤로 미루고 입 퇴원을 해드렸어요. 근데 제 진심을 몰라주니 섭섭하네요.'

이장은 맞장구를 치며 고개를 주억거렸다.

'나 이 동네 산 지 오래라 집 사정 뻔히 알지. 요즘 시상에 자네 같은 효자가 어디 있나. 나이 들면 구다 보지도 않는데 반찬 장만해 오랴, 입원시키랴. 누가 뭐라 혀도 장남이 애쓰는 거여. 잘한 것은 칭찬 안 하고, 못한 것만 가지고 물고 늘어지는 게 인심이더라고. 나도 장남으로 살면서 서운한 게 많았거든. 잘하는 건 모른 척, 탓만 해대는 게 동생들이야. 부모님 돌아가셨는데 지금도 섭섭한 맘이 남았어. 사실이지 암.'

주거니 받거니 두 사람은 말을 끊지 않고 누구 들으라고 소리를 높인다. 뒷집 이 생원이 그들의 말에 끼어들려고 둑길에서 뛰듯이 걸어온다. 그보다 더 빠르게 경찰차와 119차가 동네 길을 향해 달려오고 있다.

'자네 그럴수록 맘을 너그럽게 써. 저기 경찰차도 오고 119 봉

고차도 오네. 누구 집에 오는 길인가?'

이 생원이 걱정할 필요도 없이 두 차는 정일섭 대문을 향하는 길목으로 들어오고 있었다. 장남은 하던 말을 멈추고 차 안에 들어가 시동을 걸자마자 경찰차와 119 봉고 반대쪽으로 운전했다. 그들이 주차하기 전 아슬아슬하게 현장을 피한 것이다.

장남이 윤미례에게 화풀이하고 있는 찰나 차남은 논바닥 안에서 핸드폰으로 경찰에 신고하고 119에도 응급상황이라고 출동을 부탁했다. 장남은 동네 사람과 이야기에 정신이 팔려 차남이 경찰과 119를 동시에 부른 사실을 모르고 있었다.

절명의 순간에 차남이 막아서다니, 재수 옴 붙었다고 혀를 찼다. 돈에 눈이 뒤집혀 아버지가 자기 재산을 빼앗으려는 사람으로 보여, 방해꾼은 이유 불문 위해를 가해도 된다는 몰상식을 드러낸 현대판 금전 만능주의 신봉자가 여기 있다. 아버지 재산은 동산이든 부동산이든 하늘에서 점지한 장남 몫이다. 동생들이 손대기 전 거둬들여야 하는데 부모가 오래 살아 불편한 심정을 드러낸 말도 남아 있다.

'이제 다 되었어요.'

입원과 퇴원시키면 효자라는 논리에 빠져 사는 장남이다. 아버지의 남은 현금을 저울질하는 데는 선수다. 돈 한 푼도 아까워 벌벌 떠는 정일섭이 장남과 손자에게 너그러움을 보이는 건 가문의 존속과 영광을 지키려는 조처다.

'죽음을 두려워하지 마세요.'

유행어처럼 등장한 말이다. 구순을 넘긴 부모 앞이라 어불성설
이 아니다. 장남이 하는 말과 행동이니 비판받을 일 없다. 무조건
정당하다.

#

차남도 힘은 장사지만 귀가 얇다. 사업하자고 꼬드기면 뒷감당
없이 돈을 빌려주다가 데었다. 약방하면서 여자와 살림 차린 아
버지 버릇을 답습한 차남, 농사일을 도울 살림할 여자를 들였다며
아내에게는 호령질이다. 아이들 교육 핑계로 아내는 도시에 방을
얻어 나갔다.

차남은 도시에서 사업에 실패하고 고향으로 돌아와 살판이 났
다. 나이가 들어 머슴도 둘 수 없고 농사도 지을 수 없는 부모를 대
신해 농기계를 있는 대로 사들였다. 동네 사람들에게 술 마시면
입이 근질근질 거들먹거렸다. 이앙기 경운기 트랙터 건조장 트럭
뭐든 샀다. 두 필지는 감자 비닐하우스로 만들었다. 그 논에 붙은
논둑에 이동식 농막 컨테이너를 설치했다.

부모에게 건네기로 한 논 임대료를 한 푼도 내지 않았다. 술값
으로 뿌리고 다닌다. 자기 쓸 돈은 푼푼하다. 부모에게 돈 주어봤
자 다른 데로 흘러가 버린다. 부모는 돈 필요 없다. 자기 돈이나

마찬가지라는 사고방식이다. 대학교를 보내지 않은 학비를 이렇게 이자 쳐서라도 받아야 한다고 술김에 떠벌이느라 이골이 났다. 자랑질 반, 자기 비하 반이다. 공부를 안 해 대학 문턱을 못 넘고서 부모 탓은 똑같다. 승규에게 대 준 학비며 약국 개업으로 흘러간 자금이 되돌아오지 않고, 승규가 사니 생 배가 아팠다. 비뚤어진 시선으로 아버지를 대했다.

기획부동산업자의 농간에 속아 수억 현찰 빚을 졌다. 그 돈을 갚지 않으면 감옥에 가야 했다. 정일섭은 차남이 감옥에 가는 걸 원하지 않았다. 논을 팔아 빚을 갚아주었다. '부자는 망해도 3대는 간다.'는데 틀린 말이다. 차남도 장남 못지않게 전답을 축냈다.

이젠 신용불량자 감투를 써야 했다. 두 번째 빚보증을 서는 바람에 꼼짝없이 당한 것이다. 죽을 때까지 갚을 수 없는 어마어마한 금액이다. 사기를 크게 친 채권자의 떨거지들이 한참을 차남 건조장 앞에 진 치고 도리어 돈 갚으라고 발악이다. 저번 사건으로 남은 재산은 아내 앞으로 등기 이전을 친 덕분에 차남은 서류상 알거지나 마찬가지 신세다.

저번 사건과 성격이 다른 빚보증 문제라 도장 찍은 죄밖에 없다. 연대책임을 지라는 건 억울하기 짝이 없다. 맘대로 하라고 배짱부린다. 차남이 돈거래에 명확할 수 없는 이유다. 장남 일에 간섭할 처지가 못 된다. 장남이 땅을 사든 사업을 하든 차남은 궁금하지도 않다. 코가 석 자인 자신의 처지에 손해든 이득이든 앞가림도 힘드니까.

작년 이맘 때 차남은 한밤중에 화재에 휩싸여 병원에서 생사를 헤매었다. 차남 자리가 비자 이때를 놓칠세라 장남이 농사짓겠다고 달려들었다. 물론 동네 사람들에게 위탁해서 하는 방식이다. 한해 농사의 소출을 장남에게 빼앗겼다.

병원에서 생사가 오락가락할 때 아내마저 임의로 건조장을 팔아 치웠다. 트렉터 등 농기구도 임자가 나서자마자 미련 없이 팔았다. 화상 치료비가 엄청나서 감당이 안 된다는 그럴싸한 핑계가 딱 들어맞았다. 화상이 할퀴고 간 상처는 지독했다. 목숨은 간신히 건졌지만, 통증에 얼굴은 흉측하게 비뚤어지고 손가락이 제대로 움직이지 못한다. 숨을 제대로 쉬지 못해 쇳소리가 났다. 알코올성 당뇨 증상에 간경화 증상까지 몸에 지니고 살던 차남은 더불어 1도 화상 환자가 되었다.

호흡하기 위해 목 안으로 기계를 끼워 생명줄을 이었다. 패혈증이 생겨 고비를 넘긴 후 목 안에 스턴트를 끼우고 가르랑거리며 헉헉거리며 쉰다. 그런데 화상 환자가 일 년 만에 농사짓겠다고 논을 추켜든다. 눈살을 찌푸리던 장남은 넌지시 동네 사람들에게 권리행사라는 말을 흘렸다. 그 말이 차남에게 들어갔다.

수상하게 여긴 차남이 종중 땅으로 묶어놓은 등기권리증을 확인하면서 사실이 밝혀졌다. 뒤늦게 정일섭이 차남을 믿고 장남에게 전화로 돌려놓으라고 호통을 쳤다. 장남에게 세금 납부 등을 일임하고 필요경비는 주고 있어서 잘 읽어보지 않고 '시킨 대로 했겠지'. 하며 안심한 탓이다. 종중으로 묶어놓은 땅 문제를 따졌다. 장남은 노망들었다고 대들다가 시킨 대로 했는데 딴소리냐고 발뺌하다가 쌍욕을 내질렀다. 전화 저쪽에서 들리는 장남의 험악한 말투는 위험신호였다.

논을 둘러보고 아침 먹으면서 무심코 CCTV 쪽으로 시선이 쏠린 차남은 장남이 대문 앞에 주차하고 안으로 들어가는 것을 보았다. 아버지의 예감이 적중했다. 형이 와서 말싸움 걸면 성가시다. 차남이 나서서 해결하고 자주 살펴달라고 부탁했다. 그 말을 듣자마자 화재로 멈춘 농기구 관리용 CCTV를 새로 설치했다. 다 팔아버린 농기구들이지만 다시 장만해야 한다. 마당에서 현관으로 향한 CCTV가 용케 작동한 이유다. 발길을 서둘러 현관문을 열고 들어가니 장남이 아버지를 바닥에 깔아 눕히고 배 위에 걸터앉아 목을 조르는 중이었다. 절묘한 순간이었다.

작년 같이 살던 여자와 농사일 임금 문제로 실랑이가 오가다 대판 싸움으로 번져 욕을 한 바가지 퍼부었다. 성이 가라앉지 않았다. 빈손으로 쫓아버리고 여자의 옷가지를 불 질러 태웠다. 그 후 유증 탓인가? 술로 화를 달래다가 일어난 일이었다. 불길을 뚫고 밖으로 간신히 빠져나왔다. 부모 집 앞까지 기어가 119 불러달라 하고 그 자리에서 정신을 잃었다. 컨테이너 안에 있던 가스통이 폭발하는 소리는 하늘을 수놓는 불꽃놀이만큼 시끌벅적했다. 한밤중 동네 단잠을 깨우고 불안에 떨게 했다.

그 잿더미 자리 위에 똑같이 컨테이너를 새로 설치한 차남이다. 그래도 화상 전문병원에서 치료받아 목숨 건졌으니 천행이다.

119 대원이 누워있는 정일섭을 흔들었으나 대답이 없다. 응급조치를 마치고 병원으로 옮겼는데 아무것도 기억하지 못했다. 기억하고 싶지 않아서 모른다고 할 수도 있다. 장남에게 목 졸리고 뒤통수 피 흘리며 사경을 헤맸다는 건 정일섭의 무의식에서조차 용납이 되지 않았다. 혈흔은 복도바닥에 남았다. 윤미례가 닦아내는 동안 정일섭은 응급조치 후 병원에 실려 가서 왼쪽 뒤통수 터진 곳 세 바늘을 꿰맸다. 정신이 들자마자 퇴원하려는 것을 의사가 3일간 입원 치료를 받도록 붙잡았다. 장남에겐 접근금지 명령이 내렸다.

차남이 몇 초 늦게 도착했어도 정일섭은 목숨이 위험했다. 6·25 참전용사 모임에서 장수長壽를 자랑삼았다. '인명재천人命在天을 좌우명으로 삼는 정일섭에게 쏟아지는 총탄에서 살아남듯이 목 조르기에서 죽음을 이겨낸 행운아다.

\#

정순이와 부자간에 진행되는 재판을 이야기하면서 정연이는 어이가 없다. 본래의 형체를 잃어버린 줄기도 뿌리도 뽑힌 나무 같다. 볼품없이 뼈대만 앙상하다. 아들 둘은 부모의 눈먼 돈을 자기 쪽으로 잡아당기는 데만 혈안이다. 둘은 승규에게 자격지심을 갖고 있다. 공부가 싫어 대학을 못 갔으면서 비싼 학비를 승규에게만 주었다고 핀잔이다. 약국 개업 비용을 손 벌리고 갚지 않아도 부모가 별 탈 없이 넘어가니 불만이다. 남은 재산을 인규는 자기 거라고, 동규도 자기 거라고 믿고 있다. 먼저 먹는 사람이 임자가 되는 것이다. 의식이 고루한 아버지다. 딸들에게 한 필지도 주기 싫다. 소송 중인 종중 땅 문제도 정연이나 정순이는 법적인 권한이 없다. 이대로 가만히 있으면 장남이 옳고 아버지는 판단력이 흐려진 오락가락하는 치매 걸린 노인으로 취급당해 재판은 진다. 첫 재판에서부터 삐걱거렸다.

정연이도 정순이도 굿이나 보고 있을 수 없다. 진행 중인 재판에 자발적으로 탄원서를 써서 검사와 판사에게 등기우편으로 보냈다. 서류에 대한 적법 심사만 중요하고, 취득 과정에 비리가 숨어있든 말든 따지지 않는 처사를 꼬집었다. 탄원서의 효력인지 재판은 결론을 내리지 않고 시간을 끌었다.

윤미례의 건강한 육체노동으로 밑바닥부터 쌓아 올린 튼튼한 재산은 가족의 구성원이란 미명美名으로 거부巨富의 욕심에만 눈먼 부자父子의 각축장으로 전락했다. 당사자 윤미례는 어쩌다 명의를 정일섭에게 일임한 뒤 소유권을 주장할 명분이 사라졌다. 남편에게 이제는 아들에게 고스란히 당하면서 할 말을 잃는다.

누구 편을 들어도 결과는 마찬가지다. 남편이든 아들이든 재산 형성과정을 들이대며 양심에 호소해도 도리질이다. 도덕성도 거론 안 한다. 판사와 변호사의 말도 다르다. 남편의 형질을 그대로 이어받아 헛되이 자기 몫에만 집착하는 두 아들을 제어할 장치조차 없다.

장남의 존속 폭행 치사 사건은 정일섭의 전화 후 딱 일주일 지나 벌어진 일이다. 종중 땅은 당대에서 산산조각이 날 판이다. 정일섭은 주장한다. 세상이 변했어도 음덕은 후손이 받는다. 중요한 건 가문과 땅이다. 종중을 족보를 잘 건사해야 한다.

재판은 정일섭에게 불리하다. 장남이 시키는 대로 자필서명을 증거로 내세워 서류에 사인을 직접 했다는 주장을 판사가 믿은 것이다. 바로 종중 땅으로 완벽하게 묶어놓아 아무도 못 팔아먹는다던 열 필지 기름기 잘잘 흐르는 논이 주인공이다.

장남이 존속 폭행을 저지른 문건이 추가되었다. CCTV에 화면이 잡혀 민사재판은 형사재판으로 비화했다. 그전 수법대로 가만히 있었으면 아무도 몰랐을 일이다. 몇 년만 진득하게 모른 척 지내다가 정일섭이 사망하면 종중 땅은 장남의 손으로 자동으로 넘어온다. 성질 급한 장남이 실수한 것이다. 인류 위에 군림하는 땅이요 돈이다. 장남은 욕심부리다 제 덫에 걸렸다.

#

　법원에서 잔인한 달 4월 1일 오후 2시 반 노익장老益壯 정일섭이 제기한 민사재판이 열렸다. 두 사람의 재판이 앞서 끝나고 정일섭 가족의 공판이 시작됐다. 양쪽 변호사는 뒷자리에 있다가 그들의 이름과 사건번호를 읽자 곧바로 앞으로 나아갔다. 가운데 앉아있는 재판장의 연단 아래로 가서 양쪽에 앉았다.

　원고 측은 판사 오른편쪽에 긴 의자가 줄지어 있는 변호사 옆에 앉았다. 정일섭은 처음 재판 시작할 때 출석했다. 오늘이 두 번째 다. 재판이 끝난 뒤 담당 변호사에게 판사의 의도를 질문했다. 법원의 입장은 관련 서류다. 인감도장을 건네고 사인을 본인이 했다는 게 걸림돌이다. 여러 번 재판이 속개됐지만, 변호사에 일임했으니 구태여 참석 안 해도 된다고 만류하여 나오지 않았다. 재판이 길어지면서 딸들이 탄원서를 써서 아버지 입장을 옹호했다.

　그런데 두 달 전 재판에서 장남 변호사 측에서 강력하게 이의를 제기했다. 원고 말이 바뀐 것은 치매가 의심되니 재판정에서 확인해 달라는 요구다. 90대의 정일섭은 응해야 했다. 장남의 배반은 신경쇠약 증세를 심화시켰다. 말투마다 짜증을 실은 울화증은 죽과 술과 담배로 간신히 버틴다.

　변호사는 승소를 자신했다. 그러나 재판은 쉽게 끝날 기미가 안 보였다. 재판 공소장이 장남주소로 가자마자 장남은 완전범죄를 노려 폭행했다. 민사재판은 형사재판으로 확대될 수밖에. 재판이 해를 넘겨 해결의 실마리가 안 보이는 이유는 장남의 처신에 있다. 아버지 재산은 장남 거라 물러날 수 없다, 석고대죄할 생각도 없다.

정일섭이 종중 번영의 기틀을 마련한 것이 최고 업적인데, 종중 존립조차 위태롭다. 차남의 부추김이 아니었으면 장남에게 넘어갔으니 포기했다. 차남도 똑같다. 부모의 재산은 먼저 눈독 들인 자의 것이다. 농사를 지어야 병원비며 생활비를 충당한다.

상관도 없어 모르고 지내던 애꿎은 딸들에게 화풀이가 돌아갔다. 그동안 서운함을 덮어주고 도와주러 달려온 딸들은 배신당한 기분이 든다. 분노를 삭이기 바쁘다. 정연이는 다현이를 잃은 이후 호젓함을 정순이를 통해 달랬다. 끈끈한 위로가 얼어붙은 부모 관계를 녹여준 연결고리지만 트라우마를 마음 밑창에 꼭꼭 숨겨둔 채였다.

오늘은 서울에서 기차를 타고 내려와 참석했다. 윤미례도 비칠비칠 따라나서서 원고석 뒷자리에 앉았다. 차남, 정순이는 숨을 죽이고 진행 상황을 지켜보고 있다.

왼쪽 피고석에 장남 담당 변호사가 앉았다. 장남으로 집안일에 대한 공헌도가 높다. 장남이 부모의 재산을 관리하는 것은 당연하다는 논리다. 장내는 조용했다. 판사 한 마디도 놓치면 안 된다. 몇 번의 공판이 열렸지만, 가사사건이라 판사도 원만하게 해결되길 촉구한다. 가족 문제는 합의를 통한 해결이 최선이라는 법원 측 입장이다.

정일섭은 멋진 마무리를 하고 싶었다. 가풍을 살리는 손자들이 대견하다. 자손들이 뿌리를 잘 내리고 있는 기특함에 손자 두 명을 자신의 지분을 생전에 포기하면서까지 1/n에 끼워주라고 장남에게 지시하면서 인감도장을 건네준 게 실수였다.

지난 공판에서 재판을 진행했던 이전 판사는 전근을 가버렸다. 새로 이 사건을 맡은 판사는 이전 판사와 달리 세부 사항을 요구했다. 피고가 강력히 원한 대로 원고가 참석해서 증명해야 한다. 90세가 넘었으니 거동은 괜찮은지 의사소통은 가능한지 확인이 필요하다. 치매 진단을 병원에서 받았다면 서류도 첨부해야 한다. 그래서 정일섭은 젊은 판사 앞에 오늘 서게 된 것이다.

정일섭은 판사의 호출에 변호사석에서 일어나 판사 가까이 있는 오른쪽 의자로 옮겨 앉았다. 고령이라 배려로 헤드폰을 끼우고 심문했다. 이름과 주민등록번호와 주소를 말하는 부분에서도 숫자까지 정확히 말했다. 오늘이 며칠인지도 분명하게 말했다. 글을 읽을 수 있냐는 질문에 고개를 끄덕여 '선언서'를 주니 진실만을 말하겠다고 선서했다. 장남에게 증여하려 했느냐 물었을 때 확실하게 대답했다.

'제가 나이 들어 기운이 없어서 장남을 시킨 것이요. 가문의 무궁한 번영을 위해 지분으로 묶어놓으라 했지. 이미 넉넉하게 준

장남에게 증여하려고 한 적 없어요.'

피고 변호사가 흠을 잡아내려고 말을 바꾸어 심문했다. 직접 인감도장 주고 지장도 찍지 않았느냐고 물고 늘어졌다. 기억이 없다며 답변을 피했다. 장남이 문중 일을 꾸준히 추진해 온 공을 들먹였다. 정일섭은 대꾸도 하지 않았다. 유도 신문에 걸려들지 않는 90대 정일섭의 차분한 답변에 당황한 피고 측 변호사는 논지를 흐린다.

#

.

존속 폭행 치사 및 존비 폭행으로 기소된 피고 장남은 억울할 뿐이다. 종중 대표로 해야 할 일을 했는데 화살이 자기만을 겨눈다. 자기가 대표로 등기권리증에 엄연히 등재되어 있다. 권리행사는 정당하다. 적성은 무시하고 엉뚱한 의대만 가라고 몰아세운 아버지. 그 원망이 평생을 따라다녔다. 삶은 송두리째 어긋났다. 스트레스를 받아 피해망상증에 걸렸다. 피해 의식은 책 비슷한 것만 눈에 띄어도 팽개쳤다.

아버지가 시골에 늘어놓은 사업을 어쩔 수 없이 도와야 했다. 군대를 다녀오자 시키는 대로 결혼도 했다. 시골은 노동 인구가 도시로 급격히 빠져나간다. 구부러지고 못난 나무가 고향을 지킨다. 변하지 않는 건 산천뿐이다. 시골에 있는 재산을 지키려면 힘든 육체노동이 필수다. 장남 체면이 말이 아니다. 경쟁 사회에서 밀려났다. 승규가 성공하자 장남을 무시한다는 피해 의식은 극에 달했다. 이미 충분히 유산 이상의 학자금을 가져갔음에도 마지막 남은 농토마저 승규 아들과 똑같이 나누라는 아버지의 뜻에 절대로 승복할 수 없다. 정말 자존심 빡 치는 일이 아닐 수 없다.

아버지에게 고분고분했지만, 불만을 잠재우기가 어려웠다. 아버지가 뇌출혈로 쓰러져 사경을 헤맨 시점부터 기강이 꺾였다. 동생들은 비 온 뒤 오이보다 자라 장남의 지위를 위협했다. 위신을 세울 필요가 있다. 해결사요 요술 단지인 돈으로라도 우뚝 서기를 원했다. 동생들 앞에서 장남 자리 금긋고 체면을 세웠다. 존중받아야 했다. 장남 자리 동생에게 각인시키려 안부 전화를 동생에게 강요해 사이가 더 멀어졌다.

손꼽는 부자라는 말에 포함된 땅들이 도시의 시세에 비하면 턱없이 값이 낮다. 덩치만 어마하게 클 뿐 십 년이 지나도 안 오르고 떨어지기도 하니 초조하다. 이 땅을 하루빨리 팔아 입지 조건이 좋은 곳에 투자해야 열 배 백 배로 재산이 불어난다고 믿었다. 부모에게 알리지 않고 팔게 된 이유다. 전답과 공장을 팔아 사람들이 모여드는 곳, 개발 도시에 투자했지만, 돈벼락은 장남을 비켜 갔다. 뜬소문과 달리 재개발 특수 어쩌고 하는 말들이 떠돌았을 뿐 묶여 자금회전이 되지 않았다.

온전히 사라진 것은 아니다. 서울에 원룸 건물을 사서 월세를 꼬박꼬박 받고 있다. 돈벼락을 못 맞았을 뿐이다. 장남은 종중 대표로 종중회의에 얼굴을 내밀어야 했다.

아버지의 예금과 열 필지가 아버지의 마지막 재산목록이다. 이 논을 종중 땅으로 묶어 **공파 **지파 **정씨를 등록하여 족보를 새로 만들고 정일섭을 시조로 등록했다. 아들 손자 증손자 공동명의로 해 놓으면 대대손손 종중논에서 나오는 쌀값으로 재실도 짓고 제사도 지내게 하려는 정일섭의 바람이었다.

장남의 생각은 달랐다. 정일섭의 참뜻을 배반한 이유다. 한 가계가 번성하려면 종가가 최우선이다. 아들 둘이 장가가서 낳은 손자 몫까지 챙기려면 지금 재산으로 턱없이 부족했다. 헐값이었던 논값이 서서히 오르기 시작하니 임대료도 치솟았다. 직접 농사를 짓지 않고 위탁만 해도 충분히 먹고 사는 데 지장 없을 터였다.

바로 곁에서 농사짓는 차남이 들어먹기 전 꼼짝 못 하게 처리해 놓아야 했다. 차남이 최대의 위협이다. 장남의 설 자리는 항상 위태롭다. 딱 지정해 놓고 대학도 못 가게 가로막은 아버지 책임이다. 그걸 만회하기 위해서라도 아버지의 재산은 그의 몫이어야 했다. 해마다 땅에서 나오는 세도 받지 못하고 재산세만 냈다.

부모가 살아 계시니 처분만 바라보다가 차남이 화상 환자가 되면서 나섰다. 이 기회를 틈타 아버지의 재산을 틀어쥐고 재산권 행사를 하니 신이 났다. 아버지의 농토에서 얻는 소출을 받아드니 도시에 나가 월세를 받겠다고 골치 아프게 설칠 필요가 없을 만큼

소출이 실팍했다. 등기권리증이 말해 준다. 때가 되었다고 움직였는데 성급했다. 조금만 더 참았으면 될 일을 못 버틴 실책이다.

등기권리증을 확인한 구순을 넘긴 아버지가 전화를 걸어 화를 버럭 냈다. 발음은 어눌했다. 시킨 대로 안 했다고 호통쳤다. 판사 앞에서도 착오라고 한다. 북망산천에 가야 할 나이에 재산 욕심은 왜 부리는가? 장남에게 순리대로 넘어왔는데. 재판해서 뺏으려 하다니. 양조장이며 여러 곳에 흩어져 있는 땅을 팔았을 때 대놓고 화내지 않았는데. 그 땅들은 장남 명의로 사둔 것도 있었으니 팔아도 할 말이 없었을지 모른다. 끙끙 앓았겠지만. 이 재판은 차남이 조종하고 있는 게 분명하다.

아내는 곁불만 지른다. 불같이 화가 나 말다툼을 벌이고 극단적인 생각에 농약병을 싣고 차를 아버지 집 대문 앞에 주차했다. 아버지는 거실에 걸어놓은 칠순 잔치 가족사진에 끼어 있는 장남 얼굴 보기 싫다고 사진을 떼어버렸다고 동네 이장에게 건네 들었다. 저하고 나하고 부자 관계는 끝났다고 공공연히 말한다는 것이다. 다시 볼 일 없다고 정을 끊어버리니 장남으로서 굽히고 비위 맞춘 노력이 허사다.

부모 욕심에 차지 않는 장남을 냉정하게 대하는 태도가 섭섭하다는 느낌은 어릴 때부터 있었다. 성적이 안 나왔다고 대문 앞에 무릎을 꿇린 적도 많다. 나이가 들어가면서 부모와 원만해진 줄 알았는데 착각이었다. 부모의 장남에 대한 애정은 차갑게 식었다.

눈길도 주지 않는 아버지 앞에서 약을 마시고 죽으려는 용기조차 오그라들었다. 접근금지가 신청되어 있으니 가까이 다가갈 수 없다.

장남으로서 도리와 의무를 다한 뒤끝은 참혹했다. 차 앞 유리창이 부옇게 흐려질 때까지 한숨을 쉬었다. 농약 대신 준비해온 수면제를 먹고 운전석 등받이에 머리를 기대고 잠이 들었다. 깨어났을 때는 응급실이었다. 아내가 동네 이장에게, 동네 이장이 차남에게 연락해서 119를 불러 잠든 형을 군산 병원 응급실로 옮긴 것이다.

다른 사람들은 아들이 아버지를 걸어 재산 문제로 분란을 일으키는데 거꾸로다. 곧 돌아가실 아버지가 장남을 고소하나 어이없다. 부모 재산은 제대로 못 배워 아버지 뒤치다꺼리만 한 장남이 물려받는 게 순리다. 부모나 동생들이나 법원에서 만나도 눈길을 마주칠까 봐 고개를 돌려버린다. 남보다 못한 가족이 되어버렸다.

재수 없기는 이것뿐이 아니다. 살 만큼 살았으니 미련도 없으실 터 떠나주면 좋은데 여태까지 무보수로 일해온 장남 공은 숨어버리고 원상 복구하라고 난리를 친다.

대학교 다녔으면 직장도 번듯하건만 장남은 사나운 젊은 아버지 눈치 보느라 아버지 처분에만 매달려 살다 보니 말년이 초라하다. 장남은 필사적으로 부르짖는다.

'나 아직 안 죽었다. 보란 듯이 떳떳이 일어설 것이다.'

#

　정일섭의 심문을 마치자마자 판사는 장남 쪽을 바라보며 질문
했다
　'피고는 아직도 합의가 안 이뤄지고 있습니까?'
　장남은 기다렸다는 듯이 억울함을 토로했다.
　'합의하려 해도 대화가 없어요. 벌금은 항소 안 하고 냈잖아요.
좋게 해결하고 싶어서요. 가정 문제를 동규가 얼토당토않게 확대
해서 분란이 커지기만 하네요.'
　정인섭을 화장실 문턱 앞에서 몸에 올라타 목을 조른 행동이
CCTV에 찍히지 않아 존속살인 미수는 증거불충분으로 처리되었
다. 병원에 입원하고 머리에 난 상처를 꿰맨 건 병원 기록에 남아
있어 존속 폭행으로 인정돼 사백만 원 벌금이 청구되었다. 검사가
전화 걸어 삽을 차남에게 던져 부러졌는데 생명의 위협을 느꼈냐
고 물었다. 차남이 안 느꼈다고 대답하여 단순폭행으로 묶어 같이
처리되었다.
　짜증이 섞인 판사의 충고가 이어졌다.
　'경고합니다. 자녀들이 유류분 소송을 들고나올 수 있어요. 잘
판단해서 조치하세요. 다음 재판 일자 두 달 뒤로 잡아드리지요.
그동안 원만한 해결 이루어지면 더 바랄 게 없지요.'
　판사의 말이 떨어지자마자 밖으로 나오니 풀꽃을 몰고 오는 바

람이 법원 마당을 휩쓸고 지나간다. 미뤄진 재판을 뒤로 하고 각자 자기 위치로 돌아갔다. 정일섭은 법정에서 또렷하게 의사표시했다. 그러나 모든 의욕을 꺾어버렸다.

술 담배와 친구로 지내고 뭇 여자와 바람을 피우는 남자가 이젠 귀찮다고 속옷도 갈아입지 않는다. 옷에 묻은 음식물 찌꺼기를 세탁하려 해도 벗지 않는다. 양말도 구멍이 뚫린 지 오래다. 농협이든 우체국이든 통장들을 안 버려 방안은 통장으로 가득 찼다. 기운이 쇠해져서 옷도 팬티도 한 벌로 입으니 여기저기 오줌 지린 얼룩이다. 비듬이 방바닥에 깔려 있다. 목욕 안 한 지가 얼마인지 모른다.

윤미례도 벽을 짚고 가까스로 화장실을 출입한다. 옷도 벗기 힘들다고 안 갈아입으니 집안에 퀴퀴한 냄새가 가득 찬다. 방안에서 담배를 태우니 연기가 모여 빠져나가지 못해 머물러 있다. 찬 바람이 불어 날이 추우니 문을 있는 대로 닫고 난방만 하고 지낸다. 공기가 숨이 턱턱 막힐 정도로 탁하다. 화장실도 부엌도 잠자리도 난장판이다. 씻지 않으니 몸 냄새, 음식 냄새가 범벅되어 있다.

요양원은 죽으러 가는 곳이라고 끝끝내 거절이다. 잠깐 기운 얻으러 입원했다가 우선해지면 병원 식구들을 혼동시켜서 기어이 퇴원해야 직성이 풀리는 두 노인네다.

눈치꾸러기인 정연이와 정순이는 먹을 것을 사나른다. 가자마자 음식을 차려드리고 빨래하고 청소하느라 바쁘다. 노부모는 재판받으러 차 타고 다녀오느라 기운을 다 쏟았다. 집에 도착하자마자 떠먹는 요구르트와 미숫가루로 요기를 하는 둥 마는 둥 방으로 들어가 드러눕는다. 꾹 입을 다물어버렸다.

정연이는 재판 결과를 예측하기 열없다. 판사가 언급한 유류분 소송이라는 말이 껌딱지처럼 달라붙는다. 소송하려면 아들들이 들어먹기 전에 했어야 옳다. 딸들은 영문도 모른 채 그들먹한 땅문서는 모진 바람에 흩날렸다. 종중 땅이 남았다고 한들 딸들 몫을 거론할 리 없다. 손자까지 확실히 챙기면서도 딸들은 거론도 안 하는데 마음이 착잡하다.

어머니는 강 건너 불구경만 하고 있다. 재산을 이룬 당사자는 어머니라는 것을 알고 있지만 다 지난 일일 뿐이라고 들은 척도 안 할 것이다. 남편은 당연하고 자식들도 콧방귀도 뀌지 않는다. 그런데 법원에 가서 그 이야기를 한들 또 한 사람의 치매 환자 할머니라는 칭원을 들을 게 뻔하다.

정순이가 부지런히 청소한다. 방 안에 놓여있는 소변기를 비우고 설거지를 하는 동안 정연이는 청소기를 돌리고 걸레로 닦아낸다. 하룻밤 머물지 않고 정연이와 정순이는 인사하고 부랴부랴 떠난다. 내일 근무를 해야 하기 때문이다.

9장 바람의 노래

포르테가 디미누엔도로 잦아들 때까지
대지에 꽂히던 가쁜 숨결마저
멀리 저 멀리 아스라이 멀어져 가고
멍든 탄식만이 뒤를 따르지만
메마른 운명의 굴레를 뛰어넘어
나 기필코 이겨내리라. (몽운 시 「이겨내리라」 2연)

숲길 / 빈센트 반 고흐 / 몽운 모작

천용삼千龍三은 아침부터 기분이 멍하다. 그의 머릿속을 점령해서 꼼짝 못하게 호령하던 텁텁한 슬픔도 한물간 듯 묘하다. 어젯밤은 암 수술도 잘 되고 이후 관리도 잘해서 잘 이겨내던 아내 마명희가 세상을 떠난 지 딱 1년이 되는 날이다.

아들이 중국에 살고 있어 호젓하게 제삿날 아내가 즐기던 음식으로 제사상을 차렸다. 초등학교 동창 마승범의 사촌 마명희와의 어둠 속 빛 같았던 인연을 되살리느라 앉은 채 자다 깨기를 반복했다. 살고 싶은 미련이 있을 리 없다. 같이 저승길 손 잡고 떠나고 싶었는데 외롭고 불편하고 자책감이 떠나지 않는다.

투병鬪病하면서 웃음을 잃지 않은 아내, 온몸으로 통증과 맞서면서 그에게 짜증 안 내려고 애쓰는 아내가 대견했다. 오히려 환자를 지켜보는 그가 속울음을 삼켜야 했던 시절이었다. 공교롭게도 결혼기념일이 제사가 되어버린 날, 오늘은 그날의 연장延長일 수 있으니 조심해야 한다. 길흉화복吉凶禍福이 어떤 모습으로 숨어 있다가 그를 둘러쌀지 모른다.

사랑 듬뿍 받고 자란 어린 시절을 어쩌다 먹구름이 몰려와 산산 조각 내버렸는지 가슴이 미어진다. 큰형수의 죽음을 시작으로, 그보다 먼저 금순이 누나가 바지락 캐러 동네 사람들을 따라갔다가 바다에서 불어나는 밀물을 피하지 못해 파도에 휩쓸려 버린 뒤부터 집안의 우환은 끊이지 않았다.

건강하신 부모님마저 뒤따라 세상을 떠나실 줄은 몰랐다. 큰형수의 죽음이 몰고 온 여파로 어머니가 큰형을 염려하여 상심한 건 그의 기억에도 남아 있다. 그렇다고 어머니가 세상을 떠난 지 6개월도 안 되어 아버지마저 한창 자라는 자식들을 남겨두고 뒤를 따라야 했는지.

느닷없이 당한 횡액을 추스르기에 그의 나이는 너무 어렸다. 할 수 있는 일은 고등학생으로서 대학 진학을 접는 것, 돈 벌어 동생 둘을 보살피다가 형편이 나아지면 그때 중단한 학업을 이어보자는 것. 그래야 홀로 줄줄이 동생들을 떠안은 큰형의 짐을 조금이나마 덜어준다는 갸륵한 생각이 그가 할 수 있는 최선의 결정이었다. 작은형은 중동 지방에 건설노동자로 나가 있어 연락도 쉽지 않았다. 어린 동생들에게 직접적인 도움을 주지 못했다.

세월이 꿈같이 흘러 동생 둘도 자립했다. 이제 그는 다시 공부

할 기회를 얻은 셈인데 어쩐 일인지 세상일은 그의 뜻대로 돌아가지 않았다. 큰형이 재혼했지만, 형수의 눈초리가 매섭다. 어쩌다 방문하면 동생들이 귀찮아선지 대접이 눈에 띄게 소홀하다. 짐으로 여기는 눈치가 분명하다. 작은 형도 처가 일 우선 챙기니 동생들은 의지할 곳이 없다. 그처럼 자립해야 한다. 살림 형편은 제자리인데 분란의 씨앗이 커지도록 놔둘 수 없었다. 그의 꿈은 결국 표류하다가 좌절했다.

그는 회사에서 사무 보는 편안한 직장이 아니다. 그때그때에 따라 일을 찾아 뛰어다녔다. 몸에 익지 않은 육체노동이라 익숙해질 때까지 힘들었지만 마음은 편했다. 목돈이 만들어지지 않는다는 초조함은 있었지만.

그러다가 자영업자가 되었다. 자금 회전이 빠른 일반 음식점을 열었다. 창업자본이 부족했다. 은행에서 융자받으러 갔다가 초등학교 동창 차길현을 만나 도움을 받았다. 차길현은 철도 고등학교를 졸업하고 근무하면서 야간대 나와 은행에 취직한 행운아였다. 차길현은 재경동문회 소식을 알려주면서 같이 나가자고 청했다.

거기서 소식이 끊어졌던 마명수를 통해 사촌누이 마명희와 만나 결혼하게 되었다. 아내의 헌신적인 노력을 절대 잊으면 안 되는 이유다. 초등학교 동창 김숙영이 촐랑거리며 고등학교 졸업 이후까지 따라다니긴 했다. 그의 힘든 삶을 바라보다 지쳤는지 슬그머니 물러났다. 말없이 소식을 끊고 발길도 끊었다.

청소년기의 패기가 사라져 정신적으로 육체적으로 지쳤을 때 마명희를 만난 건 행운이었다. 농토가 없어 대처로 떠난 마명희네는 온갖 고초를 겪었다. 그래서인지 마명희는 적응력이 뛰어났다. 자청해서 천용삼의 우산이 되어 주었다. 세상을 긍정적으로 바라보는 태도에 감명받았다. 더욱 놀라운 것은 마명희 역시 그의 황금 시절 6학년 4반 실장으로서의 그를 흠모해왔다는 점이다. 그 마음이 변하지 않았음에도 겉으로 드러내지 못한 것은 김숙영의 앞에서 설치는 행동 때문이었다.

이미 장밋빛 꿈들이 사라졌음에도 그 시절을 똑같이 기억하고 격려해주는 마명희가 있어 행복했다. 야간대 진학을 포기했다. 마명희네도 경제적으로 나아지지 않은 삶을 살고 있어서 젊은 그들이 성심껏 도와주었다. 이제 귀중한 삶의 지혜인 사랑과 신뢰를 얻어 그의 삶은 윤택했다.

아내가 병들어 눕기 전까지 맞잡고 억척으로 일한 덕택에 식당 공간을 늘려갔다. 꾸준히 일하다 보니, 식당 운영은 맛집으로 소문날 정도로 단골이 확보되었다. 식당에 온전히 시간을 빼앗겨 매달리는 거 빼고 불만이 없었다. 아내가 병들고 세상을 뜰 때까지 성실하게 외길을 걸어올 수 있었다.

그런데 믿고 의지하던 아내의 빈 자리는 그를 다시 우울한 남자로 만들었다. 매사에 의욕을 잃었다. 꿈도 희망도 버렸다. 잘 나가던 식당도 혼자 꾸려갈 수 없어 접었고 소득이 줄자 거처도 지하단칸셋방으로 옮겨야 했다.

그러다가 전공주의 부탁으로 탑차를 운전하게 된 지 얼마 안 되었다. 탑차는 택배나 비슷하다. 배달해야 할 곳이 넓다. 물류를 싣고 내리고 주문받은 곳을 찾아 물건을 내리고 재고를 살펴가며 새로 주문을 받고 전국을 돌아다녀야 한다. 한곳에 머무를 수 없고 주문에 따라 전국을 누비는 생활, 불만은 없다. 오래도록 식당 일에 길들여 살아왔기에 텃새가 철새가 된 느낌일 뿐이다. 일이 낯설고 하던 일이 아니라 하나씩 익혀가야 하는 참이다.

이제 그는 아침에 길을 떠날 때는 특히 하루의 운수를 보며 시작하는 게 버릇이 되었다. 아내가 떠난 이후 더욱 그는 운수에 의지해야 안심이 되었다. 신문에서 운세運勢를 찾아볼 필요 없이 얼마든지 오늘의 운세를 알 수 있다. 종이 신문을 구태여 찾아가며 신문의 필요한 부분을 접어가며 읽을 필요가 없는 것이다,

음복飮福을 간단히 하고 잠깐 잠이 들었는데 꿈속에 초등학교 친구들이 나타났다. 마승범이 동창들에게 부고를 알려 찾아와 주었다. 외롭지 않게 세상을 보내 다행이다. 마승범은 아직도 음식점을 하지만, 김영수는 슈퍼마켓 사장이다. 채진우는 시의원이 되어 바쁜 일상을 보내는 중에도 그를 애도하러 달려왔다.

그들에게 천용삼은 항상 리더로서 빛났던 6학년 반장이고 그 대우는 당연하다는 투다. 그 시절의 카리스마 넘치던 강렬한 인상은 여학생이든 남학생이든 똑같이 잊을 수 없는 추억으로 남아 있

다. 지지하는 마음도 그들의 표정에 실려 있다.

성격이 활발하던 김숙영과 가까이 지내는 모습을 들켰는지라 동창들은 그녀와 결혼할 줄 알았다. 김숙영은 말없이 발을 빼듯 떠나면서 자연적으로 깨지고 재경 동창회에 얼굴을 내밀지 않았다. 그조차도 이해한다는 듯 아무도 그에 대한 소문을 퍼트리지도 않고 꺼내지도 않았다. 여러모로 착한 동창을 둔 건 복이다.

그런데 그날 재경 동창회 모임에서 차길현 소식이 묻어나왔다. 40대에 간암으로 사망하고 슬하에 아들 둘이 있다는 소식이다. 차길현은 은행원으로 있으면서 동창들에게 도움을 주려 애써온 공로가 있어 동창들이 아쉬워하는 사람이었다.

마명희네가 고향을 버릴 수밖에 없는 이유는 먹고 살길이 막막해서였다. 차라리 대처에 가서 젊을 때 벌이를 하는 게 낫다 싶었다. 말은 태어나면 제주도로 보내고 사람은 태어나면 서울로 보내는 대열에 합류한 것이다.

차길현도 마찬가지 상황이었다. 이제 아들 둘을 데리고 차길현 댁은 열심히 화장품 점포를 임대하여 살고 있다. 그러나 동창들과 만나기를 바라지도 시댁도 가지 않는다는 것이다.

그런데 오늘 밤 꿈속에 웬 초등학교 여자 동창들이 모여드는지 알 수 없는 노릇이다. 사실 초등학교 동창회는 고등학교 2학년 때 초등학교 운동장에서 개최했다. 한번 참석하고 그 뒤로 살기가 팍팍해선지 서로 소식도 끊어졌는데 그때 만난 여자 동창들 얼굴이었다.

같은 마을에 산 전공주 주변에 고무줄놀이하는 여자들은 정연이 김숙영 마명희 등이다. 그들은 근심 걱정이 없는 어릴 적 얼굴이다. 멀리서 지켜보는 남학생들은 천용삼 마명수 차길현 김영수 채진우. 남학생들은 중년이 지나 듬성듬성 흰머리도 보이고 수염도 덥수룩하다. 운동장 끝을 빙 둘러싸고 있는 플라타너스 밑에 놓여 있는 긴 의자에 앉아 있다. 담배를 물고 은근히 지켜보는 건 채진우다.

느닷없이 무리 지어 나타난 꿈속 동창도 그렇고, 아내의 제사를 지낸 날 아침이라 마음이 무거워 생각 같아서는 하루를 쉬고 싶다. 차마 그럴 수 없어 일찍 일어난 김에 출근 채비하다가 오늘의 운세를 보았다.

휴일에 날씨 예보를 보고 계획을 세우듯, 장사를 시작하면서 버릇이 된 운세 보기다. 운세에 마음을 너무 빼앗기면 안 되는데 참고로 본다는 게 어느 정도 운세에 의해 그날 기분이 좋고 나쁘고가 정해진다. 사실 맞기도 틀리기도 했다. 100% 맞는 건 아니다. 참고로 보아 나쁠 게 없다는 생각에 자꾸 빠져들어 오늘의 운세를 습관적으로 읽어보는 것이다. 운세가 알려주는 대로 조심하면 삼재도 잘 대비하고 큰일 당하기 전 예방이 가능하다. 이것이 그의 생활철학이었다.

약국을 하면서 잘 살아가던 큰형이 형수가 급작스럽게 세상을 떠나자 맥없이 사는 날이 지속되었다. 그런데 형수의 사망으로 그의 가족은 먹구름에 휩싸였다. 어머니가 돌아가시고 얼마 안 있어 아버지마저 돌아가시고. 천용삼 어린 시절은 죽음의 잔치였다. 느닷없는 죽음만 피해도 살아갈 만하다는 의식이 생긴 이유다.

그보다 훨씬 먼저 일어난 불행은 누나가 바지락을 줍다가 물살에 휩쓸린 사건이다. 바로 앞에서 그 상황을 보면서도 밀물 불어나는 속도가 엄청나고 물살이 세서 구할 수 없었다. 누나를 잃은 슬픔은 차례로 불행이 겹치면서 천용삼의 삶은 일그러지고 말았다. 잊고 싶지만, 기억에서 지울 수 없는 사건이 누나 일이다.

만일 바지락을 캐러 갯벌에 따라가지 않았더라면 누나는 아직 살아 있다. 시집가서 웃음꽃이 피는 가정을 이루면서 아이도 낳고 지낼 것이다. 형수가 느닷없이 세상을 떠나고 부모가 그 뒤를 이은 것도 아무래도 연관이 있다. 우연이라고 볼 수 없어 맘이 쓰리다. 미리 액운을 대비했더라면 얼마나 좋았을까?

매사 조심 또 조심했는데 아내의 암 발병을 예방하지 못했다. 그녀의 죽음마저도 준비하기도 전에 너무 빨리 찾아와 그의 마음이 휑하고 쓸쓸한 상태다. 언젠가는 누구나 가야 하는 길이지만 아직은 할 일이 많이 남아 있지 않던가!!!!!

송림리松林里에서 넉넉한 집은 몇 안 됐다. 부지런함이 몸에 배인 부모 덕분에 아들들 대학 보내고 나머지 아이들도 무럭무럭 잘 크고 있었는데. 삼남으로 태어난 천용삼은 두 형과 누나의 든

든한 보살핌으로 어린 시절에 청운의 대망을 품었다. 동창들이 부러워할 정도로 어른스러운 행동을 할 수 있었던 것도 형들과 누나의 영향이었다. 교육열이 높아 아이들 교육에 힘을 기울인 부모의 부재로 갑자기 삐걱대기 시작했다. 천용삼은 고등학교를 졸업하고 바로 일을 찾아야 했다. 큰형의 짐을 덜어줘야 했다. 야간대학을 다니고 싶었지만 마음뿐이었다. 멀어져 간 꿈이다.

오늘의 운세는 여기저기 사이트를 넘나든다. 좋은 운세를 받아 하루를 열고 싶어서다. 띠별로 오늘의 운세 신비로운 세상, 남의 운세를 건너고 자기 띠를 꼼꼼하게 읽고 마음에 새긴다.

1. 정신적 감정적으로 불안할 수 있다. 마음의 여유 가지고 스트레스를 받지 않도록 주의하라. 마음이 맞는 사람과 시간을 보낸다면 심리 안정에 도움이 된다.

2. 오늘은 최선을 다하는 것이 오히려 해답이 아닐 수 있다. 후회하거나 상처받는 일을 피하려면 한발 물러나는 마음을 가져보라.

3. 천지사방이 혼란한 가운데 드디어 평안을 얻게 되니 먼저는 흉하고 뒤에는 길함을 얻게 된다.

4. 고통이 생기는 때이니 조심히 처신해야 곤경을 피한다. 포기하지 말고 계속 노력하면 차차로 회복된다.

5. 자만심은 흉을 몰고 온다. 자신을 알고 윗사람을 대하면 정

신적인 만족을 얻겠으며 앞길도 밝아진다. 자신을 너무 나타
내는 것은 좋지 않다.

6. 동병상련同病相憐 격. 남의 일을 내 일처럼 하면 길吉

7. 낯선 곳에서 낯선 사람 만날 일 생기나 좋은 인연은 아니고.

오늘의 운세로 보아하니 대체로 썩 좋은 날은 아니다. 조심하
자! 하면서 일어났다. 전날 퇴근하기 전에 사장 사모인(사장이 돌
아갔으니 사장이나 마찬가지) 전공주 여동생에게 사정을 말하고
하루 휴가를 얻고 싶지만 차마 말을 못 꺼낸다. 탑차 기사로 들어
간 지 며칠도 안 지났다. 지금 한창 대목인데 휴가라니 염치가 없
다. 자기를 믿고 써준 사람에게 도리가 아니다.

엊저녁 혼미한 상태에서도 간단히 제사상을 차려놓고 아내를
추모한 건 사실이다. 그의 행동이 결혼기념일을 축하한 것인지 제
사상을 차린 것인지 분별할 수 없을 정도로 그는 아직도 혼란에
싸여 지낸다. 말이 야물고 손끝도 야물어서 그녀가 살아생전에 운
영한 식당이 잘 굴러간 것이 고맙다. 단골이 끊임없이 찾아주는
식당이어서 불황도 모르고 고생 없이 지나갔다. IMF를 잘 버텨 낸
것도 아내 덕이다. 아들도 말썽 안 부리고 자기 할 일 해나간 것도
복이라면 큰 복이다.

그런데 아직은 너무 빠른데 그녀는 떠났다. 하늘이 무너지는 슬
픔을 딛고 일어나야 한다. 동창들도 하나씩 동창이 가거나 상대방

이 가거나 둘 다 살아있는 경우는 드물다. 제대로 알리지도 않고 황급히 떠난 친구들은 대개 삶의 무게에 짓눌려 버티지 못하고 스스로 포기한 경우다. 궁금해서 캐묻고 자세히 알수록 가슴이 미어져 동창들도 덮어둔다. 오죽 견디기 힘들었으면 그렇게 삶을 마감했을까?

전공주의 부탁으로 실의에 빠져 지내던 천용삼은 용기를 얻었다. 아직 그를 믿고 일을 맡기는 사람이 있다는 건 행운이다. 탑차를 몰고 전국을 다니며 주문한 물건을 내려주고 비닐하우스에서 새로운 상품을 채워오는 건 쉬운 일일지라도 그는 어렵다. 아직 거래처를 익히고 왕래하는 길이 익숙하지 않아서다.

사람의 목숨이 파리목숨이라 전공주 여동생 남편이 얼마 전에 돌연사했다. 복상사腹上死라 했다. 평소 심장이 약하긴 했지만 그렇게 빨리 세상을 뜰 줄 몰랐다. 양재에서 화훼사업은 제법 잘 되어 바쁘게 산 사장이었기에 여동생은 사업을 단숨에 접을 수 없었다. 발을 동동 구르며 믿을 만한 사람을 구해야 했다.

사업에 함부로 아무나 끌어들일 수 없다. 한창 바쁜 꽃 시절이 돌아오고 봄철에 경기가 좋은데 하던 일이니 끌고 가야 했다. 믿을 사람은 아는 사람이다.

세상이 달라졌다고 큰소리쳐도 여자 혼자 사업을 이끌어가기 쉬운 건 아니다. 여동생이 부탁하고 전공주는 천용삼을 믿고 추천했다. 비슷한 처지를 겪어왔으니 안 해 본 일이라고 천용삼이 고개를 갸우뚱했지만, 곧 익숙해지니 걱정하지 말라고 격려했다. 본 궤도에 오른 사업이니 유지만 제대로 해도 된다 싶었다.

사장 사모의 요청대로 꽃과 묘목을 가득 탑차 안에 싣고 일찍 서울 양재동을 출발, 수원, 평택, 천안, 익산, 전주 들러 거래처에서 주문한 품목을 내려놓고 났더니 한참 오후 시간이 지나 있었다. 엊저녁 잠을 설쳐 그런지 피로가 몰려온다. 오늘은 일찍 집에 들어가 두 다리 뻗고 단잠을 자고 싶다는 욕구가 일어난다. 길가에 잠깐 눈을 붙이고 쉴 곳이 있으면 좋겠다는 생각도 겹쳐 일어난다.

서울 집까지 탑차로 운전해서 가려면 걸리는 시간이 만만찮다. 그래도 무사히 일을 마쳤다. 아침에 보내야 할 자료와 품목 다 정리해 놓고 와서 퇴근길에 사무실에 들어가 보고할 필요가 없다. 짐도 다 내려서 탑차 안은 텅 비었다. 바로바로 고객과 연결되어 물품을 내려놓고 주문할 물품을 장부에 기록한다. 일이 순조롭게 끝나서 다행이다.

온 김에 동생을 만나보고 쉬어갈까 잠시 망설였다. 그만두기로 한다. 같이 살 때가 그립고 할 말이 많은 것, 뿔뿔이 흩어져 살다 보니 가족 간 결속력이 예전 같지 않다. 불쑥 찾아간다고 진심으로 반길 성싶지도 않다.

갑자기 오늘의 운세 구절이 똑똑히 떠오른다. '오늘은 최선을 다하는 것이 오히려 해답이 아닐 수 있다. 후회하거나 상처받는 일을 피하려면 한발 물러나는 마음을 가져보라.' 한 길로 새지 말고 일을 끝냈으면 바로 집으로 돌아가는 게 상책이다. 멈칫거렸던 망설임을 접고 신호등 앞에 섰다. 아직 퇴근 시간이 일러서인지 도로는 한가하다.

그는 또 밑도 끝도 없이 아내를 그의 의식 속으로 끌어들인다. 아내와 이곳에 놀러 온 일이 있었지. 막내 남동생이 기억하고 싶지 않은 속상한 일을 저질러 해결해 주러 같이 왔다. 생각보다 일이 쉽게 끝나 시간이 난 김에 가까운 공원을 산책했었지. 정답게 손을 잡고 걸었지. 아내는 부끄러운 듯이 말을 더듬다가 진심을 토로했지. 초등학교 시절부터 좋아했노라고. 김숙영이 설쳐서 다가갈 수 없었노라고. 참, 왜 초등학교 동창들은 그의 초등학교 시절을 영웅담처럼 추켜세우는 걸까?

빨간색 신호등이 초록색 화살표 신호로 보인 건 착시현상일 것이다. 가까운 곳에 있어. 그 공원 들를까? 금방 어두워질 텐데. 청승맞게 혼자 가서 어쩌겠다는 거냐? 2차선 도로에서 우회전 신호받아 큰 도로로 진입하려는데 무서운 굉음이 탑차를 덮치는 소리를 꿈결같이 들었다. 제대로 신호등 따라 움직였는데 착각인가? 하는 찰나 그는 탑차의 무게가 기우뚱 무너지는 듯한 중압감을 느끼면서 정신을 잃었다. 여기저기서 질러대는 소리들, 소리들, 소리들에 그의 외마디는 묻혀버렸다.

&

정순이 집에서 하루를 묵고 정순이는 아침에 일하러 갔다. 보육교사는 보수보다 잔손이 많이 가는 일이다. 집안일로 하루 쉴 때면 가까이서 정순이 대신 일할 사람에게 부탁해 자리를 메꾸고 하루 연가를 내는 정순이가 대단해 보인다.

정연이는 서울 올라가는 길에 다시 공원을 찾아왔다. 봄바람의 살랑거림도 여전하다. 정자도 오리배도 제자리에 있다. 오랜만에 같이 앉아서 어색함을 눅이려고 '섬집 아기'를 연주했던 긴 의자도 그대로다.

자연은 있는 그대로 변함없이 그녀를 맞이해 준다. 다현이는 어린아이처럼 여릿여릿한 동작을 하며 물그림자로 서성인다. 구름다리는 새 단장을 하느라 한창 공사 중이다. 그래서인가? 사람들 발길이 뜸하다. 고적하다.

다현이와 같이 심각한 표정으로 연꽃을 바라보았던 바로 그 자리에 앉아 멍한 시선으로 하늘 한번 쳐다보다가 연꽃 그늘에 시선을 쉬다가 하고 있다.

서울로 거처는 옮겼지만 오래된 자동차를 정을 떼지 못해 폐차하지 못한다. 주차장이 있는 집에 거주할 여유가 없으니 자동차가 부담이다. 친구처럼 가족처럼 의지하면서 지내왔기에 처분할 수가 없다.

그 자동차가 아직 그녀의 한쪽을 지탱해 준 덕분에 정순이 집에 머물면 요긴하게 움직인다. 쉬엄쉬엄 운전해가며 시간의 여유를 만끽한다. 새삼스럽게 하늘도 우러르고 땅도 굽어보며 호사를 즐긴다.

시외버스 정류장 주차장에 차를 세워놓고 버스로 서울로 올라가야 한다. 서울에서 주차장 가진 집을 구할 수도 없을뿐더러 그 운전실력으로 운전할 성싶지 않으니 차라리 다행이다. 그렇다고 차를 없애자니 팔다리를 잘라내는 것과 같다. 그녀와 삶을 같이 해 온 자동차가 건재하니 고맙다. 신세를 한탄하지 않고 달랜다.

어젯밤 정순이 차로 돌아와 하룻밤을 보냈다. 늘어지는 재판에 대한 뾰족한 수가 떠오르지 않아도 비켜 갈 수 없는 화제다. 딸이라는 이름으로 물어도 안 보고 친권에서 무조건 제외된 처사에 울화를 터트린다. 편지로 쓴 내용이 되풀이된다. 며느리들마저 이참에 한몫 잡으려 설치는 꼴이 같은 여자지만 예쁘지 않다. 아직도 인권人權에서 한없이 무너져 여자라는 신분이 바닥인데 있는 집 며느리는 아직도 먹을 게 많다니. 처량하여 서글피 웃는다.

다음 날 아침 정순이는 평소대로 씩씩하게 직장으로 떠났다. 정연이가 차를 운전하여 공원에 들른 것은 마음이 저절로 이끌려 온 행동이다. 연못을 지긋이 바라보고 있다. 밋밋하게 서 있는 건너편 건물 위로 흰 구름만 몇 장 떠 있다.

세상은 여전히 한 치 어긋남도 없이 불공평하구나 싶다. 태아들을 무심코 오물 취급하며 내버린 결과다. 죽을 때까지 기억에서 지울 수 없는 해, 달, 별, 강, 산, 풀… 다현아!!! 너마저 떠나버린 서글픈 현실이 믿어지지 않는다. 너희를 떠올리며 라헬의 땅을 순례한들, 그림을 그려 품어본들 무슨 소용이냐! 보람이라는 말도 자신을 합리화하려는 억지 허상이다. 참회라는 단어도 구질구질하고 낯설다.

공원 안을 한 바퀴 힘없이 돌아다닌다. 이파리가 너부데데한 연잎들도 가만히 그녀를 지켜보고 있다. 다시 그 벤치에 앉는다. 사무치게 그리울수록 악기에 대한 취미조차 거들떠보기 싫을 정도로 성가시다. 단소도 한쪽에 밀쳐둔 지 오래다.

'다현아! 잘 지내지? 이곳에 다시 왔다. 10대 후반을 어려움과 번민 속에 애태웠을 네 생각에 가슴이 헛헛하다. 왜 우리가 가까이 다가가지 않고 멀어져갔는지. 그깟 신경전에만 얼을 빼앗겼는지. 미래를 예단하지 못했는지. 참담한 아픔만을 설움만을 송두리째 안고 숨 쉬고 있는 내가 한심하다.'

'잘 지내라. 너 없는 인생, 나도 열심히 살다 갈 것이니. 하늘에서 엄마를 지켜보렴. 원망도 모난 돌이 파도에 단련되어 반들반들해지듯 무뎌지기를 기다리련다.'

그녀는 다시 일어나 천천히 연못 주위를 돌면서 걷다가 벤치에 앉아 쉬다가 드디어 발길을 돌린다.

'또 오마. 함께 서로 영혼을 위로받고 싶었는데. 오히려 큰 바윗

덩이를 머리 위에서 굴리는 기분이다. 내게 남은 시간 얼마나 될지 모르지만. 오롯이 너희를 위해 써야겠지. 여기서는 천진한 귀염둥이 널 만나 기뻐. 여섯 살 네가 반겨주네. 나비의 팔랑거리는 날개로 나를 감싸며 맞아 주네.'

국립 국악원에 주차된 차를 운전하여 시외버스 정류장이 있는 쪽으로 향한다. 공원을 거닐었더니 칙칙했던 마음이 조금 가벼워졌다. 햇살도 길어졌지만 이제 곧 날이 어둑해질 것이다.

사거리 앞에서 우회전하여 달리다가 멈추었다. 철길을 건너 직진해야 한다. 신호등이 주의하라고 깜박거린다. 그 신호등 앞에 대기하고 있다가 출발 신호가 떨어져 막 출발하는 참이다.

오른편에서 회전하던 탑차가 신호를 무시하고 정거하지 않은 채 그녀의 차 엔진 왼쪽을 덮쳤다. 시외버스 정류장 주차장까지 상당한 거리가 남아 있다.

아, 이를 어떡해. 정연이는 외마디 소리를 지를 새도 없이 그 차의 덩치에 깔리며 저절로 눈을 감아버렸다. 여기저기서 울리는 클랙슨 소리가 회오리바람의 노래가 되어 귓전을 세차게 때렸다.

어~~허노~~ 어~~허노~오~~ 어나리 넘~차 어~~허~노오
불쌍~~하고~ 가련~~하오~ 가련~~하고~ 불쌍~~하오~~
앞-산도 첩첩하고 밤중도- 야심한데, 이 세상을 하직하고 어딜 그리 급히 가오
어둔 밤에 등불 없이 어딜 그리 가시려오, 북망산천 멀다

더니 그 모두가 거짓이네

　문턱 밑이 황천이요 앞동산이 저승이라, 부운 같이 태어났
다 바람처럼 가는 인생

　빈손 들고 나왔다가 빈손으로 가는 인생, 불쌍하고 가련하
고 애절하고 절통하지

　그리 쉽게 가려거든 나오지나 말으시지, 그리도- 무정하
게 말도 없이 가시는가 이왕지사 가시는 길 가시밭길 가지 말
고, 꽃길이나 밟고 가고 은하수길 밟고 가소

-'상여소리' 부분

정연이는 병원 침대에 누워 있다. 끈질긴 목숨은 이번에도 아슬
아슬 비켜 갔다. 눈을 떴을 때 하얀 천장 벽이 낯설게 다가왔다.

　꿈결처럼 다가오는 꽃상여 안에 누워 있는 모습이 꽃가마 타고
시집가는 것처럼 화사하다. 구슬픈 곡조로 메기고 받는 상여소리
가 가까이 귓가에 울려 퍼져간다. 안심했다. 이제 편안하게 마지
막 길을 떠나는구나 싶었다. 다현이랑 태아들이랑 만날 수 있다는
기대감과 설렘에 마음이 편안하다. 진공상태에서 느긋하기까지
하다. 에너지가 말라버렸는지 기운이 스르르 빠져나갔다. 그리고,
바람의 노래가 멀어져 갔다.

&

먼저 그녀의 눈앞에 안타까운 눈물을 참고 처량하게 앉아 있는 건 전공주였다. 그녀는 눈을 감고 기도하는 자세로 있다가 정연이가 인기척을 하며 눈을 뜨자 얼굴을 가까이 디밀며 옆 환자에게 들리지 않도록 소곤소곤 말했다.

"연이야. 날 알아보겠냐? 나 공주야."

정연이는 얼른 전공주를 알아보지 못했다. 목소리야 전화를 최근에 자주 주고받아서 익숙하다. 변하지 않는 게 목소리라 어린 시절의 억양을 지니고 있어 어색하지 않다. 이야기는 이어갈 수 있다. 오랫동안 얼굴 잊어버릴 정도로 만나지 않고 지냈다.

전공주가 만나 식사하자고 여러 번 전화했다. 속이 시끄럽고 아무도 만나고 싶지 않은 심정이라 미뤘다. 그래왔는데, 이렇게 피치 못할 장소 낯선 병원 침대에서 마주치다니 야릇도 하다.

"연이야. 다행이야. 하느님 감사합니다. 연이를 살려주셔서."

정연이는 눈을 가늘게 떴다. 결리고 아파서 일어나 앉을 수가 없다. 힘없이 눈을 도로 감는다. 말없이 정연이 곁을 지키며 바라보던 전공주가 무겁게 말문을 연다.

"네 차를 들이받은 게 누군지 아니? 천용삼이야. 기억나지? 초등학교 동창."

그녀는 눈을 동그랗게 떴다. 무언가 허리케인처럼 돌진해오던 느낌이 생생하다. 운전자가 누군지 어떻게 알겠는가. 급작스럽게 이루어진 일인데.

"탑차 소유주는 내 여동생이야. 내가 용삼이에게 여동생 일 도 와달라고 며칠 전에 간곡하게 부탁했어. 제랑弟郞이 세상을 뜨는 바람에 여동생 혼자 사업을 할 수 없게 돼서 말이지. 이렇게 힘든 일 생길 줄 모르고. 용삼이는 충격을 받아 옆 남자 병실에 누워 있 어. 이제 좀 진정되었을 거야. 다행히 내가 보기엔 멀쩡해."

용삼이라고? 아니, 어쩌면 좋아? 훌쩍 몇십 년 흘러 얼굴이나 알아볼지 몰라? 정연이가 말없이 듣고만 있으니 전공주는 계속 혼 자 떠들어댔다.

"이리 데려올까? 네가 어떻게 생각할지 몰라서 몸 사리느라 끙 끙 앓고 있지."

무법자로 날아온 탑차 운전기사가 천용삼이라고? 부모가 느닷 없이 돌아가시고 형수마저 누나도. 용삼이네는 죽음의 사자가 좋 아하는 이웃이었다. 우환이 겹쳐 가족의 결속력이 약해져 명문고 에서 시골로 전학, 1회 초등학교 동창회에 참석한 친구. 유독 잊히 지 않는 얼굴이다. 부모님의 부재와 함께 풍비박산으로 내몰린 가 정형편. 도와주어야 할 형들마저 이런저런 어려움을 겪고 있다는 소문이 퍼져 있었다.

어두운 표정에 드리운 아픔은 침울함이었다. 그날 회의를 주도 하지도 않았다. 그의 침묵은 장내를 음울하게 만들었다. 평소의 그답지 않아 잊히지 않았다. 원대한 꿈을 접었을 초등학교 동창 천용삼! 똘똘하고 잘 생기고 의젓하고. 온갖 수식어를 붙여도 부족하지 않은 동창, 그가 정연이의 차를 쳤다고?

물론 소식이 궁금했다. 하지만 정연이의 삶도 호락호락하지 않아 다른 곳에 시선을 두고 관심 가질 마음의 여유가 없어 차단하면서 살았다. 그렇게 모든 연을 끊다시피 살아온 정연이라 동창들과도 자연 멀어졌다. 직장을 다니느라 바쁘다는 건 핑곗거리다. 따로 기댈 곳이 없지만. 기대고 싶지 않았다는 게 올바른 심정이다.

가끔 인생은 얼마나 기이한 우연의 연속인가? 그녀를 알아보고 반가워서 어쩔 줄 모르는 전공주를 만났었다. 상심에 젖어 명예퇴직을 결심하고 나들이삼아 마트에 물건을 사러 온 날이었다.

─혹시 정연이 아니냐?

살집이 오른 아줌마가 놀라움에 찬 목소리로 부르짖었다. 그녀는 빨리 그녀를 알아보지 못했다. 그러나 너무 반가워하는 목소리에 눌려 넌지시 건너다보았다.

─전공주야. 넌 신월리 살고 난 그 옆 동네 송림리 살았잖아. 초등학교 때 여러 번 같은 반에. 중고도 같이 다녔으면서. 가시내. 그때나 지금이나 넌 어쩜 그렇게 새침데기냐? 얼굴 하나도 안 변했냐.

전공주는 원래 수다스럽지 않았다. 그런데 정연이를 만나자마자 이야기보따리 풀려고 작정한 듯했다.

─네가 그대로인걸. 나야 쭈그렁 할머니지만.

정연이도 동조하고 배시시 웃으며 말을 이었다.

─별소리 다 한다. 곱던 얼굴 어디 가냐? 여기 그대로 남아 있는걸.

전공주는 그녀의 얼굴을 뜯어보며 살짝 두 볼을 스치듯이 토닥이며 말했다.

빠르게 기억의 프리즘이 돌아갔다. 기억하지 못한다고 부정할 수 없는 초등학교 동창생 전공주를 그렇게 만났다. 전공주를 보면 학교 다니면서 저절로 화제에 오르내렸던 천용삼이 떠올라 궁금했지만 차마 물어보지 못하고 속앓이했다. 먼저 말이 나오기 전에 선수를 쳐서 물어보긴 어색한 무엇이 묵은 감정처럼 자리하고 있었다. 서로 전화번호를 입력하고 헤어졌다. 나중 지나가는 말처럼 동창들 근황을 이야기하다 끼어들어 알게 된 사실이 마음 아픈 내용들뿐이었다.

천용삼은 영리하고 공부 잘하던 모범생 자리를 단념해야 했다. 그 재주를 멀리하고 일터에 뛰어들었다. 오랫동안 사귀던 김숙영과 헤어지고 초등학교 때 이사 간 마명희와 식당을 하며 결혼하고 아들도 두었다. 현재 아들은 중국에 나가 살고 있다. 아내가 암으로 투병하다가 떠났다. 천용삼은 서울 생활을 정리하고 시골로 내려오고 싶어 했다. 맑은 공기 속에 요양하면 자연치유가 될지 모르는데. 그럴 여유도 없이 아내는 저세상으로 갔다.

"남의 일이라 날짜까지 기억을 못 하고 있었는데 사고 나기 전날이 용삼이의 결혼기념일이고 명희 제삿날이었단다. 밤새 잠을 못 자고 슬퍼하다 잠을 설쳤겠지. 그래서 이튿날 운전하고 싶지 않았대. 탑차 일 시작한 지 얼마 안 됐어. 제랑 떠나고 방방 뛰는 여동생 도와주라고 내가 부탁했으니. 성실한 용삼이라 하루 쉬고 싶다는 말을 못 했지. 지금이 한창 대목 장사니 놓칠 수 없기도 하지. 무리하게 참고 일터로 향하는 용삼이 심정 이해되지? 익숙하지 않은 탑차 운전하다가 사고가 난 거지."

전공주의 부탁으로 탑차를 몰고 가던 길이었다고? 차분하게 매사를 풀어나가는 천용삼의 본래의 성품과 달라졌네. 무엇이 그날 천용삼을 몰아세웠나? 불길한 예감을 못 느꼈나?

그런데 수십 년의 공백을 깨고 하필이면 악연처럼 교통사고를 내고서야 만나다니 신기하다. 정연이는 머릿속에서 생각을 굴리면서 전공주의 교통사고 처리 상황을 듣고 있다. 혀가 얼어붙었는지 말을 할 수 없다. 이야기를 듣는 건 정상이니 말도 이내 하게 되리라.

다행인 것은 그녀도 크게 다치지 않았다. 의식이 멀쩡하다. 다만 오랫동안 그녀의 곁을 지키던 승용차는 폐차해야만 한다. 엔진이 망가져서 다현이가 그랬던 것처럼 수리비가 찻값보다 훨씬 많이 나온단다.

그날은 그렇게 전공주가 환자가 심심하지 않게 이런저런 화제로 이야기보따리를 풀었다. 공주는 집에 갔다가 다음날 다시 왔다. 바로 직설적으로 말한다.

"연이야, 용삼이 데려올게."

전공주는 천용삼과 같이 병실로 돌아왔다. 정연이는 멀거니 천용삼을 건너다 본다. 머릿속 추억으로 꽉 채워있을 뿐이다. 본인이 용삼이라고 하기 전에는 길거리에서 만나도 절대로 알아볼 수 없이 변해버린 천용삼이다. 힘든 고비를 넘어서일까? 나이보다 훨씬 겉늙어 보인다. 또렷했던 이목구비는 광대뼈 밑에서 양쪽으로 골이 깊게 패이고 여기저기 잔주름에 가려 있다.

"그동안 소식이 끊겨 궁금했는데 이렇게 만나니 반가워."

천용삼은 머뭇거리다가 다가서며 말을 건넸다. '용삼이는 연이를 어떤 여학생으로 기억하지?' 그 말을 불쑥 내놓으려다 참는다. 대화를 돌린다.

"네덜란드 하면 생각나는 게 있지?"

천용삼는 느닷없는 질문에 능청스럽게 말을 물고 넘어진다.

"네덜란드라니?"

어른스럽게 따지고 들던 천용삼의 모습이 어제 일 같이 새삼스럽다. 내색을 안 하려 애쓰면서 넌지시 말을 덧대본다.

"절대 틀릴 수 없는 철자가 돼버렸거든. 네덜란드 말이야."

천용삼의 반응은 제깍 돌아왔다. 구태여 정연이가 그 시절로 돌아가 상세한 설명을 자청할 필요가 없다. 그러나 일깨워 주고 싶다. 그게 얼마나 정연이에게 잊지 못할 추억이 되었는지 상기시켜야 했다.

"우리가 시험문제 풀고 채점할 때 네가 내 시험지를 채점했거든. 근데 말이지 난 100점이라고 좋아했는데 작대기가 죽 그어 있어. 내가 항의했어. 틀린 답이라는 생각을 결코 인정할 수 없었으니. 네가 내 잘못 쓴 철자를 당당하게 지적해주었지. 지금도 그때의 잘못을 차분하게 지적하는 말투가 생생해. 네델란드라고 넌 썼는데 정답은 네덜란드야. 그 어조가 어찌나 강했던지 그 나라 이름은 절대 철자법에서도 틀릴 수 없었어."

천용삼의 입가에 천진난만한 미소가 어린다.

"연이야. 그러게. 나도 좀 경솔했지. 맞았다고 한들 큰 문제 될 일도 아니었건만."

정연이도 이야기가 자연스럽게 어린 시절로 흘러간다.

"근데 널 공개적으로 좋아한다고 나불대던 김숙영 소식은 듣고 있남?"

천용삼은 한참을 침묵했다. 말할 듯 말 듯 하다가 포기한 듯 말을 이었다.

"숙영이와 가시버시로 살지 못했어. 나를 버리고 떠난 뒤 동창회에서도 사라져서 아무도 소식을 몰라. 잘 살겠지. 적극적인 성품이니까 인생에서 손해날 짓은 절대 안할 테고. 날 있는 그대로 받아 준 여자가 마승범의 사촌 마명희야. 전공주가 이야기해주지 않았나? 최근 남편이 죽고 여동생이 혼자 사업하기 너무 힘들다고 징징거렸대, 그래서 졸지에 탑차를 몰게 됐지."

정연이는 천용삼의 목소리는 예전 그대로라는 사실을 깨닫는다. 예전 '가슴 아프게'를 멋들어지게 부르던 그 정다운 목소리가 지금 바로 옆에서 이야기하고 있다. 지금도 휘파람 잘 불겠지? 몸 이곳저곳 다치고 상처에 찢기면서 자전거를 타면서 천용삼을 그리워했다면 이해할까? 김숙영에 이어 아내로 산 마명희에 이어 숨어서 가슴앓이한 정연이가 있었다는 사실을 알면 천용삼은 어떤 반응을 보일까?

"공주는 성격이 소탈하니 연이하고 전화하면서 서로 잘 지내왔담서. 그전부터 경험도 없는 나한테 믿는 사람이 나뿐이라고 하면서 거들어달라 부탁하는 바람에 사양하고 미루다가. 사고 난 날 경험도 없이 탑차 운전을 한 내 잘못이지. 다른 사람은 안 그럴지 몰라도 내 경험으론 사소한 실수도 그냥 지나치지 않아. 익숙하지 않은 일을 벌이면 바로 되돌아오더라고. 그래서 좌우명이 이거야. 돌다리도 두드려가며 살자 그래야 실수가 없다. 그랬는데 이번에도 또 일이 어긋나버렸어. 미안해. 사실 뭔가 미심쩍었거든. 운세가 이상했어. 널 만나려고 그랬나 봐. 이렇게 말고 다른 모습으로 근사한 모습으로 멋진 곳에서 만났으면 더 좋았을걸."

천용삼은 사고 난 날 본 오늘의 운세가 자꾸 상기되는 거였다.

고통이 생기는 때이니 조심히 처신해야 곤경을 피한다. 포기하지 말고 계속 노력하면 차차로 회복된다.

고통이 생기니 조심해서 행하라고 분명히 운세가 일러주었건만 깜박 잊어버리고 서둔 결과는 주의력이 산만해지게 만들어 참담한 결과를 가져왔다.

"그전에 음식점을 했다면서? 차라리 음식점 하는 게 낫지 않아?"

정연이는 화제를 돌렸다.

"나이가 들면 입맛도 덤덤해지고 자꾸 음식 간을 짜게 맞추어. 사람들이 건강을 생각하니 그렇겠지만 싱겁게 먹는 걸 좋아하지. 맛집으로 소문났던 우리 집이었는데. 명희 세상 떠나고 나니 혼자 하기 벅차더라고. 요리사랑 알바 아줌마 구해서 식당을 운영해 보았는데 점점 손님이 줄었지. 그래서 처분해야 했지. 타산이 맞지 않으니 별 수 있나? 집에서 쉬고 있었어."

정연이는 천용삼의 말에 놀란다. 저런 담백한 모습이 있었다니.

"그래도 하던 일이 낫지 않아? 내가 알지 못하면서 괜히 바람잡이 역할 하는 것 같네. 다행히 우린 천운을 타고났어. 너나 내나. 목숨줄을 이렇게 길게 이어주니 반갑지는 않아도 살아야지 어쩌

것어. 도우면서 살라는 건지. 도움이 될지 방해될지 앞으로의 일을 장담할 수도 없고 모르지만."

정연이도 솔직하게 본심을 드러낸다. 그동안 묵언으로 지냈던 태도를 수다로 바꾸겠다고 결심한 듯했다.

"내 심정은 보태고 빼지도 않고 진심으로 그래. 살다 보니 원하지도 않았는데 이상한 일들에 얽혀 괴로울 때 많았어. 인생 황혼에 가까워지니 초등학교 동창들 얼굴이 하나하나 떠오르더구나. 다들 어떻게 지내는지. 용삼이 네 소식이 궁금해서 애태운 적 있지. 물론. 초등학생 동창을 이렇게 다시 만날 기회를 주다니. 옛날로 돌아간 기분이야."

정연이의 담담한 말에 천용삼도 정연이의 지난날이 궁금한 건 마찬가지이다.

"참, 눈 수술 받았다는 소식 공주에게 들었어. 이제 괜찮은 거지? 네가 초등학교 때 자주 눈을 찡그렸어. 나중 서시가 얼굴 찡그리니 이웃 여자가 따라 했다는 이야길 읽으면서 네가 생각나더라."

정연이는 세세한 것까지 기억해내는 천용삼의 말투에 위안을 받는다.

"잘 안 보이니 눈을 찡그릴 수밖에. 그래서 네덜란드도 잘못 읽어서 정답에서 틀린 거야. 각막이식수술을 받아서 눈 찡그리진 않아. 운전하고 다니고."

정연이는 눈에 대해서라면 할 말이 많지만 간단하게 질문에 대한 답으로 대신한다.

"부모님 모두 살아계시지? 연이네도 가족이 많은 걸로 알고 있는데. 놀라운 사실 하나 고백할까? 네덜란드 사건 이후로 나도 은근히 연이에게 관심이 갔지. 그래서 연이 주변을 빙빙 돌며 살피고 다녔어. 내가 여러 사람 앞에서 휘파람 불었지. 연이를 겨냥한 거야. 네 인정을 받고 싶었어. 그런데도 도무지 이해 안 되는 구석이 많은 친구가 연이야. 연이는 6학년 때만 기억하지? 우린 사실 4학년 때도 같은 반이었어. 그때 연이는 담임선생님 앞에서 당당히 크리스마스실 살 수 없다고 말했잖아? 나도 놀랐거든. 학교 앞에서 방앗간 하는 집 딸이 크리스마스실을 못산다니? 그 뒤로도 그랬지. 연이네는 부자가 되어가고 우리는 집안이 쪼그라들어 난 일찍 포기했어. 부모가 돌아가신 후 내가 극복할 힘을 어디서 얻었는 줄 알아? 연이에게서 본 불굴의 의지야. 다가가는 건 접어버렸어도. 내 진짜 심정을 이제야 토로하는 거야. 무덤까지 가지고 안 가고 여기서 이렇게 말할 수 있다니 참 세상 오묘하네."

천용삼의 말은 충분히 정연이를 놀라게 할 만했다. 그러나 천용삼처럼 정연이는 그녀의 집안에서 벌어진 일도, 앞으로 벌어질 이야기를 솔직하게 다 털어놓고 싶지 않다. 하늘에 침 뱉기 같아서였다. 이미 소문이 발이 달렸을 터이니 알 사람은 알고 뒤에서 수군거릴 사람도 많겠지만. 그래서 말을 아끼면서 천용삼을 그윽하게 바라본다.

'우리집? 썩은 동아줄이야. 부자라고 얼마나 기를 내고 다녔길 래 사람들 입에서 내게 부잣집 딸 꼬리표를 달았겠어? 난 부잣집 딸 같지도 않게 자랐어. 예나 지금이나 똑같아. 그래서 호강해 본 적 없어. 돈벼락 부럽지도 않아. 모래성보다 쉽게 무너지는 재산 이야. 건강한 아들들이 남들보다 쉽고 빠르게 부자가 되겠다고 논 다 팔았거든. 사람의 욕심은 끝이 없나 봐. 그걸로도 모자라 지금 부자간 재판 중이야. 돈 가지고 땅 가지고 서로 자기 거라고 우겨. 좋은 구경거리 나섰지. 어릴 때 내가 본 걸로는 그 논 다 어머니가 손수 노동으로 하나씩 차곡차곡 쌓아온 땀의 결정체인데. 고된 농 사일할 때는 구경이나 제대로 했을까? 옆에서 괭이질 삽질로 도와 주지 않은 사람들이 아버지라고 장남이라고 차남이라고 나타나서 제각각 저마다 소유권을 주장하다니. 보기가 진짜 씁쓸해. 어머 닌 딸들처럼 구경만 하고 있지. 논 주인이 이름을 자기 걸로 하지 않아 아버지가 자기 맘대로 이름을 바꿔놓아서 권리가 없는 거야. 여태 살아온 삶이 헛수고가 된 셈이지. 언제부턴지 몰라도 어머니 는 아버지와 싸우지 않고 일벌레로만 사셨거든. 그러다가 농사 못 짓고 땅을 다 내놓고 판단력마저 흐려지고 치매로 오락가락하니 차라리 다행인지 몰라. 어머니를 보면 우리가 할 수만 있다면 숨 고 싶어. 부끄러워서. 살아가면서 밥술 끊어지지 않을 정도만 있 으면 되는 돈 아닌가? 종이쪽에 불과한 돈 더 가지려고 그걸 목숨

보다 숭배하여 자기 쪽으로 끌어당기는 아귀다툼 바라보는 우리 심정 오죽하겠어.'

정연이는 천용삼에게 세세하게 가족에 얽힌 현 상황을 이야기할 필요는 느끼지 않았다. 간단히 몇 마디로 긴 이야기를 줄였다.

"친정? 두 분 다 구순 지나 살아계시나 지금 서로 힘들어. 가족보다 인류보다 중요한 게 돈이거든. 땅이거든. 세상이 그렇게 가르쳐온 그대로 그쪽으로만 줄달음치고 달려가는 중이야. 딸들은 그때나 지금이나 구경꾼이야. 그래도 괜찮아. 어차피 우린 우리 먹을 걸 타고 나서 남들 택시 타고 다닐 때 버스라도 탈 수 있잖아. 만족하면서 살아온 인생이거든. 난 그거 한 가지가 자랑스러워."

천용삼의 두 손을 자연스럽게 끌어당겨 잡고 있다. 아직 통증이 가시지 않은 정연이는 어디서 그런 용기가 샘솟았는지 모른다. 천용삼의 구슬픈 주름진 얼굴에서 한 가닥 햇살이 창틈으로 들어오는 바람을 맞이하여 병실 천장을 떠돌다가 희망의 줄기를 찾아냈는지 후루룩 날아오르는 모습을 무심코 지켜보고 있다.